술라

SULA
by Toni Morrison

술라

Sula

토니 모리슨 장편소설

송은주 옮김

문학동네

일러두기

1. 주석은 모두 옮긴이주이다.
2. 본문 중 고딕체는 원서에서 이탤릭체나 대문자로 강조한 부분이다.

누군가가 당신을 떠나기 오래전부터

그 사람을 그리워한다는 것은 정말 행운이다.

이 책을 포드와 슬레이드에게 바친다.

나는 그들이 나를 떠난 적이 없어도 그들이 그립다.

"나 말고는 이 세상에 있는 나의 장미를 아는 이는 아무도 없었지…… 내게는 너무나도 큰 영광이었어. 그들은 누구의 가슴에도 그런 영광이 있기를 바라지 않아."

—『장미 문신』

차례

1부

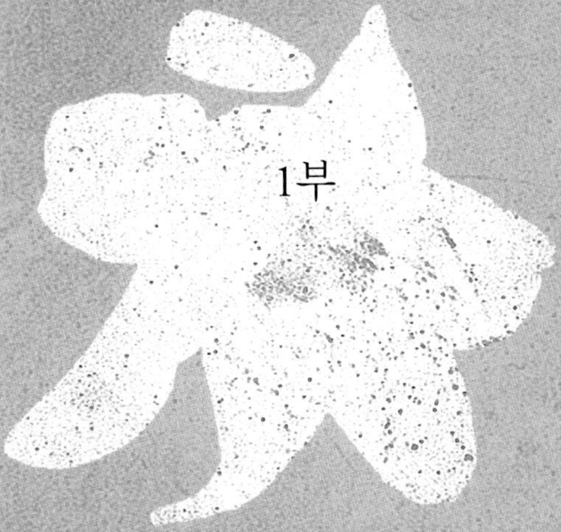

메달리언 시티 골프장을 만들 터를 내느라 가지와 블랙베리를 밭에서 뿌리째 뽑아냈던 그곳에 한때는 마을이 하나 있었다. 마을은 골짜기에 위치한 타운 메달리언의 위쪽 언덕에 자리잡고 강까지 쭉 펼쳐져 있었다. 지금은 그냥 교외라고 하지만 흑인들이 거기 살던 시절에는 보텀Bottom이라고 불렀다. 너도밤나무, 참나무, 단풍나무, 밤나무가 그늘을 드리운 길 하나가 마을에서 골짜기까지 이어졌다. 이제 너도밤나무는 다 없어지고, 아이들이 올라앉아 지나는 행인들에게 배꽃 사이로 고함을 지르곤 하던 배나무도 모두 사라졌다. 메달리언에서 골프장까지 이어진 길에는 빛바래고 다 쓰러져가는 건물들이 늘어서 있었는데, 그 건물들을 싹 철거하기 위해 예산이 넉넉히 할당되었다. 한때 사람들이 길쭉한 황갈색 구두를 신은 발을 의자 가로대에 내려뜨린 채 앉아 있던 '타임 앤드 하프 당구장'도 곧 밀어버릴 것이다. 아이린이 누나일*로 비누 거품을 내 머리를 감겨주는 동안 세면대에 머리를 뒤로 젖힌 여자들이 꾸벅꾸벅 졸던 피부미용실 '아이린의 궁전'도 쇠공이 산산이 부숴버릴 것이다. 모자가 없으면 요리 재료를 기억 못하는 주인 여자가 모자를 쓰고 요리하던 '리버스 그릴'의 판석들도 카키색 작업복 차림의 남자들이 지렛대로 들어낼 것이다.

보텀에는 아무것도 남지 않게 될 테지만(강을 건너는 다리는 벌써 사라졌다), 어쨌거나 그곳은 타운도 아니었으니 차라리 잘된 일인지도 모른다. 그곳은 조용한 날에는 골짜기에 사는 사람들에게까지 때로는 노랫소리가, 때로는 밴조 소리가 들려오던 마을일뿐이었다. 골짜기 주민이 어쩌다 그 언덕에 볼일이라도 생기면—집세를 받는다든가 보험료를 걷어야 한다든가—꽃무늬 드레스를 입은 흑인 여자가 활기 넘치는 하모니카 곡조에 맞춰 스텝댄스를 추거나 엉덩이를 흔들거나 '슬쩍 손을 갖다 대며 추파를 던지는' 모습을 보게 되기도 했다. 여자의 맨발이 피워올린 누런 먼지가, 숨을 들이쉬었다 내쉬었다 하면서 하모니카를

* 흑인들이 주로 사용하던 헤어 제품.

부는 남자의 작업복과 엄지발가락 부분이 찢어진 구두에 내려앉았다. 여자를 구경하는 흑인들은 깔깔대며 자기들 무릎을 문지르곤 했다. 골짜기 주민은 웃음소리만 들었지 눈꺼풀 밑 어딘가, 그들의 머릿수건과 보드라운 펠트 천 모자 밑 어딘가, 손바닥 어딘가, 해진 옷깃 아래 어딘가, 힘줄이 굽은 곳 어딘가에 내려앉은 오래된 고통은 알아차리지 못하기가 십상이었을 것이다. 그는 세인트 매슈 교회 뒤에 서서 테너의 목소리가 그를 비단결처럼 감싸도록 내버려두어야 했다. 아니면 숟가락 깎던 사람들의 손을 어루만지며(그들이 일을 못한 지 팔 년이 지났다) 나무 위에서 춤추던 손가락들이 그의 피부를 살짝 스치도록 내버려두어야 했다. 그러지 않으면 웃음소리가 고통의 일부라 한들, 그 고통은 그를 피해 달아나버릴 것이다.

무릎을 치며 젖은 눈으로 웃는, 가짜 웃음소리. 그들이 지금 그 자리에 어떻게 오게 되었는지를 묘사해주고 설명해주는 그런 웃음소리.

농담. 깜둥이 농담. 그런 식으로 시작되는 것이 보통이었다. 흑인들이 사는 곳은 물론 타운이 아니었다. 타운의 한 구역, 언덕 위에 있는데도 보텀이라고 부르던 곳이었다. 그저 깜둥이 농담. 방앗간이 문을 닫으면 백인들이 다른 데서 조그만 위안거리를 찾느라 주고받는 그런 농담. 비가 오지 않거나 몇 주 동안 계속

내리면 흑인들이 어떻게든 작은 위안거리를 찾으려 자기들끼리 하는 그런 농담.

한 선량한 백인 농부가 노예에게 아주 어려운 어떤 일을 해내면 자유와 저지대bottom 땅 한 뙈기를 주겠다고 약속했다. 노예는 그 일을 해내고 농부에게 약속대로 해달라고 요청했다. 자유를 주는 거야 쉬웠다. 농부도 거기에는 이의가 없었다. 하지만 땅은 한 뙈기도 내놓고 싶지 않았다. 그래서 노예에게, 원래는 보텀의 땅을 주고 싶었는데 정말 미안하지만 골짜기의 땅을 주어야겠다고 말했다. 노예는 눈을 끔벅이고는 골짜기 땅이 저지대 땅이 아니냐고 물었다. 그러자 주인이 말했다. "아이고, 아니야! 저 언덕 보이지? 저기가 저지대야. 비옥하고 기름진 땅이지."

"하지만 저기는 언덕 위인데요." 노예가 말했다.

"우리한테야 높은 곳이지." 주인이 대꾸했다. "하지만 하느님이 내려다보실 때는 저기가 바닥이라고. 그래서 우리가 보텀이라고 부르는 거야. 천국의 바닥이란 뜻이지. 그러니까 최고 좋은 땅이다 이 말이야."

그래서 노예는 주인에게 그 땅을 달라고 간청했다. 노예는 골짜기보다 그 땅이 더 마음에 들었다. 그렇게 거래가 성사되었다. 검둥이는 언덕배기 땅을 얻었다. 거기에 씨를 뿌리는 일은 등골이 휘는 중노동이었다. 흙이 자꾸 흘러내리고 씨앗이 씻겨나갔다. 겨울에는 내내 바람이 몰아쳤다.

백인들은 오하이오 주 그 작은 강가 타운의 비옥한 골짜기에 살고, 흑인들은 매일 그 위 언덕배기에서 문자 그대로 백인들을 내려다볼 수 있다는 사실에 작으나마 위안을 얻으며 살고 있다는 것을 설명해주는 이야기였다.

그러나 보텀은 아름다웠다. 타운이 커지고 농지가 마을로 바뀌고 마을이 타운으로 바뀌고 메달리언 거리가 시간이 갈수록 발전하며 열기와 먼지로 뒤덮이고 나자, 보텀의 판잣집들을 아늑히 품어주고 있는 그 울창한 나무들은 보기만 해도 굉장했다. 그리고 가끔 그곳에 오는 사냥꾼들은 속으로 어쩌면 결국 백인 농부 말이 맞았던 게 아닐까 생각하기도 했다. 어쩌면 그곳이야말로 천국의 바닥일지도 몰랐다.

흑인들은 동의하지 않았을 것이다. 그런 것을 생각해볼 시간도 없었지만. 하루하루 먹고사는 문제로 머릿속이 바빴다. 그들은 저마다, 섀드랙은 어찌된 것인지, 그들의 타운에서 처녀로 자랐던 그 어린 소녀 술라는 어찌된 것인지, 그들 자신은 또 어찌된 것인지를 그 옛날, 1920년부터 궁금해하면서 보텀에 박혀 살았다.

1919

2차대전을 빼놓고는 어떤 것도 '전국자살일' 경축을 막지 못했다. 오랫동안 행사 참석자는 경축일의 창시자인 섀드랙 한 사람뿐이었지만, 1920년부터 매년 1월 3일이면 경축 행사가 열렸다. 섀드랙은 1917년에 일어난 사건들에 영원히 지워지지 않을 큰 충격을 받은 나머지 혼이 빠져서는, 겉으로는 멀쩡해 보이지만 사람이 다 망가진 채로 메달리언으로 돌아왔다. 타운에서 가장 눈썰미 좋은 사람들조차 몇 년 전 그가 전쟁에 나가기 전에는 어떤 모습이었는지 떠올리려면 잠시 생각을 더듬어야 했다. 머리에 든 건 없고 입에서는 립스틱 맛을 떠올리던 갓 스물이 된 젊은이 섀드랙은 1917년 12월 프랑스에서 전우들과 들판을 달리고 있었다. 적과의 첫번째 조우였다. 자기 중대가 그들 쪽으로 달려가고 있는지 도망가는 중인지도 알 수 없었다. 며칠 동안 그들은 줄곧 가장자리가 얼어붙은 개울에 바싹 붙어 행군을 계속했다. 어느 한 지점에서 그 개울을 건너는데, 그가 건너편 개울가에 발을 막 올린 순간 고함소리와 폭발로 온통 아수라장이 되었다. 사방에서 포격 소리가 울렸다. 그는 올 것이 온 줄은 알았지만 정신을 제대로 수습할 수가 없었다. 그 사태를 맞이할 상태가 아니었다. 그는 잔뜩 공포에 질리거나 미치도록 흥분이 되거나, 뭔가 아주 강렬한 감정을 느끼게 될 줄 알았다. 하지만 실제로 그가 느낀 것은 군화의 못이 걸을 때마다 자꾸 발바닥 앞부분을 찔러서 따끔거린다는 것뿐이었다. 그날은 꽤 추워서 입김이 보일 정도였다. 그는 잠시 동안 자신을 에워싼 지저분한 회색 연기 속에서 자기 입김이 어쩌면 이렇게 하얗고 깨끗하게 보일까 의아해했다. 그는 총검을 꽂은 채, 들판을 가로질러 날듯이 몰아쳐가는 사람들의 거대한 흐름 속에 파묻혀 달렸다. 발에 느껴지는 통증에 움찔하면서 오른쪽으로 고개를 약간 돌려보니 옆에 있던 한 군인의 얼굴이 날아가는 것이 보였다. 그가 미처 충격을 제대로 느끼기도 전에 군인의 나머지 머리 부분이 뒤집힌 수프 그릇 같은 철모 아래에서 사라졌다. 그러나 머리를 잃은 군인의 몸통은 뇌로부터 명령을 받지 않고서도 고집스럽게 계속 달렸다. 힘차고도 우아하게, 등으로 흘러내리는 뇌 조직 따위는 싹

무시한 채.

새드랙이 눈을 떴을 때, 그는 작은 침대에 누워 있었다. 그의 앞에 놓인 쟁반 위에는 삼각형 세 칸으로 나뉜 큼직한 양철 접시가 있었다. 한 칸에는 쌀밥이, 다른 한 칸에는 고기가, 나머지 한 칸에는 뭉근히 끓인 토마토가 담겨 있었다. 동그랗게 움푹 파인 조그만 칸에는 희멀건한 액체가 담긴 컵이 놓여 있었다. 새드랙은 이 삼각형을 채운 부드러운 색깔들, 허연 덩어리 같은 쌀, 떨리는 피 같은 토마토, 회색빛 도는 갈색의 고기를 멍하니 바라보았다. 균형이 딱 맞게 나뉜 삼각형 안에 담긴 것들이 혐오감을 일으켰으나, 그 균형은 그를 진정시키고 얼마간 평정을 주었다. 그래서 하얀색, 붉은색, 갈색이 그 자리에 그대로 있으리라는, 폭발하거나 정해진 영역으로부터 터져나오지 않으리라는 사실을 확인하고서야 그는 갑작스레 몰려오는 허기를 느끼고 자기 손을 찾아 두리번거렸다. 아주 신중해야 했기 때문에 처음에는 조심스럽게 시선을 던졌다. 뭐가 어디에 있을지 아무도 모를 일이었다. 그다음으로 자기 엉덩이 양옆, 베이지색 담요에 덮여 있는 덩어리 두 개를 알아차렸다. 그는 아주 조심스럽게 한 팔을 들어올려 자기 손이 손목에 잘 붙어 있음을 확인하고 안도했다.

다른 손도 들어올려 확인했다. 천천히 한 손을 컵으로 뻗었다. 손가락을 펴려고 하자 손가락들이 잭의 콩나무처럼 쟁반과 침대 위로 온통 엉망진창으로 자라나기 시작했다. 그는 비명을 지르며 눈을 감고 자라나는 거대한 손을 이불 속으로 쑤셔넣었다. 일단 눈앞에서 사라지자 손가락들은 다시 정상 크기로 줄어든 듯했다. 그러나 비명소리에 남자 간호사가 왔다.

"이등병? 오늘은 좀 이 정도에서 그쳤으면 좋겠는데. 안 그래, 이등병?"

섀드랙은 고개를 들어 녹색 면 재킷과 바지를 입은 대머리 남자를 보았다. 오른쪽에서 낮게 가르마를 타서, 스물 내지 서른 가닥쯤 되어 보이는 금발 머리카락으로 벗어진 머리를 조심스럽게 감추었다.

"자. 그 수저 들어봐. 들어올리라고, 이등병. 언제까지나 밥을 먹여줄 수는 없단 말이야."

섀드랙의 겨드랑이에서 옆구리를 타고 땀이 흘러내렸다. 또다시 손이 자라나는 모습을 도저히 참고 볼 수가 없었고, 밝은 초록색 옷의 목소리에 겁도 났다.

"숟가락 들라고 했잖아. 그래봤자 소용없어……" 간호사가 괴물처럼 변한 손을 끌어내려고 이불 속으로 손을 뻗어 섀드랙의 손목을 잡았다. 섀드랙은 손을 뒤로 홱 빼다가 쟁반을 엎었다. 그는 공포에 질려 무릎으로 일어서서 무시무시한 손가락을 떼어내 던져버리려다가 간호사를 쳐서 옆 침대로 넘어뜨렸다.

사람들이 섀드랙에게 구속복을 입히자 그는 드디어 손을 감추고 크기가 어떻건 간에 그 정도 크기로 묶어둘 수 있게 되어 마음이 놓이고 한편으로는 고마운 심정이었다.

작은 침대에 묶인 채 그는 말없이 느슨하게 풀어진 정신을 다시 가다듬어보려 했다. 자기 얼굴을 보고, 간호사(그리고 그를 묶는 데 힘을 보탰던 다른 사람들)가 자기를 불렀던 "이등병"*이라는 말과 얼굴을 연결해보고 싶어 죽을 지경이었다. 그는 그 말을 뭔가 비밀스러운 것으로 생각했고 왜 사람들이 자기를 비밀이라고 부르는지 궁금했다. 손이 그런 식으로 움직이는데 얼굴은 대체 어떤 꼴일까? 공포심과 갈망이 견디기 어려울 지경이어서 그는 다른 것을 생각하기 시작했다. 즉 아무거나 다른 기억의 동굴 입구를 찾아 거기에 정신을 쏟은 것이다.

그는 물고기가 가득하다고 알고 있는 강이 내다보이는 창을 보았다. 누군가 문 바로 밖에서 부드러운 목소리로 속삭이고 있었다……

---

* private에는 '이등병' 또는 '사적인' '은밀한'이라는 뜻이 있다.

앞서 섀드랙이 폭력을 쓴 때는 고위험군 환자들의 배치에 관해 병원 경영진으로부터 제안서가 나온 때와 그 시기가 일치했다. 확실히 공간이 필요했다. 퇴원 우선순위였기 때문인지 폭력 탓이었는지 섀드랙은 현금 217달러와 옷 한 벌, 몹시 형식적으로 보이는 서류를 받아들고 병원을 나왔다.

병원 문밖으로 걸어나오자 땅—다듬은 관목숲과 네모반듯한 잔디밭, 곧게 쭉 뻗은 보도—이 그를 압도했다. 섀드랙은 시멘트 길을 바라보았다. 길 하나하나가 짐작건대 어딘가 그럴듯한 목적지를 향해 명쾌하게 뻗어 있었다. 콘크리트와 푸른 잔디밭 사이에는 울타리도, 경고문도, 장애물도 없어서 누구나 마음만 먹으면 깔끔한 돌길을 무시하고 다른 방향으로, 그러니까 자기가 가고 싶은 쪽으로 질러갈 수 있었다.

섀드랙은 병원 계단 아래 서서 흔들리는 나무 우듬지를 바라보았다. 나무는 둥치가 너무 땅속 깊이 박혀 그를 위협할 수 없는 것이 유감스럽다는 듯, 하지만 그러면서도 어쩌지는 못하고 그저 흔들리고 있었다. 그를 불안하게 만드는 것은 보도뿐이었다. 그는 어떻게 콘크리트를 밟지 않고 문까지 갈 수 있을까 생각하며 몸의 무게를 옮겼다. 어디에서 펄쩍 건너뛸지, 어디쯤에서 덤불숲을 옆으로 돌아갈지 갈 길을 구상하고 있는데 요란한 웃음소리가 들려 깜짝 놀랐다. 남자 둘이 계단을 올라가고 있었다. 그제야 주위에 사람들이 많다는 것을 알아차렸다. 지금 막 그 사람들을 보았을 수도 있고, 아니면 그들이 지금 막 실체를 가지고 나타난 것일 수도 있었다. 사람들은 보도 위를 떠다니는 종이 인형처럼 얇은 조각들이었다. 어떤 이들은 다른 종이 인물들이 밀어주는 바퀴 달린 의자에 앉아 있었다. 모두들 피어오르는 연기처럼 보였고 팔다리가 산들바람에 흐느적거렸다. 바람 한 번만 세게 불면 다들 날아가 나무 꼭대기에 내려앉을 듯했다.

새드랙은 마음먹고 발을 떼었다. 네 발짝을 걸어 문 쪽으로 향한 잔디밭 위에 섰다. 여기저기에서 휘어지고 구부러지는 종이 사람들을 보지 않으려고 고개를 푹 숙인 채 걷다가 길을 잃고 말았다. 고개를 들어보니 포장 보도를 사이에 두고 본관과 떨어져 있는 나지막한 붉은색 건물 옆에 서 있었다. 어딘가에서 풍겨오는 달짝지근한 냄새에 고통스러운 기억이 떠올랐다. 문을 찾아 주변을 둘러보니, 잔디밭을 가로질러 이리저리 복잡하게 오느라 문에서 정반대 방향으로 와 있었다. 낮은 건물 바로 왼편에 정원 밖으로 이어지는 듯한 자갈 깔린 진입로가 있었다. 그는 재빨리 그쪽으로 걸음을 옮겼고, 드디어, 일 년도 넘게 있었지만 온전히 기억해낼 수 있는 날은 여드레뿐인 안식처를 떠났다.

일단 거리로 나온 다음엔, 서쪽으로 방향을 잡았다. 병원에 오래 머문 탓에 몸이 약해진 상태였다. 너무 쇠약해져서 자갈 깔린 갓길을 천천히 걷는 것도 힘에 부쳤다. 그는 발을 질질 끌며 걷다가 현기증이 점점 심해져서 숨을 돌리려고 잠시 걸음을 멈추었다가 다시 걷기 시작했다. 휘청거렸고 땀도 흘렸지만 여전히 손을 볼 용기가 나지 않아 이마는 훔치지 않았다. 짙은 색 사각형 자동차 속의 탑승자들은 그를 술주정뱅이라 여기고 눈을 돌렸다.

타운까지 왔을 때는 해가 벌써 중천에 있었다. 그늘진 거리를 몇 블록 지나니 어느새 중심가까지 왔다. 근사하고 차분하게 정리된 시내였다.

발이 지친데다 통증으로 굳어, 그는 길가에 앉아 신발을 벗었다. 그는 손을 보지 않으려고 눈을 감은 채 복사뼈까지 올라오는 무거운 구두의 끈을 손으로 더듬었다. 간호사가 어린아이들한테 해주듯 끈을 이중으로 매듭지어 묶어놓았다. 섀드랙은 정교한 것을 다루지 않은 지 오래여서 끈을 풀 수가 없었다. 손이 제대로 말을 듣지 않는 탓에 손톱이 매듭에 걸려 찢어졌다. 그는 솟아오르는 히스테리와 싸웠다. 단지 아픈 발을 편히 풀어놓고 싶은 마음만은 아니었다. 매듭을 푸는 데 그의 삶 자체가 달려 있었다. 갑자기 그는 눈꺼풀을 들어올리지도 않고 울음을 터뜨렸다. 나약하고 덥고 겁에 질린, 자신이 누구인지, 아니 무엇인지조차 모른다는 사실을 인정할 용기가 없는 스물두 살…… 과거도 없고, 언어도 없고, 무리도 없고, 가진 것도 없고, 주소록도 없고, 빗도 없고, 연필도 없고, 시계도 없고, 손수건도 없고, 깔개도 없고, 침대도 없고, 깡통따개도 없고, 빛바랜 엽서도 없고, 비누도 없고, 열쇠도 없고, 담배쌈지도 없고, 얼룩진 속옷도 없고, 아무것도 아무것도 아무 할 일도 없고…… 그에게 확실한 것은 단 한 가지, 제멋대로인 크고 흉물스러운 손뿐이었다. 그는 작은 중서부 타운의 길가에서 소리 없이 울며 궁금해했다. 창문은 어디 있을까, 강은, 문 바로 밖에서 들려오는 부드러운 목소리들은……

눈물 사이로 손가락이 처음에는 머뭇거리다가 이내 구두끈과 재빠르게 합쳐지는 모습이 보였다. 양손의 손가락 네 개씩이 끈과 엮여 매듭을 짓고는 조그만 구멍으로 지그재그 들어갔다 나왔다.

경찰이 왔을 때 섀드랙은 앞이 안 보일 정도의 두통으로 괴로워하고 있었다. 경찰관이 영영 같이 엉켜 있을 것만 같았던 구두끈에서 그의 손을 잡아빼자 안도감이 들었지만 그래도 두통은 가라앉지 않았다. 경찰관들은 그를 유치장으로 데려가 부랑죄와 음주로 기록한 다음 감방에 가두었다. 섀드랙은 침대에 누워 무력하게 벽을 바라보는 수밖에 없었다. 머리의 통증으로 움직일 수가 없었다. 그런 고통 속에 오랫동안 누워 있다가 문득 정신을 차리니 뒈져버리라고 페인트로 쓴 글자가 보였다. 그 문구를 열심히 들여다보고 있노라니 머리의 통증이 가라앉았다.

블라인드 아래로 새어들어오는 달빛처럼 슬며시 한 가지 생각이 떠올랐다. 자기 얼굴을 보고 싶다는 예전의 마음. 그는 거울을 찾았지만 거울이 없었다. 결국 조심스럽게 손을 등뒤로 돌리고 화장실 변기로 가서 안을 들여다보았다. 햇빛이 물위로 고르게 반사되어 아무것도 알아볼 수가 없었다. 다시 침대로 가서 담요를 가지고 와 머리 위로 덮어써서 물위에 얼굴이 비칠 만큼 어둡게 만들었다. 변기 물에서 그는 엄숙한 검은 얼굴을 보았다. 너무나 확고하고 너무나 또렷한 검은색이어서 화들짝 놀랐다. 그는 자기가 진짜가 아니라는, 아예 존재하지도 않는다는 두려움을 품고 있었다. 그러나 검은색이 부인할 수 없는 존재를 드러내며 그를 맞아주자 더는 바랄 것이 없었다. 기쁜 나머지 그는 담요 한쪽 끝을 놓고 자기 손을 힐끗 보는 모험을 했다. 손은 멀쩡했다. 정중하리만치 제 모습 그대로였다.

섀드랙은 일어나서 침대로 돌아와 새로운 삶에서의 첫번째 잠에 빠졌다. 병원 약에 취해 잔 것보다 더 깊은 잠이었다. 자두 씨보다도 더 깊은 잠, 콘도르의 날개보다 더 안정된 잠, 달걀의 곡선보다도 더 평온한 잠이었다.

보안관은 머리가 떡진 젊은이를 창살 틈으로 바라보았다. 그는 죄수의 서류를 다 훑어보고 농부 한 명을 불렀다. 섀드랙이 잠에서 깨어나자 보안관은 그에게 서류를 돌려주고 그를 마차 뒤편에 태웠다. 섀드랙은 마차를 타고 세 시간이 채 안 걸려 메달리언으로 돌아갔다. 그의 창문, 그의 강, 문 바로 밖에서 들려오는 그의 부드러운 목소리들로부터 불과 22마일밖에 떨어져 있지 않았던 것이다.

마차 뒤에서 애호박 자루와 산처럼 쌓인 호박에 기대어 섀드랙은 십이 일간 계속될 싸움, 경험에 질서를 부여하고 집중하는 싸움을 시작했다. 공포를 통제하는 방법으로서 공포를 위한 자리를 만들어주는 것과 관련된 일이었다. 그는 죽음의 냄새를 알았고, 죽음을 예측할 수 없기에 두려웠다. 그를 두렵게 하는 것은 죽음도, 죽어가는 것도 아니라 그 둘의 예측 불가능성이었다. 그 문제를 해결하려 노력하던 중 그는 일 년 중 하루를 죽음에 바친다면 모두가 죽음을 제쳐놓고 나머지 날들은 안전하고 자유롭게 살 수 있을 거라는 생각을 했다. 그런 식으로 그는 전국자살일을 제정했다.

새해의 사흘째 되는 날, 그는 소 방울과 교수형 집행인의 밧줄을 든 채 사람들을 불러모으며 카펜터즈 로드를 따라 보텀을 돌아다녔다. 사람들에게 오늘이 자살을 하거나 서로를 죽일 유일한 기회라고 말하면서.

처음에 타운 사람들은 겁을 먹었다. 섀드랙이 제정신이 아닌 줄은 알고 있었지만, 그렇다고 해서 그가 아예 생각이 없다거나, 이게 훨씬 중요한 사실인데, 힘이 전혀 없다는 의미는 아니었다. 그의 눈빛은 거칠었고 긴 머리는 떡이 졌고 목소리는 권위가 넘치고 우렁찼다. 그래서 1920년 첫번째 전국자살헌장, 혹은 전국자살일은 사람들에게 공포를 불러일으켰다. 1921년 다음번 전국자살일은 덜 무서웠지만 여전히 걱정스러웠다. 사람들은 그사이 일 년간 그를 지켜보았다. 그는 오래전에 죽은 조부의 소유였던 강둑의 판잣집에 살았다. 화요일과 금요일에는 아침에 잡은 생선을 팔았고, 다른 날에는 술에 취해 시끄럽게 소리를 지르고 음란한 짓을 하고 우스꽝스럽고 터무니없는 짓을 했다. 하지만 그는 아무도 건드리지 않았고, 싸움을 하는 법도 없었고, 친절하게 대하지도 않았다. 사람들은 일단 그의 광증의 정도와 성격을 알게 되자 그를 으레 그러려니 하고 받아들일 수 있게 되었다.

그후의 전국자살일에 그가 종을 울리면 어른들은 커튼 뒤에서 내다보았다. 부랑자 몇몇은 발걸음을 재촉했고 어린아이들은 소리를 지르며 달렸다. 머리에 습진이 난 아이들이 그를 몰아내려고도 해보았지만(그는 그들보다 겨우 너댓 살 더 먹었을 뿐이지만), 그가 날카롭게 인신공격적인 저주를 퍼부은 탓에 그마저도 오래가지 못했다.

시간이 흐르면서 사람들은 1월 3일의 행사에 별 신경을 쓰지 않게 되었다. 아니면 이러저러하다보니 섀드랙이 매년 벌이는 단독 행진에 아무런 태도나 느낌도 갖지 않게 되었다고 생각했다. 실은 그들이 그 행사를 자기들의 생각 속으로, 말 속으로, 삶 속으로 흡수해버렸기 때문에 그 축제일에 대해 더는 언급하지 않게 된 것이었다.

어떤 사람이 친구에게 이렇게 말했다. "아기 낳는 데 참 오래도 걸렸네. 얼마 동안이나 진통을 한 거야?"

그러자 친구가 이렇게 대답했다. "사흘이 걸렸지. 자살일에 진통이 시작되어서 그다음주 일요일까지 계속되었으니까. 일요일에 낳았어. 내 아들들은 다 일요일에 태어났어."

어떤 연인은 신부가 될 상대에게 이렇게 말했다. "새해 전에 말고 새해 지나면 하자. 섣달 그믐날에 월급을 받거든."

그러면 애인이 이렇게 대답했다. "좋아, 하지만 자살일에는 절대 안 돼. 결혼식을 올리는 도중에 소 방울 소리를 듣기는 싫단 말이야."

어느 할머니는 자기 암탉들이 자살일 직후에 항상 노른자가 두 개 든 달걀을 낳기 시작한다고 말했다.

딜 목사도 이를 받아들여, 사람들이 섀드랙이 불러도 나가지 않을 만큼 지각 있으면서도 죽도록 술을 퍼먹거나 죽도록 계집질이나 한다고 말했다. "섀드랙에게 평안이 함께하고 어린양에게 구원을 위한 고난을 면해주시기를."

자살일은 힘들이지 않고 조용히 오하이오 주 메달리언 보텀의 삶의 일부가 되었다.

1920

선다운 하우스에서 되도록 멀리 떨어져야 했다. 메달리언이라는 이름의 북쪽 타운에 사는, 할머니의 중년 조카는 분명히 그것을 가능하게 해줄 유일한 기회였다. 십육 년 동안, 그 붉은 덧문들은 헐린 사바트와 그녀의 할머니의 뇌리에서 떠나지 않았다. 헐린은 그 덧문 뒤에서, 거기에서 일하는 크리올* 창녀의 딸로 태어났다. 할머니는 헐린을 선다운 하우스의 은은한 불빛과 꽃무늬 카펫에서 데리고 나와, 제 어미의 거친 피의 흔적이 나오지 않을까 경계를 늦추지 않고 타이르면서 여러 색채를 띤 성모마

* 지역에 따라 여러 의미로 사용되지만 여기서는 흑인과 유럽계 백인 사이에 태어난 혼혈을 의미한다.

리아의 애절한 눈길 아래에서 그녀를 키웠다.

그래서 와일리 라이트는 뉴올리언스에 사는 대고모 세실을 만나러 왔다가 예쁜 헐린에게 끌려 청혼까지 하게 되었다. 두 여자의 압력에 떠밀린 것이기도 했다. 그는 뱃사람이어서(아니, 호수 사람이라고 하는 편이 맞을 것이다. 미국과 캐나다 국경의 오대호 중 하나를 항해하는 배의 요리사였으니까) 십육 일마다 사흘씩만 항구에 내렸다.

그는 신부를 메달리언의 자기집으로 데려가 벽돌로 지은 포치와 진짜 레이스 커튼이 달린 창문이 있는 예쁜 집에 살게 했다. 헐린 라이트는 남편의 긴 부재도 얼마든지 견딜 수 있었다. 특히 결혼하고 구 년 후 딸이 태어나면서부터는 더욱 그랬다.

그녀의 딸은 그녀가 삶에서 찾고 싶었던 그 어느 것보다도 더 큰 위안과 목적이 되어주었다. 그녀의 모성애는 지극한 경지까지 올라, 아이가 자신의 엄청난 미모를 물려받지 않았음을 가슴 깊이 감사하게 여길 정도였다. 아이의 피부색이 가무스름한 것도, 속눈썹이 풍성하면서도 천박해 보일 만큼 길지는 않은 것도, 와일리의 넓적하고 평평한 코와(헐린은 그보다는 조금 더 낫기를 바랐지만) 두꺼운 입술을 닮은 것도 고마웠다.

헐린의 손에서 딸아이는 얌전하고 유순한 아이로 자랐다. 어린 넬이 조금이라도 열정을 보이려 하면 어머니는 딸의 상상력을 깊이 묻어 그 열정을 진정시켰다.

헐린 라이트는 인상적인 여자였다. 적어도 그녀가 사는 메달리언에서는 그랬다. 숱 많은 머리는 올려서 쪽을 지고 검은 눈은 다른 사람들의 태도에 언제까지나 의문을 던지듯 아치형을 이루고 있었다. 자신의 권위가 적법하다는 확신과 존재감으로 모든 사회적 전투에서 승리를 거둔 여자였다. 그 당시 메달리언에는 가톨릭교회가 없었으므로 그녀는 가장 보수적인 흑인 교회에 다녔다. 그리고 교회를 쥐고 흔들었다. 예배 시간에 지각한 신도가 들어와도 절대 고개를 돌리지 않는 사람이 바로 헐린이었다. 철마다 제단에 꽃을 장식하는 관습을 만든 사람도 헐린이었다. 돌아온 흑인 참전용사들을 환영하는 연회를 베푸는 관습을 도입한 사람도 헐린이었다. 그녀가 진 전투는 딱 하나, 바로 그녀의 이름을 발음하는 법이었다. 보텀 사람들은 그녀를 헐린Helene이라고 부르지 않았다. 헬렌 라이트Helen Wright라고 불렀고 그 발음을 고치지 않았다.

그녀의 삶은 대체로 만족스러웠다. 그녀는 자기집을 사랑했고 딸과 남편을 휘두르기를 즐겼다. 가끔씩 잠들기 직전, 이만하면 선다운 하우스에서 진짜로 멀리까지 왔다는 생각에 한숨을 내쉬곤 했다.

그래서 헨리 마틴 씨로부터 할머니가 병에 걸리셨으니 당장

와주면 좋겠다는 편지를 받고는 극과 극이 뒤섞인 감정을 느꼈다. 가고 싶지 않았지만 자신을 구해준 여인의 말없는 호소를 차마 무시할 수 없었다.

때는 11월이었다. 1920년 11월. 메달리언에서조차 백인들이 승리감에 취해 으스대며 활보했고 유색 참전용사들의 눈에는 총기를 잃은 흥분감이 떠돌았다.

헐린은 남부로 가는 것에 엄청난 불안감을 느꼈지만 자신을 보호할 최선의 방책을 결정했다. 바로 태도와 몸가짐이었다. 거기에 멋진 옷을 더할 것이다. 그녀는 진한 갈색 양모와 그에 잘 어울리는 벨벳을 4분의 3야드 샀다. 그것으로 벨벳 칼라와 주머니가 달린, 무겁지만 우아한 드레스를 만들었다.

넬은 어머니가 신문에서 옷본을 오리고 잡지 속 모델에서 자기 손으로 바삐 눈길을 옮기는 모습을 지켜보았다. 해질녘이 되자 밤늦게까지 바느질을 하려고 등유 램프를 켜는 것도 보았다.

준비를 다 마친 그날, 혹시나 호수에 나간 남편이 일찍 부두에 도착할 경우를 대비해 헐린은 훈제 햄을 굽고 남편에게 편지를 남겨놓았다. 그러고는 고개는 높이 치켜들고 짐을 들어 팔은 뻣뻣해진 채 딸을 이끌고 기차역으로 걸어갔다.

기억했던 것보다 더 먼 길이었다. 막 모퉁이를 돌자 기차가 증기를 뿜어올리는 것이 보였다. 그들은 흑인 짐꾼이 가르쳐준 기차간을 찾아 철로를 따라 달렸다. 그랬는데도 그들은 실수를 저질렀다. 백인들이 스무 명쯤 있는 칸에 들어간 것이다. 헐린은 돌아가서 다시 나무 계단 세 개를 내려가느니 당황하지 않고 유색인종 칸까지 통과해 가기로 마음먹었다. 그녀는 짐가방 두 개와 끈 달린 지갑을, 딸은 뚜껑 달린 음식 바구니를 들고 있었다.

그들이 '유색인 전용'이라고 적힌 문을 열었을 때, 백인 차장이 그들 쪽으로 오는 모습이 보였다. 쌀쌀한 날씨였지만 그녀와 어린 딸은 문이 닫히지 않도록 잡아놓고 짐을 든 채로 낑낑대며 안으로 들어가느라 땀이 나서 얼굴이 번들거렸다. 차장은 옅은 노란색 피부의 여자를 이리저리 훑어보고는 새끼손가락을 귀에 쑥 넣었다가 귀지를 흔들어 털어냈다. "뭐하는 거야, 거기?"

헐린은 그를 올려다보았다.

너무 일러. 너무 일러. 돌아가는 여행은 아직 시작조차 하지 않았다. 이제 막 빨간 덧문들이 빛나는 도시에 있는 할머니의 집으로 돌아가려는 참인데 벌써 "거기"라는 소리를 들었다. 모든 해묵은 약점들, 뭔가 흠이 있다는 해묵은 공포들이 뱃속에서 한데 뭉치면서 손이 덜덜 떨렸다. 그녀의 귀에 들린 말은 그 한마디뿐이었다. 그 말이 그녀의 챙 넓은 모자 위에서 달랑거렸다. 모자는 그녀의 노력 덕분에 아슬아슬하게 균형을 잡고 씌워져 있다가 이제는 눈 위로 살짝 기울어져 있었다.

차장이 차표를 보자고 하는 줄 알고 그녀는 지갑 속에서 차표를 찾으려 재빨리 소가죽 가방과 밀짚가방 두 개를 다 내려놓았다. 그녀의 목소리에 그의 기분을 맞춰주려는 열성과 절절한 사죄가 배어나왔다. "표 있어요. 바로 여기 어디에……"

차장은 손톱으로 파낸 귀지를 다시 바라보았다. "저기 뒤에서 뭐하고 있었지? 저기 저 칸에서 뭐 했느냔 말야."

헐린은 입술을 적셨다. "어…… 저는……" 그녀의 시선이 백인 차장의 얼굴을 지나쳐 그의 뒤에 앉아 있는 승객들에게로 옮겨갔다. 네댓 명의 검은 얼굴이 쳐다보고 있었다. 그중 둘은 아직도 칙칙한 색의 군복을 입고 챙 달린 모자를 쓴 군인이었다. 그녀는 그들의 굳게 닫힌 얼굴, 잠긴 눈을 보고 차장의 회색 눈에서 동정을 바랐다.

"저희가 실수를 했어요. 보시다시피 표지판이 없어서요. 차를 잘못 탄 것뿐이에요."

"이 기차에서 실수는 안 돼. 이제 그 엉덩이나 저기 내려놔."

그가 그 자리에 선 채 계속 노려보자 헐린은 비로소 그가 자신이 옆으로 비켜주기를 바란다는 것을 알아차렸다. 그녀는 넬의 팔을 잡아끌어 나무 좌석 앞의 발 놓는 공간으로 함께 비집고 들어갔다. 그때 헐린은 당최 아무 이유도 없이, 적어도 누군가는 이해할 법한 어떤 이유도 없이, 그 당시에도 그 이후로도 넬이 그 이유를 알 수 없게도, 미소를 지었다. 조금 전에 걷어차여 내쫓겼던 거리의 개가 걷어차인 바로 그 푸줏간 문설주에서 금세 꼬리를 흔드는 것처럼 헐린은 미소를 지었다. 차장의 연어빛 얼굴 앞에서, 눈부시게 교태 어린 미소를.

넬은 반짝이는 예쁜 치아에서 시선을 돌려 다른 승객들을 바라보았다. 무관심해 보이는 태도로 그 장면을 구경하던 흑인 군인 둘은 이제 좀 괴로운 기색이었다. 넬의 뒤쪽으로는 타오르듯 밝게 빛나는 어머니의 미소가 있었고 앞쪽으로는 군인들의 한밤중 같은 눈빛이 있었다. 그녀는 그들의 얼굴 근육이 팽팽하게 굳어지고 피부 밑에서 흐르던 피가 대리석처럼 차갑게 굳어가는 것을 보았다. 눈빛에는 어떠한 변화도 없었지만, 어머니의 바보 같은 미소를 보는 그들의 눈에 짙은 물기가 어렸다.

차장이 나가고 문이 쾅 닫히자 헐린은 통로를 걸어 자리로 갔다. 그녀는 머리 위 짐칸에 여행가방 올리는 걸 도와줄 사람이 없는지 잠시 주위를 둘러보았다. 아무도 나서지 않았다. 헐린은 야단스럽게 남자들에게서 등을 돌리고 자리에 앉았다. 넬은 어머니와 군인들을 마주보고 반대편에 앉았지만 그들 중 누구도 쳐다볼 수가 없었다. 기품 있고 아름다운 아내를 떠받드는 아버지와는 달리, 이 남자들은 처음부터 그 자리에 있었던 것이 아니라 눈부신 미소를 보이며 갑자기 나타난 어머니에 대한 증오로

부글부글 끓고 있음을 넬은 감지했고, 기쁜 한편으로 수치심이 들었다. 기차가 움직이기 이전부터 깔려 있던 침묵 속에서 넬은 어머니의 드레스 주름을 자세히 살폈다. 묵직한 갈색 천의 늘어진 모양새에 시선을 고정했다. 드레스 옆트임에 달린 후크가 풀려서 그 밑의 커스터드색 피부가 드러날까 두려워 감히 위쪽으로는 시선을 옮길 수가 없었다. 그 속에 숨겨진 것은 커스터드뿐이라는 것을 알면서도, 옷단의 힘을 믿고 싶은 마음으로 넬은 옷단을 뚫어지게 바라보았다. 이 키 크고 자부심 강한 여인, 친구들에 대해서는 유난히 까다롭고, 따를 사람이 없을 만큼 우아한 자태로 교회 안으로 미끄러져들어가고, 시선만으로 잡역부를 제압할 수 있는 여인, 그런 그녀가 진짜로 커스터드라면 넬 역시 그럴지도 모른다.

넬이 언제나 경계를 풀지 않겠노라고 결심한 것이 바로 신시내티를 향해 천천히 달리던 그 기차 안에서였다. 넬은 어떤 남자도 절대 그런 식으로 자신을 보는 일이 없기를 바랐다. 그 어떤 칠흑 같은 눈이나 대리석 같은 살도 다가와 말을 걸어 자신을 겁먹고 약하게 만드는 일은 없어야 했다.

그들은 이틀 동안 기차를 타고 갔다. 이틀 동안 진눈깨비가 비로, 비가 자줏빛 석양으로 바뀌는 것을 보았다. 밤에는 뻣뻣해진 몸으로 나무의자 위에서(코트를 접어 머리를 받쳤다) 군인들의

코 고는 소리를 듣지 않으려 애썼다. 여행의 마지막 구간을 위해 버밍햄에서 기차를 갈아탈 때, 휴게 정차했던 곳마다 유색인 화장실이 있었던 켄터키와 테네시를 지나오면서 그들이 얼마나 호사를 누렸는지를 알 수 있었다. 버밍햄 이후로는 유색인 화장실이 아예 없었다. 헐린은 화장실이 급한 나머지 낯빛이 핼쑥해졌다. 참다못해 결국 터스컬루사에서 네 아이를 데리고 기차를 탄 한 흑인 여자에게 자기 고민을 털어놓게 되었다.

"어디 화장실을 좀 쓸 수 있는 데가 없을까요?"

여자는 헐린을 올려다보았다. 무슨 말인지 잘 이해하지 못하는 듯했다. "부인?" 여자의 시선이 두꺼운 벨벳 칼라, 맑은 피부, 고음의 목소리에 박혔다.

"화장실 말이에요." 헐린이 되풀이했다. 그러다 나지막이 속삭였다. "변소요."

여자가 창밖을 가리키며 말했다. "예, 부인, 저기요."

헐린은 멀리 공중화장실이 보일 거라 반쯤 기대하며 창밖을 내다보았지만 무성한 잔디 위로 솟은 회색빛 도는 푸른 나무들뿐이었다. "어디요?"

"저기요. 머리디언이요. 기차가 그쪽으로 가고 있어요." 여자는 안됐다는 듯 미소를 지으며 물었다. "괜찮으시겠어요?"

헐린은 고개를 끄덕이고 자기 자리로 돌아와 생각을 딴 데로 돌리려 애썼다. 터질 듯한 방광을 떠올렸다가는 사고가 터질 것이 불 보듯 뻔했다.

머리디언에서 여자들이 아이들을 이끌고 내렸다. 헐린이 작은 역사를 두리번거리며 '유색인 여성 전용'이라고 쓴 문을 찾는 동안 다른 여자들은 기찻길 저쪽 키 큰 잔디밭으로 성큼성큼 걸어갔다. 백인 남자 몇몇이 역사 앞 철책에 기대고 있었다. 헐린이 그들에게 궁금한 것을 물어보지 못했던 것은 이쑤시개를 감은 그들의 혀 때문만은 아니었다. 그녀는 아까 그 여자를 찾아 주위를 둘러보다가 잔디밭에서 여자의 머릿수건 끄트머리를 보고서야 비로소 서서히 "저기"가 어디인지를 깨달았다. 그 뚱뚱한 여자와 아들 셋에 딸 하나인 네 아이들, 헐린과 그녀의 딸은 모두 그곳 머리디안의 네시의 태양 아래 쭈그려 앉았다. 그들은 엘리스빌에서도 한 번, 해티즈버그에서도 또 한번 그 짓을 했다. 폰차트레인 호에서 그리 멀지 않은 슬라이델에 닿았을 무렵 헐린은 뚱뚱한 여자 못지않게 나뭇잎 접는 데 능숙해졌을 뿐 아니라 그 타운들의 역 지붕 아래 파손된 도리아 양식 석상처럼 서 있는 남자들의 탁한 눈빛을 지나쳐 갈 때에도 아무렇지 않게 되었다.

기차가 마침내 뉴올리언스로 들어서자, 이러한 일을 겪으면서 솟았던 용기도 순식간에 사라졌다.

세실 사바트의 집은 엘리시안 필즈에 있는 것과 똑같이 다른 두 집 사이에 끼어 있었다. 프랑스식으로 모든 방이 일렬로 죽 붙어 있는 집으로, 뒤쪽에는 훌륭한 정원이 있고 앞쪽에는 작은 연철 울타리가 있었다. 문에는 자주색 리본이 달린 검은색 크레이프로 만든 화환이 걸려 있었다. 그들이 너무 늦게 도착한 것이다. 헐린은 손을 뻗어 리본을 만져보고는 잠시 망설이다가 문을 두드렸다. 칼라가 없는 셔츠를 입은 남자가 문을 열어주었다. 헐린이 신원을 밝히자 남자는 자신이 헨리 마틴이며 장례식 준비 때문에 와 있다고 말했다. 그들은 집안으로 들어갔다. 성모마리아가 거실에서 세 번, 세실의 시신이 안치된 침실에서 한 번, 목 앞에서 두 손을 맞잡았다. 노인은 손녀를 보지도, 축복을 빌어주지도 못하고 죽었다.

마틴 씨 외에는 집에 아무도 없는 것 같았지만 달콤한 치자나무 향기로 보아 누군가 다른 이가 왔다 간 모양이었다. 헐린은 하얀 손수건으로 속눈썹을 찍어내며 주방을 지나 그녀가 십육년 동안 잠을 잤던 안쪽 침실로 걸어갔다. 넬은 냄새와 양초, 낯선 분위기에 홀려 그 뒤를 따라갔다. 헐린이 넬의 모자에서 리본을 풀려고 허리를 굽혔을 때 노란 드레스를 입은 여자가 정원에서 나와 침실로 이어지는 뒤쪽 현관으로 들어왔다. 두 여자가 서로를 마주보았다. 양쪽 다 상대를 알아보는 기색이 없었다. 그러다가 헐린이 말했다. "이분이 네…… 할머니란다, 넬." 넬은 어머니를 쳐다보고 그들이 방금 막 지나온 문을 잽싸게 되돌아보았다.

"아니야. 그분은 증조할머니고. 이분이 네 할머니야. 내…… 어머니지."

넬이 미처 생각을 하기도 전에 말이 먼저 치자향 도는 공기 속에 내걸렸다. "하지만 너무 젊어 보이는데요."

카나리아색 드레스를 입은 여자가 웃음을 터뜨리더니 자기는 마흔여덟 살이라고 말했다. "마흔여덟 살이나 먹었는걸."

치자향을 몰고 온 사람은 바로 그녀였다. 부드럽고 카나리아색으로 빛나는 이 조그만 여인. 성모마리아상이 네 개 있고, 죽음이 사방 구석에서 한숨을 쉬고 촛불이 타닥거리는 그 음침한 집에서 치자향과 카나리아색 드레스는 그들을 둘러싼 장례식 분위기를 더욱 도드라지게 했다.

여자는 거울을 힐끗 보며 미소를 짓고는 헐린 쪽을 향해 이렇게 물었다. "저 아이가 네 외동딸이니?"

"네." 헐린이 대답했다.

"예쁘구나. 너를 많이 닮았어."

"그래요. 이제 열 살이죠."

"열 살이라고? 정말? 나이치고는 작은데, 그렇지 않니?"

헐린은 어깨를 으쓱하고는 호기심으로 가득한 딸아이의 눈을 바라보았다. 노란 드레스의 여인이 몸을 앞으로 숙였다. "이리 와. 이리 오렴, 얘야."

헐린이 가로막았다. "먼저 좀 씻어야겠어요. 사흘 동안 기차를 타고 오느라 씻지를 못했어요……"

"코망 타펠?"*

"얘는 크리올 말을 할 줄 몰라요."

"그럼 네가 물어봐주렴."

"네 이름을 알고 싶으시다는구나, 얘야."

넬은 어머니의 묵직한 갈색 드레스에 머리를 묻고 그녀에게 이름을 말해준 다음 이렇게 물었다. "할머니 이름은 뭐예요?"

"로셸이라고 해. 자, 난 이제 가봐야겠다." 그녀는 거울 앞으로 더 바짝 다가서서 귀를 덮고 흘러내린 작은 고수머리를 침으로 적셔가며 목덜미에서 머리카락을 쓸어모아 후광처럼 둥글게 말았다. "알다시피 난 거의 온종일 여기 있었단다. 어머니는 어제 돌아가셨어. 장례식은 내일이고. 헨리가 알아서 할 거다." 그녀는 성냥을 켰다가 후 불어 끄더니 탄 부분으로 눈썹을 검게 칠

* '이름이 뭐니?'라는 뜻.

했다. 그러는 동안 헐린과 넬은 그녀를 지켜보았다. 헐린은 분개했다. 접은 나뭇잎으로 뒷처리를 하고 나무의자에서 잠을 자며 여기까지 왔는데 결국 할머니는 보지 못하고 환영이나 애정의 말 한마디 건네지 않는 이 분칠한 카나리아나 봐야 하다니……

로셸이 말을 이었다. "이 집이 어찌된 건지 모르겠다. 참 오래도 대가를 치렀지. 너도 그렇게 생각하지? 응?" 새로 검게 칠한 눈썹이 헐린에게 질문했다.

"네." 헐린의 목소리가 싸늘했다. "저도 그렇게 생각해요."

"아, 그래. 내가 할말은 아니지……"

갑자기 그녀가 획 돌아서서 넬을 포옹했다. 가늘고 부드러운 팔로, 그럴 수 있으리라고는 아무도 상상하지 못할 만큼 세게 꽉 끌어안았다.

"부아르! 부아르!"* 그녀는 가버렸다.

넬은 주방에서 어머니가 머리부터 발끝까지 비누칠을 해서 닦아줄 동안 용기를 내어 말했다. "할머니는 참 좋은 냄새가 나던걸요. 피부도 아주 보드랍고."

헐린이 천을 헹구었다. "손을 많이 탄 물건이야 늘 보드랍지."

"'부아르'가 무슨 뜻이에요?"

---

* '안녕'이라는 뜻.

"모르겠다. 나도 크리올 말은 할 줄 모르니." 그녀는 딸의 젖은 엉덩이를 바라보았다. "너도 모르지."

그들이 메달리언의 조용한 집으로 돌아와보니 편지는 두고 간 그대로였고 햄은 아이스박스 속에서 말라 있었다.

"세상에, 집을 보니 이렇게 반가울 수가 없구나. 하지만 먼지 좀 봐. 걸레 가져오렴, 넬. 아, 신경쓰지 마라. 우선 숨 좀 돌리고. 세상에, 집까지 무사히 돌아올 수 있을 거라곤 생각도 못했는데. 휴우. 자, 이제 다 끝났어. 완전히 다 끝났다고. 하느님께서 돌보신 덕이지. 저것 좀 보렴. 그 늙은 바보한테 우유 배달하지 말라고 일렀는데 상한 우유가 있구나. 대체 무슨 생각을 하는 거지? 하지 말라고 말해두었는데. 아, 신경쓸 일이 한둘이라야지. 불부터 좀 피워야겠다. 미리 준비해두었으니까 불만 붙이면 될 거야. 아이고, 추워라. 거기 그냥 앉아 있지 마라, 얘야. 코를 잡아당기라니까……"

넬은 빨간 벨벳 소파에 앉아 어머니의 말에 귀를 기울이려 했지만, 탄 성냥을 눈 위에 문지르던 노란 옷 여인의 냄새와 힘찬, 아주 힘찬 포옹이 떠올랐다.

불을 피우고 차가운 저녁을 먹고 먼지를 닦아내고 나서 그날 밤 늦게, 넬은 침대에 누워 여행을 생각했다. 제대로 쪼그려 앉는 법을 익히기 전까지 스타킹 속으로 흘러내리던 오줌이 또렷이 기억났다. 죽은 여자의 얼굴에 떠오른 혐오감과 장례식의 북소리도 기억났다. 아주 신나는 여행이면서 무서운 여행이었다. 기차에서 본 군인들의 눈, 문에 걸린 검은 화환, 어머니의 무거운 드레스 밑에 숨어 있다고 믿었던 커스터드푸딩, 이름 모를 거리와 이름 모를 사람들의 느낌이 무서웠다. 하지만 진짜 여행을 해본 것이었다. 이제 넬은 달라졌다. 침대에서 나와 램프에 불을 켜고 거울 속을 들여다보았다. 거기에는 자신의 얼굴, 평범한 갈색 눈, 세 가닥으로 땋은 머리, 어머니가 싫어하는 코가 있었다. 한참 동안 들여다보는데 갑자기 전율이 온몸을 훑고 지나갔다.

"이게 나야." 넬은 속삭였다. "나."

넬은 자기가 무슨 뜻으로 그렇게 말한 것인지 전혀 몰랐지만 한편으로는 정확하게 알고 있었다.

"이게 나야. 난 그들의 딸이 아니야. 나는 넬이 아니야. 나는 나야. 나."

나라는 말을 할 때마다 힘처럼, 기쁨처럼, 공포처럼 그녀 안에 무언가가 모였다. 넬은 자신이 발견한 것을 품고 침대로 되돌아와 창밖 마로니에의 검은 잎을 바라보았다.

"나." 넬은 중얼거렸다. 그러고는 퀼트 이불 속으로 더 깊이 몸을 파묻었다. "내가 원하는 건…… 내가 되고 싶은 건…… 근사해지는 거야. 아, 주님, 저를 근사하게 만들어주세요."

여행에서 한 수많은 경험들이 한꺼번에 밀려들었다. 넬은 잠이 들었다. 그것이 메달리언을 떠나본 처음이자 마지막이었다.

그후 며칠 동안 넬은 앞으로 혼자서 머나먼 곳으로 떠나게 될 다른 여행들을 상상했다. 여행을 상상하는 일은 달콤했다. 메달리언을 떠나는 것이 넬의 목표가 될 것이다. 그러나 그것은 가필드 초등학교에서 오 년 동안 보아왔지만 그애의 어머니가 거무튀튀하다는 헐린의 말 때문에 한 번도 같이 논 적 없고 알지도 못했던 그 소녀, 술라를 만나기 전의 일이었다. 어쩌면 그 여행이, 넬이 새로 발견한 '나다움'이, 어머니의 말에도 불구하고 친구를 사귈 힘을 주었던 것인지도 모른다.

술라가 라이트네 집을 처음 방문했을 때 헐린의 응고되어 있던 경멸감은 버터처럼 녹아버렸다. 딸의 친구는 전혀 제 엄마처럼 태만해 보이지 않았다. 자기집의 숨막히는 단정함을 두려워하던 넬은 술라와 함께 집에 있으면 편안함을 느꼈다. 술라는 그 집을 무척 좋아해서 빨간 벨벳 소파에 일단 앉으면 십 분에서 이십 분까지 꼼짝도 않고 조용히 있곤 했다. 넬로 말하자면 그녀는 지저분한 술라네 집이 더 좋았다. 그 집에는 항상 화덕 위에 냄비가 끓고 있었고, 술라의 어머니 해나는 절대로 나무라거나 이래

라저래라 하지 않았고, 온갖 사람들이 그 집을 들락거렸다. 복도에는 신문이 쌓여 있고 지저분한 접시가 몇 시간 동안이나 개수대에 그대로 있기도 했으며, 에바라는 이름의 외다리 할머니가 호주머니 속 깊숙이에서 땅콩을 꺼내주거나 꿈풀이를 해주었다.

1921

술라 피스는 집주인의 설계도에 따라 오 년에 걸쳐 지어진, 방이 많은 집에 살았다. 주인은 계속 뭔가를 덧붙였다. 계단을 더 많이 만들어서 2층으로 가는 계단이 세 개가 되었고, 방과 문, 현관 계단도 늘어났다. 문이 세 개인 방도 여러 개 있고, 현관으로만 나갈 수 있는 방도 있고, 집 어디에서나 들어갈 수 있는 방도 있었다. 남의 침실을 거쳐야만 들어갈 수 있는 방도 있었다. 앞마당에 배나무 네 그루가 있고 뒷마당에는 느릅나무 한 그루가 있는 이 어마어마한 집의 창조주이자 군주는 에바 피스로, 3층에서 손수레에 앉아 자식, 친구, 길 잃은 사람 그리고 쉴새없이 들고 나는 하숙인 들의 생활을 지휘했다. 에바의 두 다리가 멀쩡하던 시절을 기억하는 사람은 타운에서 채 아홉 명이 되지 않았고,

만이인 해나조차 그 아홉에 들지 않았다. 에바가 직접 그 화제를 먼저 입에 올리지 않는 한 어느 누구도 그녀의 장애를 입 밖에 내지 않았다. 에바가 공상에 젖어 그에 관해 무시무시한 이야기를 시작하지 않는 한—대개는 아이들을 즐겁게 해주기 위해서였다—사람들은 그 일을 모르는 척했다. 이야기는 어느 날 다리 한쪽이 저절로 벌떡 일어나 걸어가버렸다는 내용이었다. 그녀가 절뚝거리며 뒤쫓아갔지만 다리가 너무 빨리 달려갔다고 했다. 아니면, 발가락에 티눈이 하나 났는데 그게 자라고 자라고 자라 마침내는 발 전체가 티눈이 되었다고, 그런데도 멈추지 않고 다리까지 계속 올라와서 결국은 그 위에 빨간 천을 덮었지만 그 무렵엔 벌써 무릎까지 올라왔더라는 이야기였다.

어떤 이는 에바가 기차 밑에 다리를 넣고 돈을 받아냈다고 했다. 또 어떤 이는 그녀가 만 달러를 받고 다리를 병원에 팔았다고도 했다. 그 말을 들은 리드 씨는 한 쌍에 만 달러라면 몰라도 한 짝에 만 달러라니 말도 안 된다는 듯 눈을 휘둥그레 뜨며 물었다. "검둥이 여자 다리 한 짝에 만 달러나 한다고?"

잃어버린 다리의 운명이 어찌되었건 남은 한쪽은 굉장했다. 어떤 날씨건 항상 스타킹을 신고 신발을 신었다. 가끔가다 한 번씩 크리스마스나 생일을 맞아 펠트 슬리퍼를 신기도 했지만 곧 벗어버렸다. 항상 발목 위까지 올라오는 끈 달린 검은색 구두를 신었기 때문이었다. 왼쪽의 빈 곳을 가리려고 긴 드레스를 입는 일도 없었다. 그녀의 드레스들은 종아리 중간까지 와서, 멋진 다리 한쪽이 왼쪽 허벅지 아래의 빈 공간만큼이나 항상 눈에 잘 띄었다. 그녀의 남자친구들 중 한 명이 그녀를 위해 큰 어린이용 손수레에 흔들의자 등받이를 연결해 휠체어 비슷한 것을 고안해주었다. 그녀는 이 기계장치를 타고 침대 옆에서 서랍장, 그녀의 방 북쪽으로 나 있는 발코니까지, 아니면 뒷마당이 내다보이는 창문까지 온 방을 다 돌아다녔다. 휠체어가 너무 낮아서 아이들은 서서 말할 때 그녀와 눈높이가 맞았고, 어른들은 앉든 서든 그녀를 내려다보아야 했다. 그러나 사람들은 그 사실을 몰랐다. 모두들 자신이 그녀를 올려다보고 있다는 인상을 받았다. 멀리까지 탁 트인 그녀의 눈 속을, 부드럽고 검은 콧구멍 속을, 턱에 진 주름을 올려다보고 있다고 생각했다.

에바는 보이보이라는 남자와 결혼해 아이 셋을 낳았다. 맏이 해나, 자기 이름을 따서 에바라고 이름을 지었지만 펄이라고 부르는 둘째, 원래 이름은 랠프지만 플럼이라고 부르는 아들이었다.

서글프고 불만투성이였던 오 년의 결혼생활 이후 보이보이는 떠났다. 그들이 함께했던 시간 동안 그는 다른 여자들에게 푹 빠져서 거의 집에 있질 않았다. 그는 자기가 좋아하고 할 수 있는 일이면 무엇이든 했는데, 제일 좋아하는 것은 계집질이었고 두 번째는 음주였고 세번째가 에바를 괴롭히는 것이었다. 11월에 그가 떠났을 때 에바에게 남은 것은 1달러 65센트와 달걀 다섯 개, 사탕무 세 개였다. 무슨 감정을 어떻게 느껴야 할지도 알 수 없었다. 아이들에게는 그녀가 필요했고 그녀에게는 돈이 필요했고 자신의 삶을 꾸려나갈 필요가 있었다. 그러나 당장 세 아이들을 먹여 살릴 일이 너무나 절박해서, 분노할 시간과 에너지가 둘 다 생길 때까지 이 년 동안은 자신의 분노를 미뤄야 했다. 그녀는 혼란스러웠고 배가 고파 죽을 지경이었다. 당시 그 낮은 구릉지대에는 흑인 가족이 거의 살지 않았다. 길에서 200야드 아래쪽에 사는 서그스네가 사정을 알자마자 따듯한 콩 한 그릇과 차가운 빵 한 접시를 가져다주었다. 에바는 고맙다고 하고는 더 큰 아이들이 먹을 우유를 조금만 줄 수 없겠느냐고 물었다. 그들은 우유는 없지만 잭슨 부인에게 아직 젖이 나오는 소가 있더라는 말은 해주었다. 에바가 양동이를 들고 잭슨 부인에게 갔더니 저녁 우유 짜기는 벌써 다 끝났으니 아침에 다시 오면 주겠노라고 했다. 그런 식으로 12월이 다 될 때까지 그럭저럭 버텨나갔다. 사람들은 기꺼이 도움을 주었지만 에바는 곧 냉대를 당할 날이 오리라는 것을 느꼈다. 겨울은 혹독했고 이웃들도 먹고살기가 빠듯했다. 그녀는 두 딸을 퀼트 이불로 싸서 마룻바닥에 재우고, 어린 아들과 함께 침대에 누워서 생각에 잠겼다. 맏이 해나는 다섯 살이어서 혼자 아기를 돌보기에는 너무 어렸다. 에바가 구할 수 있는 가정부 일은 모두 새벽 다섯시 반이나 더 이른 때부터 해가 질 때까지—여덟시가 훨씬 넘어서까지—아이들과 떨어져 있어야 하는 일이었다. 그 당시 골짜기의 백인들은 하녀를 둘 만큼 부유하지 않았다. 다들 소농이나 상인이어서 사람을 쓴다 해도 중노동을 할 사람이 필요했다. 그녀는 버지니아의 고향 사람들 곁으로 돌아갈까도 생각해보았다. 하지만 어린것 셋을 데리고 고향으로 돌아간다는 것은 에바로서는 죽지 못해 겨우 할 법한 일이었다. 겨우내 돌아다니며 구걸해 얻어먹어야 할 것이었다. 막내가 적어도 구 개월은 되어야, 골짜기 농장에서 일자리를 얻어 잡초를 뽑든가 씨를 뿌리든가 가축을 먹이든가 할 수 있을 것이었다. 그러다 추수철이 되면 좀 살 만해질 터였다. 보이보이를 따라 고향 사람들을 떠나오다니 자기가 바보였다는 생각이 들었지만 그때는 그게 옳아 보였다. 보이보이는 목수 겸 대장장이인 백인 밑에서 일했는데, 그 주인이 서부로 가서 메달리언이라는 작은 타운을 세울 때 보이보이도 꼭 함께 가야 한다고 고집을 부렸다. 보이보이는 새 아내를 데리고 가서, 골짜기에서 구불구불 뻗어나온, 자기가 모시고 일하는 백인의 이름을 딴 길에서

60피트 떨어진 곳에 방 한 칸짜리 통나무집을 지었다. 그리고 변소도 없이 그 집에서 일 년을 살았다.

12월 중순이 되기 전 가끔씩 아기 플럼이 변을 보지 못했다. 에바는 아기의 배를 마사지해주고 따듯한 물을 먹였다. 내 젖에 뭔가 문제가 있는 게 틀림없어, 그녀는 생각했다. 서그스 부인이 피마자기름을 주었지만 그마저도 소용없었다. 아기가 울면서 거부하는 바람에 아무리 해도 목구멍으로 많이 넘길 수가 없었다. 아기는 너무나 괴로워하는 듯 보였고, 화가 나고 아파서 지르는 찢어질 듯한 비명소리는 점점 높아졌다. 울다 울다 극에 이르자 헛구역질을 하며 숨도 제대로 못 쉬었다. 질식해서 죽을 것처럼 보였다. 에바가 아기에게 달려가다가 흙으로 된 요강을 걷어차는 바람에 바닥이 아이 오줌으로 젖었다. 그녀는 간신히 아기를 달랬지만 그날 밤 늦게 아기가 다시 울기 시작하자 아기의 고통을 완전히 끝내주기로 마음먹었다. 그녀는 아기를 담요로 감싸고 라드 깡통의 갈라진 틈새 주변과 옆면을 손가락으로 훑은 다음 비틀거리며 변소로 걸어갔다. 깊은 어둠 속, 얼어붙는 듯한 악취 속에서 쪼그리고 앉아 아기를 무릎 위에 뒤집어놓고 엉덩이를 깐 다음 그녀에게 남은 마지막 음식을(사탕무 세 개를 제외하고) 항문에 쑤셔넣었다. 라드를 사용해 부드럽게 들어가게 하면서, 가운뎃손가락을 밀어넣어 아기의 장을 느슨하게 풀어줄

곳을 찾았다. 손톱 끝에 조약돌처럼 느껴지는 것이 걸렸다. 그것을 끄집어내자 나머지도 딸려나왔다. 검고 딱딱한 똥이 얼어붙은 땅 위로 떨어져 튕겨나오자 플럼은 울음을 멈추었다. 다 끝나자 에바는 그 자리에 쪼그리고 앉아 어쩌다가 아들의 똥을 빼내주어야 하는 지경까지 왔을까 생각했다. 정강이와 이는 얼어가고 콧구멍으로는 악취가 들어오는데, 한 치 앞도 보이지 않는 어둠 속에서 땅바닥에 엉덩이를 대고 앉아 사랑하는 어린 아들을 자기 몸으로 덥혀주며 대체 무엇을 하고 있는 걸까. 그녀는 뇌를 뒤흔들어놓을 듯 고개를 젓고는 큰 소리로 말했다. "아아. 안돼." 그러고는 곧장 집안의 침대로 돌아갔다. 감사하게도 플럼이 잠들자 침묵 속에서 조용히 생각할 수 있었다.

이틀 후 그녀는 아이들을 전부 서그스 부인에게 맡기고 다음날 돌아오겠노라는 말을 남긴 채 떠났다.

일 년 반이 지난 후 그녀는 목발 두 개를 짚고, 검정색 새 가방을 들고, 외다리가 되어 마차에서 내렸다. 우선 아이들을 되찾아왔고, 그다음엔 10달러 지폐로 서그스 부인을 놀래켰으며, 그런 후 보이보이의 단칸방 통나무집은 세를 주고 거기에서 60피트 떨어진 카펜터즈 로드에 집을 짓기 시작했다.

플럼이 세 살이 되던 해, 보이보이가 타운에 돌아와 그녀를 찾아왔다. 에바는 그가 오고 있다는 소식을 듣고 레모네이드를 좀 만들었다. 만나면 어떻게 할지, 기분이 어떨지 그녀는 알지 못했다. 울음을 터뜨릴까, 그의 목을 따버릴까, 자기를 사랑해달라고 애걸할까? 도무지 상상이 되지 않았다. 그래서 그녀는 그저 만나게 되기를 기다렸다. 녹색 주전자에 든 레모네이드를 휘저으면서 기다렸다.

보이보이가 춤추듯 계단을 올라와 문을 두드렸다.

"들어와요." 그녀가 소리쳤다.

그는 문을 열고 성공과 선의의 화신처럼 미소를 지었다. 반짝이는 오렌지색 신발을 신고, 도시풍 밀짚모자를 썼고, 하늘색 양복에 타이에는 고양이 머리 모양 넥타이핀을 꽂았다. 에바는 미소를 지으며 그에게 앉으라고 권했다. 그 역시 미소를 지었다.

"잘 지냈어, 자기?"

"아주 잘 지냈지. 당신 보기에도 좋아 보여?" 그녀는 자기 입에서 그런 말들이 나오는 것을 귀로 들으면서 이 대화가 예의바르게 시작되리라는 것을 알았다. 아직도 고양이 머리 넥타이핀에 얼음송곳을 휘두를 여지는 남아 있었지만.

"레모네이드 좀 마셔."

"그래도 괜찮겠어?" 그는 만족스러운 몸짓으로 모자를 벗었다. 그의 손톱은 길고 반짝였다. "날씨가 어찌나 더운지. 게다가 온종일 돌아다녔거든."

에바가 방충문 바깥을 내다보니 연두색 드레스를 입은 여자가 제일 작은 배나무에 기대서 있는 모습이 보였다. 다시 그에게 시선을 돌리는데, 플럼이 온전히 제힘으로 호두를 까서 간신히 알맹이를 꺼냈을 때의 표정이 떠올랐다. 그녀는 다시 미소를 지으며 레모네이드를 따랐다.

그들의 대화는 편안했다. 에바는 그에게 지난 소문들을 모두 들려주었고 그는 이것저것 물어보았다. 다른 이들이 다 그렇듯 그도 그녀의 다리에 대한 얘기만은 피해 갔다. 어디가 되었건 제 고향으로 돌아가기 전에 잠깐 인사나 하려고 들른 친척과 이야기를 나누는 것 같았다. 보이보이는 아이들을 보겠다고 하지 않았고, 에바도 아이들을 화제에 올리지 않았다.

잠시 후 그는 일어섰다. 약속이 있다고 말하며 새로운 돈과 게으름의 냄새를 뿌리면서, 춤추듯 계단을 내려가 연두색 드레스 쪽으로 거들먹거리며 걸음을 옮겼다. 에바는 지켜보았다. 그의 뒷목과 어깨를 보았다. 그 모든 반들거리는 광택 아래에서도 그의 목줄기에서는 실패가 보였고, 어깨는 이상스럽게 굳어 있었다. 그러나 그녀는 여전히 자신의 기분이 어떤지 잘 알 수가 없었다. 그때 그가 몸을 앞으로 숙여 초록색 드레스를 입은 여자

귀에 대고 뭐라고 속삭였다. 여자는 잠시 가만히 있더니 고개를 뒤로 젖히며 웃음을 터뜨렸다. 에바에게 시카고를 생각나게 하는, 대도시 느낌의 높은 웃음소리였다. 에바는 큰 망치로 머리를 한 대 얻어맞은 기분이었다. 그제야 비로소 자신이 어떤 기분을 느껴야 마땅할지 깨달았다. 증오가 물처럼 그녀의 가슴에 흘러넘쳤다.

그를 오랫동안 깊이 증오하게 되리라는 사실을 알고부터 그녀의 마음은 즐거운 기대감으로 가득찼다. 누군가와 곧 사랑에 빠지게 되리라는 것을 알고 행복한 조짐이 나타나기만을 기다릴 때처럼. 보이보이를 증오하면서 에바는 그 증오로 살아나갈 수 있었다. 증오로 자신을 정의하고 강하게 만들고 일상에서 상처입지 않도록 보호하고 싶은 한, 혹은 그럴 필요가 있는 한, 그 증오는 안전했고 흥분을 주었고 지속적이었다. (언젠가 해나가 에바에게 유색인들을 미워한다고 비난하자 에바는 자기가 미워하는 유색인은 단 한 명, 해나의 아버지인 보이보이뿐이며 그를 미워함으로써 자신은 계속 살아갈 수 있고 행복할 수 있다고 말했다.)

행복하건 아니건 보이보이가 다녀간 후 에바는 집 1층을 거기 사는 이들에게 맡겨두고 점점 더 침실에 칩거하기 시작했다. 잠시 왔다 가는 친척들, 길 잃은 사람들, 에바가 집을 돌봐달라는 특권과 함께 세를 준 수많은 신혼부부들이었다. 1910년 이후 그녀는 좀처럼 계단을 내려가지도 않았다. 딱 한 번 내려간 건 불을 붙이기 위해서였는데, 그때의 연기는 오랫동안 그녀의 머리카락에 배어 사라지지 않았다.

그 크고 낡은 집의 세입자들 가운데 에바가 들인 아이들이 있었다. 개인적인 취향과 편견에 따라, 침실 발코니에서 본 아이들이나, 체커를 두거나 〈쿠리어〉 지를 읽으려고 아니면 그녀의 숫자를 적으려고 온 수다스러운 노인네들로부터 사정을 전해들은 아이들을 데려왔다. 1921년, 손녀 술라가 열한 살이었을 때 에바에게는 이런 아이들이 셋 있었다. 아이들은 모직 모자를 쓰고 왔으며 어머니나 할머니, 혹은 누군가의 가까운 친구가 붙여준 이름을 가지고 있었다. 에바는 아이들의 머리에서 모자를 벗겨버리고 이름도 무시했다. 그녀는 첫번째 아이의 손목과 머리 모양, 아이의 눈 속에 엿보이는 기질을 자세히 살피고는 이렇게 말했다. "자. 듀이를 보렴. 우리 우리 우리 아기." 그해 말 그녀는 길 건너 포치에서 계속 뛰어내리는 한 아이를 부르면서 같은 말을 했다. 누군가가 이렇게 말했다. "하지만 에바, 듀이라는 이름은 다른 아이한테 붙여주었잖아요."

"그래서? 여기 애는 또다른 듀이야."

세번째 아이를 데려와 에바가 또 '듀이'라고 부르자 다들 그녀가 더는 붙일 이름이 없거나 아니면 드디어 그녀의 정신이 쇠약해졌나보다고 생각했다.

"아이들을 구분하려면 어떡해야 해요?" 해나가 그녀에게 물었다.

"뭐하러 애들을 구분하니? 다 듀이인데."

해나가 그 질문을 했을 때는 듀이들이 저마다 다른 둘과 확연히 달랐기 때문에 질문이 그리 똑똑해 보이지는 않았다. 듀이 하나는 아름다운 머리에 만성 황달로 눈이 노랗게 된 새까만 아이였다. 또다른 듀이는 여기저기 주근깨가 있고 피부는 밝은색에 빳빳한 머리카락은 붉은색이었다. 다른 듀이는 반은 멕시코계로 초콜릿색 피부에 검은색 단발머리였다. 게다가 그들은 나이도 한두 살씩 차이가 났다. "듀이들 중 하나를 보내서 개릿을 사오라고 하렴. 개릿이 없으면 버터컵*이라도" 혹은 "듀이들한테 조용히 좀 하라고 해라"라든가, "이리 와라, 너 듀이 말이야" "듀이 하나 좀 나한테 보내라"와 같은 에바의 말들이 해나의 의문에 무게를 더했다.

서서히 소년들은 그들의 어머니인지 누구인지가 그들을 넘겨

* 개릿과 버터컵은 둘 다 마가린 상표.

주었을 당시 자신들이 들어 있던 고치에서 나와 에바의 관점을 받아들이고 이름만 듀이가 된 게 아니라 실제로도 그 이름에 맞게 변해갔다. 다른 두 명과 합쳐져 복수형의 이름을 가진 삼위일체가 된 것이다…… 서로 떼어놓을 수 없이 하나가 되어, 서로 말고는 아무것도, 그 누구도 사랑하지 않게 되었다. 아이스박스 손잡이가 떨어지면 듀이들이 함께 매를 맞았다. 매를 맞기 위해 엉덩이를 하늘 높이 올리고는 울지도 않고 말없이 자기들 발만 내려다보았다. 노란 눈의 듀이는 학교에 들어갈 때가 되었을 때 다른 둘 없이는 가지 않겠다고 버텼다. 그애는 일곱 살이고 주근깨투성이 듀이는 다섯 살, 멕시코계 듀이는 겨우 네 살이었다. 에바는 아이들을 한꺼번에 같이 보내는 것으로 그 문제를 해결했다. 버클랜드 리드 씨가 이렇게 말했다. "하지만 그중 한 명은 네 살밖에 안 되었는데요."

"어떻게 아세요? 셋 다 같은 해에 여기로 왔는데요." 에바가 대답했다.

"하지만 저기 저 아이는 여기 왔을 때 한 살이었어요. 그게 삼 년 전이었지요."

"여기 왔을 때 몇 살이었는지는 모르는 거죠. 선생님도 모르고요. 그냥 보내요."

선생은 놀랐지만 믿지 않을 도리가 없었다. 선생은 타운 유색인들의 방식을 헤아리기를 이미 오래전에 포기했다. 그래서 리드 부인이 아이들의 이름은 듀이 킹이고 사촌간이며 모두 여섯 살이라고 말했을 때에도 그저 작게 한숨만 내쉬고는 1학년 기록부에 적어넣었다. 그러면서 아이들이 전혀 닮은 데가 없으므로 구분하는 데에는 문제가 없을 거라고 생각했다. 그러나 그녀 이전에 다른 모든 이들이 그랬듯 선생도 서서히 아이들을 구분할 수 없다는 것을 알게 되었다. 듀이들이 그런 일을 허락하지 않았다. 아이들은 선생의 머릿속에서 한데 뒤섞였고, 마침내 그녀는 말 그대로 자기 눈을 믿을 수 없게 되었다. 듀이들은 한목소리로 말하고 한마음으로 생각하고 짜증날 정도로 자기들의 영역을 고수했다. 고집 세고 무례하고 도무지 예측 불가능한 듀이들은 메달리언에서 살던 때는 물론이고 그후로도 수수께끼로 남았다.

듀이들은 1921년에 왔고, 그 한 해 전 에바는 아름답고 가냘프고 조용한 남자인 타르 베이비에게 주방에서 좀 떨어진 작은 방을 내주었다. 그는 항상 속삭이듯 말을 했다. 사람들은 그가 절반은 백인이라고 했지만 에바는 그를 완전한 백인으로 보았다. 한 번 보기만 하면 피를 알 수 있는데 그에게는 흑인 피가 없다는 것이었다. 그가 처음 메달리언에 왔을 때 사람들은 그를 프리티 조니라고 불렀지만, 에바는 그의 우윳빛 피부와 옥수수수염처럼 고운 머리카락을 보고 장난 반 놀림 반으로 타르 베이비라는 이름을 붙여주었다. 그는 혼자 있기를 좋아하는 산골 출신 청년이었다. 그는 아무도 귀찮게 하지 않았고 오로지 뻗을 때까지 술 마시는 데에만 관심이 있었다. 처음에 그는 양계장에서 일했다. 온종일 닭모가지를 비틀고 나서 집에 오면 잠들 때까지 술을 마셨다. 그러다 일하러 나가는 걸 빼먹기 시작하더니 집세를 못 내는 일이 잦아졌다. 일자리를 완전히 잃게 되자 아침에 나가서 온갖 일을 하면서 돈을 벌러 돌아다니거나 빈둥거리거나 뭐 그러다가 집에 돌아와 술을 마셨다. 누군가를 성가시게 하지도 않고, 거의 먹지도 않고, 아무것도 요구하지 않고 싸구려 와인만 좋아했기 때문에 아무도 그를 귀찮게 여기지 않았다. 게다가 그는 종종 수요일 밤 기도회에 나가서 누구도 따르지 못할 만큼 아름다운 목소리로 〈변치 않는 주님의 사랑과〉를 불렀다. 그는 듀이들에게 술심부름을 시키고 대부분의 시간은 취한 채 마룻바닥에 널부러져 있거나 의자에 앉아 벽을 쳐다보며 보냈다.

해나는 그를 약간 걱정했지만 정말 아주 약간이었다. 그가 원하는 것은 그저 은밀하게 그러나 완전히 홀로는 아닌 채로 죽을 곳뿐이라는 사실이 곧 분명해졌기 때문이다. 아무도 그에게 기운을 좀 차려보라든가 의사한테 가든가 뭐든 해보라고 제안할 생각을 하지 않았다. 그가 기도회에서 〈변치 않는 주님의 사랑과〉를 부르면 눈물을 흘리는 여자들조차 그를 교회 활동에 끌어들이려 하지는 않았다. 그저 그의 노래를 듣고 눈물을 흘리며 눈앞에 닥쳐올 자기들의 죽음을 잡힐 듯 생생하게 그려볼 따름이었다. 사람들은 그가 스스로의 삶에 내리는 평가를 받아들이든가 무관심하든가 둘 중 하나였다. 그러나 사람들의 무관심에는 어느 정도 경멸이 섞여 있었다. 스스로를 그렇게 심각하게, 죽으려 할 만큼 심각하게 받아들이는 사람을 참아줄 인내심이 그들에겐 없었으니까. 결국 타르 베이비와 듀이들이 섀드랙의 '전국자살일'에 처음으로 함께한 사람들이 된 것은 당연한 일이었다.

에바의 무심한 시선을 받으며, 그리고 그녀의 기이한 성격에 시달리며 어느새 아이들은 자랐다. 펄은 열네 살에 결혼해 미시간 주 플린트로 옮겨갔다. 거기에서 편지지 속에 2달러를 접어넣어 어머니에게 짧은 편지를 부쳐왔다. 사소한 골칫거리와 남편의 일이며 아이들이 누구를 좋아하는지에 대한 슬프지만 소소한 의미 없는 편지들이었다. 해나는 리커스라는 잘 웃는 남자와 결혼했지만 술라가 세 살 무렵 남편이 죽었다. 해나는 끝까지 어머니와 집을 돌보며 살 마음을 먹고 어머니의 큰 집으로 돌아왔다.

이 피스가 여자들은 보이보이만 제외하고 모든 남자들을 다 사랑했다. 에바가 딸들에게 물려준 것이 바로 남자들에 대한 사랑이었다. 사람들은 그 집에 남자가 없어서, 집을 끌어갈 남자가 없어서 그런 것인지도 모른다고 수군거렸다. 그러나 그것은 사실이 아니었다. 피스가 여자들은 그저 남자다움 그 자체를 사랑했을 따름이었다. 늙고 외다리였어도 에바에게는 남자 손님이 끊이지 않았다. 사랑을 나누는 데까지는 가지 않아도 지분거리고 가벼운 키스를 나누며 웃고 떠드는 일은 많았다. 남자들은 그녀의 사랑스러운 종아리와 깔끔한 신발을 보고 싶어했고, 그녀의 눈 속에서 가끔씩 거리감이 사라지고 초점이 맞추어지는 것을 보고 싶어했다. 그들은 체커를 두려고 자리를 잡으면서 그녀의 얼굴에서 기쁨을 보고 싶어했다. 거의 항상 그렇듯 그녀가 자기들을 이길 때조차도 뭔가를 얻은 쪽은 바로 자기들임을 알고 있었다. 그들은 에바에게 큰 소리로 신문을 읽어주고 내용에 대해 논평을 하곤 했다. 에바는 듣기만 할 뿐 그에 맞장구를 쳐주어야 할 의무감 따위는 전혀 느끼지 않았고, 사실 그들에게 사건을 해석할 임무를 떠맡겼다. 그러나 그녀가 전혀 악의 없이, 남자를 사랑하는 온 마음을 다해 그들과 논쟁을 벌였기에 그녀가 동의해주지 않으면 남자들은 오히려 자기들의 신념이 더 굳건해지는 것을 느꼈다.

에바는 남자들에 대해서와 마찬가지로 다른 사람들의 일도 편견을 가지고 대했다. 그녀는 이따금씩 남편 저녁을 제때 준비해

놓지 않는다거나 셔츠를 빨아 다림질하는 법 따위를 놓고 갓 결혼한 새댁들과 법석을 떨었다. "남편이 오는 중일 텐데. 준비를 서둘러야 하지 않아?"

"아이, 에바 아줌마. 준비할 거예요. 스파게티만 하면 되는 걸요."

"또?" 에바가 눈썹을 치켜세우면 새댁은 부끄러움에 입술을 꼭 다물었다.

해나는 남자들의 관심 없이는 살 수가 없었다. 리커스가 죽은 후로도 애인이 줄줄이 끊이지 않았는데 대개는 친구나 이웃들의 남편이었다. 그녀는 달콤하면서 저질스럽지만 악의 없이 남자들에게 추파를 던졌다. 머리 한번 매만지지 않고, 급하게 옷을 갈아입으러 가지도 않고, 가볍게라도 화장을 한다거나 이렇다 할 몸짓도 없이, 그녀는 섹스로 관계를 이어갔다. 늘 똑같은 낡은 랩드레스를 입고 여름이면 맨발로, 겨울이면 뒤꿈치에 눌려 납작해진 남성용 가죽 슬리퍼를 신은 채, 그녀는 남자들이 자신의 엉덩이, 날씬한 발목, 매끄러운 피부, 믿을 수 없을 만큼 긴 목을 의식하게 만들었다. 웃는 눈과 고개를 돌리는 동작 또한 너무나 따듯하고 경쾌하면서 장난기가 넘쳤다. 그녀의 목소리는 질질 끌다가 툭 떨어졌다가 휘어졌다. 그녀는 가장 단순한 말에도 감정을 불어넣었다. "아이 자기"라는 말을 해나처럼 할 수 있는 사람은 아무도, 결코 아무도 없었다. 그 말을 들으면 남자는 모자를 눈 위로 살짝 눌러쓰고 바지춤을 끌어올리고 그녀의 목 아래쪽 우묵한 자리를 떠올렸다. 그리고 그 모든 걸 하면서도, 해야 할 일이나 책임져야 할 것은 조금도 떠올리지 않았다. 에바가 자신의 남자들을 시험하고 그들과 논쟁하면서, 그들이 다정하면서도 상대할 가치가 있는 적과 싸우고 있다는 기분에 젖게 하는 반면, 해나는 절대 날을 세우거나 무엇을 요구하지 않고, 남자가 있는 그대로 완벽하고 멋진 존재이며 아무것도 고칠 필요가 없다는 느낌을 갖게 해주었다. 그래서 남자는 그저 그가 그라는 이유로 해나가 비추어주는 빛 속에서 편안하고 황홀한 기분이 되었다. 해나가 지하실에서 석탄통을 옮기던 중에 남자가 들어오면, 해나는 그 일을 애정이 담긴 몸짓으로 느껴지도록 해냈다. 남자는 그녀가 통을 내려놓느라 허리를 굽힐 때 그녀의 허벅지를 보고 싶은 마음에 돕지 않고 가만히 서 있었다. 그는 그녀 역시 그렇게 해주기를 원한다는 것을 알고 있었다.

그러나 이렇게 사람이 북적이는 집에 은밀히 즉흥적인 정사를 벌일 장소는 전혀 없었으므로, 해나는 남자를 여름에는 지하 창고로 데려가 석탄통과 신문지들 뒤쪽의 시원한 곳으로 이끌었고, 겨울에는 식료품 저장실로 데려가 그녀가 통조림을 가득 채워놓은 찬장에 기대서서 하거나 작은 피망들이 줄지어 놓인 바로 아래 밀가루 부대 위에 누워서 하기도 했다. 그런 장소들도 여의치 않을 때에는 거의 쓰지 않는 응접실로 살짝 숨어들어가거나 자기 침실로 올라갔다. 마지막 장소가 가장 내키지 않았는데, 술라가 그녀와 한방에서 자기 때문이 아니라 정사 상대가 일이 끝나면 항상 잠에 빠져들었기 때문이었다. 해나는 같이 자는 상대에 대해서만큼은 까다로웠다. 사실상 누구하고도 관계는 했지만 같이 잠을 자는 상대는 그녀에게 어느 정도 신뢰와 확실한 헌신을 보여주는 사람이라야 했다. 그래서 결국 대낮에 사랑을 나누게 되었고, 학교에서 돌아온 술라가 침대에서 남자 품에 안겨 있는 어머니의 모습을 본 것은 딱 한 번뿐이었다.

식료품 저장실로 발걸음도 가볍게 들어갔다가 들어갈 때와 완벽하게 똑같은 모습으로, 아니 더 행복한 모습으로 나오는 어머니를 보면서 술라는 섹스가 즐겁고 빈번한 일이지만 별다를 것도 없다는 사실을 배웠다. 아이들이 속옷을 놓고 킬킬대는 집밖에서는 그 의미가 달랐다. 그래서 술라는 어머니와 남자들이 식료품 저장실 문을 열 때 어머니의 얼굴과 남자들의 얼굴을 잘 살펴보았고 마음을 정했다.

해나는 타운 여자들을 격노하게 만들었다. '참한' 여자들은 이런 말을 했다. "그 구역질나는 여자만큼은 도저히 참을 수가 없어." 흑인들 가운데 손님을 찾아내기 힘들어진 창녀들도 해나의 관대함에 분개했다. 남편도 있고 애인도 가져본 어중간한 여자들은 해나가 자기들과 달리, 관계에 따르는 열정도 없고 질투도 전혀 하지 않아서 화를 냈다. 물론 해나가 여자들과 우정을 맺는 일은 드물었고 오래가지도 않았다. 그녀의 어머니가 집에 들였던 신혼부부들은 곧 그녀가 얼마나 위험한 존재인지 알게 되었다. 해나는 결혼생활이 제대로 무르익기도 전에 깨뜨릴 수 있었다. 새신랑과 정사를 벌이고 오후 내내 새댁네 설거지를 해주고도 남을 사람이었다. 리커스가 죽은 후 그녀가 원한 것, 그리고 자주 성공을 거두었던 것은 매일 육체적 자극을 느끼는 일이었다.

놀랍게도 남자들은 절대 그녀를 두고 뒷말을 하지 않았다. 해나는 의문의 여지 없이 친절하고 너그러운 여자였다. 거기에, 비할 데 없는 아름다움과 파격적으로 우아한 태도가 더해졌고, 바로 그런 점 때문에 남자들은 그녀를 변호했다. 그들은 새로 온 사람들이나 아내들이 내뱉는 어떤 독설로부터도 해나를 보호해주었다.

에바가 모든 것을 물려주고 싶어한 막내 플럼은 변함없는 사랑과 애정에 싸여 지내다가 1917년 전쟁에 나갔다. 그는 1919년에 미국으로 귀환했지만 1920년이 되어서야 메달리언으로 돌아왔다. 뉴욕, 워싱턴, 시카고에서 곧 돌아오겠다는 약속으로 가득찬 편지들을 보내왔으나 뭔가 잘못된 것이 분명했다. 결국 크리스마스가 지나고 이삼 일 후 그는 예전의 힘찬 걸음걸이는 흔적만 남은 채 집으로 돌아왔다. 머리는 몇 달째 자르지도 빗지도 않았고 옷은 엉망이었고 양말도 신지 않았다. 그러나 검은색 가방과 종이봉지를 들고 다정하고 다정한 미소를 띠고 있었다. 다들 그를 반가이 맞아 타르 베이비 방의 옆방인 따듯한 방을 주고 그가 하고 싶은 말이 무엇이든 다 자기들에게 해주기를 기다렸다. 그가 입을 열기를 헛되이 기다렸지만, 머지않아 알게 되었다. 그는 술을 마시지 않는다뿐 타르 베이비와 아주 흡사한 습관을 보였다. 플럼은 가끔씩은 명랑하고 생기가 넘쳤다. 해나는 지켜보고 에바는 기다렸다. 그러던 중 그는 그들에게서 돈을 훔쳐 신시내티로 여행을 다녀오고 전축을 틀어놓은 채 제 방에서 며칠 동안 잠을 자기 시작했다. 식사시간이 시작될 때나 끝날 때쯤 급히 몇 입 먹고 말았기 때문에 그는 자꾸만 더 말라갔다. 계속 요리를 해서* 시커멓게 변한 구부러진 숟가락을 발견한 사람은 해나였다.

1921년 어느 늦은 밤, 에바는 침대에서 일어나 옷을 입었다. 목발을 짚고 몸을 일으키면서 겨드랑이에 극심한 통증을 느꼈

---

* 마약을 하는 것을 암시한다.

지만 아직도 목발을 쓸 수 있다는 사실에 놀랐다. 그녀는 방안을 몇 걸음 걸으며 연습을 해본 다음 문을 열었다. 왼팔 겨드랑이에 목발 두 개를 끼고 오른팔로는 난간을 붙잡고 천천히 긴 계단을 내려갔다. 목발 끝이 부딪는 소리는 가벼웠지만 그에 비해 그녀의 발소리는 쿵쿵 울렸다. 층계참에 이를 때마다 잠시 멈추어 숨을 돌렸다. 성치 않은 몸에 짜증이 나서 눈을 감고 좀처럼 익숙해지지 않는 압박을 없애려 팔 밑에서 목발을 빼냈다. 계단 발치에서 다시 두 개의 목발에 체중을 나누어 싣고 앞쪽 방을 지나 식사실로 또 주방으로, 제 영역에서는 더없이 우아하게 물살을 헤치지만 날개를 접고 걸으려 하면 어색하고 우스꽝스러워지는 거대한 왜가리처럼 흔들흔들 휘청휘청 지나갔다. 흔들리고 휘청이며 플럼의 방문 앞에 다다라 한쪽 목발 끝으로 문을 밀어서 열었다. 그는 침대에 누워 있었는데 전구 한 개에서 나오는 빛으로는 잘 보이지도 않았다. 에바는 침대 쪽으로 가서 발치에 목발을 기대어놓았다. 그러고는 침대에 앉아 플럼을 팔로 끌어안았다. 그는 잠에서 깨긴 했지만 여전히 잠결이었다.

"아, 나를 안고 있군요, 엄마?" 그는 잠에 취한 목소리로 재미있다는 듯이 말했다. 그러고는 은밀한 농담이라도 들은 것처럼 쿡쿡대며 웃었다. 에바는 그를 더 바짝 끌어안고 흔들어주었다. 앞뒤로 흔들면서 눈은 그의 방안을 훑었다. 구석에 반쯤 먹다만, 가게에서 사온 체리파이가 있었다. 서랍장 밑으로 사탕 껍질과 빈 탄산수 병이 삐죽이 나와 있었다. 바닥에는 그녀의 발 옆으로 딸기크러시 한 잔과 〈리버티〉 잡지가 있었다. 흔들고, 흔들고, 가끔씩 쿡쿡대는 플럼의 웃음소리에 귀를 기울이며 에바는 기억을 돌리고 감고 풀었다. 에바가 그의 몸 위로 몸을 구부렸을 때 플럼은 욕조 속에 있었다. 그는 손을 뻗어 그녀의 가슴에 물을 뚝뚝 떨어뜨리면서 웃었다. 그녀는 화가 났지만 많이 화난 것은 아니어서 그를 따라 웃었다.

"엄마, 너무 예뻐요. 정말 예뻐요, 엄마."

에바는 혀를 입술 끝으로 올려 입안으로 흘러들어오는 눈물을 막았다. 흔들고, 또 흔들었다. 그러다가 그를 내려놓고 한참 동안 들여다보았다. 갑자기 목이 말라 딸기크러시 잔으로 손을 뻗었다. 잔을 입술에 가져갔다가 그것이 피가 섞인 물임을 알아차리고 바닥에 던졌다. 플럼이 잠에서 깨어나 말했다. "아, 엄마, 침대로 돌아가시지 그래요? 전 말짱해요. 제가 말 안 했던가요? 저는 괜찮다니까요. 이제 가세요."

"가마, 애야." 그녀가 대답했다. 그녀는 몸을 일으키고 목발을 끌어당겼다. 흔들흔들 휘청휘청, 그의 방을 나섰다. 주방으로 몸을 질질 끌고 가면서 삐걱거리는 소음을 냈다.

플럼은 따듯하고 밝은 잠에서 완전히 깨어나지 못하고 아직도 쿡쿡 웃고 있었다. 엄마. 하여튼 엄마는 대단하다니까. 그는 황혼의 빛을 느꼈다. 아주 매력적인 냄새와 함께, 축축한 빛이 그의 다리와 배 위를 이리저리 훑는 것 같았다. 이 축축한 빛, 그 자체가 온통 그를 휘감고 물보라처럼 빛을 흩뿌리며 그의 피부 속까지 흘러들었다. 그는 눈을 뜨고, 자신이 상상했던 것이 그의 몸 위로 축축한 빛을 쏟아붓는 독수리의 거대한 날개라는 것을 알았다. 일종의 세례, 일종의 축복 같다고 그는 생각했다. 그것은 모든 것이 다 잘될 거라고 말해주고 있었다. 그렇다는 것을 아는 채로 그는 눈을 감고 다시 잠의 밝은 구멍 속으로 가라앉았다.

에바는 침대에서 뒤로 물러나 겨드랑이에 목발을 꼈다. 신문을 6인치 정도 길이로 단단하게 말아서 불을 붙이고는, 플럼이 등유에 흠뻑 젖은 채 아늑한 기쁨 속에 누워 있는 침대로 던져넣었다. 순식간에 불꽃이 슈욱 하고 그를 집어삼키자 그녀는 문을 닫고 집 맨 위층으로 돌아가는 느리고 고통스러운 길에 올랐다.

막 3층 층계참에 닿았을 때 해나와 몇몇 아이들의 목소리가 들려왔다. 그녀는 놀란 목소리와 듀이들의 외침에는 귀도 기울이지 않고 계속 휘청이며 움직였다. 침대까지 왔을 때 누군가가 그녀를 찾아 계단을 껑충껑충 뛰어올라왔다. 해나가 문을 확 열었다. "플럼! 플럼이! 그애가 불에 타고 있어요, 엄마! 문을 열 수도 없어요! 엄마!"

에바는 해나의 눈을 들여다보았다. "그래? 우리 아기가? 불타고 있다고?" 두 여자는 아무 말도 하지 않았다. 서로의 눈빛만으로 충분했던 것이다. 이윽고 해나는 눈을 감고, 물을 찾는 이웃들의 목소리 쪽으로 달려갔다.

1922

아이스크림을 먹기에는 너무 추운 날씨였다. 싸늘한 바람이 그들의 발목께로 먼지와 빈 캐멀 담뱃갑 껍데기를 날렸다. 바람은 그들의 원피스를 엉덩이의 갈라진 틈으로 밀어붙인 다음 치맛단을 들추고 면 속옷을 엿보았다. 그들은 점잖은 사람들한테 아이스크림을 파는 가게인 에드나 핀치의 '멜로 하우스'에 가는 길이었다. 그 가게는 리버스 그릴 바로 옆이고 타임 앤드 하프 당구장 한 블록 아래 있었는데, 어린아이들까지도 마음이 편안해지곤 하는 곳이었다. 가게는 카펜터즈 로드의 굽이에 있었는데, 그 길에는 네 블록에 걸쳐 보텀의 즐길거리가 죄다 모여 있었다. 노인이나 어린아이나 할 것 없이 엘마이라 극장, 아이린 피부미용실, 내기 당구장, 구이집과 그 밖에 거리를 따라 줄지어 늘어선 상점들 앞에 기대서 있었다. 문틀에, 현관 계단에, 상자나 망가진 의자에 앉아 이를 쯥쯥 빨면서 뭔가 그들의 주의를 끌 만한 것을 기다렸다. 모든 행인, 모든 차, 모든 변화 하나하나가 그들의 관심을 끌었고 논평의 대상이 되었다. 그들은 특히 여자들을 구경했다. 여자가 다가오면 나이든 축들은 모자를 기울여 인사를 했고 젊은 치들은 넓적다리를 벌렸다 오므렸다. 하지만 나이가 어떻건 그들 모두는 멀어져 가는 여자의 뒷모습을 관심 있게 지켜보았다.

넬과 술라는 바람에 추위를 느끼는 한편 뜯어보는 시선들이 당혹스러워 후끈 달아오른 채, 이 눈目들의 계곡을 걸어서 지나갔다. 노인들은 그들의 쭉쭉 뻗은 다리를 보고 무릎 뒤의 끈을 곱씹으며 이십 년간 못 춰본 옛날 댄스 스텝을 기억 속에서 떠올렸다. 나이가 들며 친절함으로 바뀐 정욕이 아직 남았는지, 그들은 팽팽한 피부에 맺힌 젊은 땀의 맛을 떠올리려는 듯 입술을 움직였다.

창녀. 그들의 마음속에는 그 단어뿐이었다. 그리고 그들 중 한 명, 젊은 치들 중 하나가 그 단어를 큰 소리로 말했다. 부드러웠지만 분명하게 말했기 때문에, 찬사라고 오해할 수는 없었다. 그의 이름은 에이잭스로, 사악한 아름다움을 지닌 스물한 살의 내기당구광이었다. 동작 하나하나가 우아하고 간결하면서도 입은 걸어서 나이를 불문하고 모든 남자들의 선망의 대상이었다. 사실 그는 욕을 거의 하지 않았고, 그가 고른 욕설들은 시시하고 악의가 없었다. 그가 명성을 얻은 건 단어를 다루는 방식 때문이었다. 그는 "제기랄hell"이라고 말할 때 'h'를 폐부에서부터 울려 냈고, 그 효과는 타운에서 가장 창의적으로 입이 건 사람이 해낼 수 있는 것을 능가했다. 그는 "빌어먹을"을 흉내조차 낼 수 없을 만큼 저속하게 말할 수 있었다. 그래서 넬과 술라가 지나갈 때 그가 "창녀"라고 말하자, 두 아이는 누가 자기들의 즐거움을 눈치챌세라 눈을 가렸다.

넬과 술라가 길게 늘어선 그 흑표범 같은 눈들을 무릅쓴 것은 사실 에드나 핀치의 아이스크림 때문이 아니었다. 몇 년 후 그녀들이 턱을 괸 채, 자벌레 같은 미소와 쭈그리고 앉은 모양새, 부서진 의자에 벌리고 앉은 쭉 뻗은 다리를 떠올릴 때면 그녀들의 눈도 게슴츠레해질 것이었다. 신비로운 것이 똬리를 틀고 있는 곳을 한낱 솔기로 표시한 크림색 바지. 그 매끄러운 바닐라색 가랑이가 그녀들을 초대했고 레몬색 개버딘 옷들이 그녀들에게 손짓했다.

그녀들은 긴장과 균형을 유지하는 것만큼이나 미끄러질 수도 있는 가능성 때문에 전율을 느끼는 줄타기 곡예사처럼 아이스크림 가게로 다가갔다. 곁눈질로 안 보는 척 시선을 한 번만 돌려도, 발가락 한 번만 삐끗해도, 그녀들은 환영의 뜻으로 활짝 벌린 크림색 다리 사이로 내던져질 수 있었다. 그 모든 우아함 아래 어딘가에, 그 모든 단정함 속 숨은 곳 어딘가에 그녀들의 꿈을 응고시키는 것이 있었다.

그게 딱 어울렸는데, 두 소녀가 처음으로 만난 것은 꿈속에서였기 때문이다. 에드나 핀치의 멜로 하우스가 문을 열기 오래전, 두 소녀가 가필드 초등학교의 초콜릿색 복도들을 지나 운동장으로 나가서 빈 그네 하나의 밧줄을 사이에 두고 ("네가 타." "아냐. 네가 타.") 서로를 마주하고 서기 한참 전에, 이미 그들은 대낮에 꾸는 꿈의 착란상태 속에서 서로를 알고 있었다. 그들은 외로움이 너무 깊은 나머지 거기에 취해 총천연색 영상 속으로 비틀거리며 들어간 외로운 어린 소녀들이었다. 그 영상 속에는 꿈의 기쁨을 공유하려는 어떤 존재, 어떤 몽상가 같은 사람이 항상 등장했다. 외동딸인 넬은 어머니가 믿을 수 없을 만큼 완벽하게 정돈해놓은 집의 높은 침묵에 둘러싸인 뒤쪽 포치 계단에 앉아 등을 찌르는 듯한 단정함을 느끼면서, 포플러를 자세히 살펴보았고 자기가 꽃무늬 침대에 누워 머리를 헝클어뜨린 채 열정적인 왕자님을 기다리는 공상 속으로 쉽사리 빠져들었다. 왕자님은 다가올 뿐 결코 도착하지는 않았다. 그러나 공감하며 미소 짓는 눈이 그녀와 함께 항상 그 꿈을 지켜보고 있었다. 상상 속에서 흘러내리는 그녀의 머리카락, 꽃으로 이루어진 두꺼운 매트리스, 금실로 짠 소매 단이 팔꿈치 아래까지 덮는 보일 천 소매에 그녀 못지않게 관심이 많은 누군가였다.

마찬가지로, 역시 외동이지만 물건, 사람, 목소리, 쾅하고 문 닫는 소리 들로 항상 엉망이 되어 난장판을 이루는 집 속으로 비집고 들어간 술라는, 다락에 똘똘 말아놓은 리놀륨 뒤에서 상상을 하며 시간을 보냈다. 마음속으로 설탕을 맛보고 장미향을 맡으면서 그 맛과 속도를 모두 공유하는 누군가가 훤히 보는 가운데 회색과 흰색이 섞인 말을 타고 내달렸다.

그래서 처음에는 초콜릿색 복도에서, 그다음에는 그네의 밧줄을 사이에 두고 만났을 때 두 사람은 오랜 친구처럼 편안함을 느꼈다. 백인도 아니고 남성도 아니어서 그 어떤 자유와 승리도 그들 몫이 될 수 없다는 것을 이미 오래전에 알았기 때문에, 그들은 뭔가 다른 것을 만들어내기 시작했던 것이다. 서로를 통해 더 성장할 수 있었으므로, 그들의 만남은 행운이었다. 살갑지 않은 어머니들과 이해할 수 없는 아버지들의 딸로서(술라의 경우는 아버지가 죽었기 때문이고, 넬의 경우는 아버지가 죽지 않았기 때문이었다), 그들은 서로의 눈 속에서 그들이 찾고 있던 친밀감을 발견했다.

1922년, 넬 라이트와 술라 피스는 둘 다 열두 살로, 납작한 새

가슴에 엉덩이는 밋밋했다. 넬의 피부색은 젖은 사포 같았다. 칠흑같이 검은 순종들의 공격과, 나쁜 피와 섞이는 일 따위를 걱정하며 노새mule나 물라토mulato*나 근본은 다 매한가지라고 믿는 노파들의 경멸을 겨우 피할 만한 색이었다. 넬의 피부색이 조금만 더 밝았다면 학교 가는 길에 어머니가 보호해줘야 하거나 스스로를 지킬 수단이 필요했을 것이다. 술라는 진한 갈색 피부에 크고 조용한 눈을 가졌다. 한쪽 눈꺼풀 가운데에서부터 이마 쪽으로 줄기 달린 장미 같은 모양의 모반이 있었다. 그 모반은 그것이 없었다면 평범했을 얼굴에, 가끔 할머니와 함께 체커를 두는 면도한 남자의 켈로이드 흉터처럼 단속적인 흥분감과 날이 퍼렇게 선 위협감을 주었다. 모반의 색은 해가 갈수록 진해지더니, 이제는 금빛 얼룩이 진 그녀의 눈과 같은 빛깔이 되어 마침내는 비처럼 한결같고 깨끗해졌다.

그들의 우정은 갑자기 시작되었던 것만큼이나 격렬했다. 그들은 서로의 개성에서 위안을 찾았다. 둘 다 아직 꼴을 다 갖추지 못한, 형체 없는 존재들이었지만 넬이 술라보다 더 강하고 일관성 있어 보였다. 술라는 어떤 감정도 삼 분 이상 지속할 수 없을 것 같은 아이였다. 하지만 그렇지 않은 적이 한 번 있었는데, 그

* 라틴아메리카에서 흑인과 백인의 혼혈을 이르는 말.

기분은 몇 주 동안이나 지속되었다. 그러나 그것조차 넬을 지키기 위해서였다.

아일랜드 이민자의 아들들인 십대 초반의 백인 소년 네 명이 종종 흑인 학생들을 괴롭히는 것을 오후의 오락거리로 삼았다. 그들은 종아리에 빨간 자국을 남기는 양모 반바지를 입고 꽉 죄는 신발을 신은 채, 자기들이 도착한 곳이 푸르고 환영의 뜻으로 빛나는 약속의 땅이라 믿는 부모들과 함께 이 골짜기에 왔다. 그들이 발견한 것은 낯선 억양과 그들의 종교에 대한 만연한 공포, 그리고 일자리를 찾으려는 그들의 시도에 대한 완강한 저항뿐이었다. 메달리언의 오래된 주민들은 한 부류만 제외하곤 모두 그들을 경멸했는데, 그 한 부류는 바로 흑인 공동체였다. 흑인들 중 일부는 남북전쟁 이전부터 메달리언에서 살아왔지만(그 당시에는 타운에 이름조차 없었다), 이 새 주민들에게 증오를 품고 있었다 한들 밖으로 드러내지 않았으므로 문제가 되지 않았다. 사실 새 주민들을 꾀어들이는 것은 백인 개신교 주민들이 동의한 일이었다. 이 세계에서 새 주민들의 자리는 흑인들에 대한 옛 주민들의 태도를 그대로 따라 할 때에만 어느 정도 보장될 수 있었다.

한번은 이 소년들이 넬을 붙잡고는 겁에 질린 무력한 얼굴에 싫증이 날 때까지 돌아가면서 그녀를 밀쳤다. 이 사건으로 인해 넬의 하굣길은 복잡해졌다. 넬, 그다음에는 술라도 몇 주 동안이나 간신히 그들을 피해 숨어 다녔다. 그러다 마침내 11월의 어느 쌀쌀한 날 술라가 말을 꺼냈다. "제일 가까운 길로 집에 가자."

넬은 눈을 깜박였지만 그 말을 따랐다. 그들은 거리를 걸어 이제는 사용하지 않는 우물 주위에 소년들이 모여 있는 카펜터즈 로드의 모퉁이에 이르렀다. 소년들은 먹잇감을 발견하고 잿빛 하늘 말고는 아무것에도 관심 없는 척 앞으로 어슬렁어슬렁 걸어나왔다. 그들은 웃음이 나오는 것을 억누르지 못하고 길을 막은 문처럼 버티고 섰다. 소녀들이 소년들 3피트 정도 앞까지 왔을 때, 술라는 호주머니에 손을 넣어 에바의 과도를 꺼냈다. 소년들은 그 자리에 우뚝 멈춰 서서 서로 시선을 교환하더니 순진한 척하던 가면을 모두 벗어버렸다. 그들이 생각했던 것보다 상황이 훨씬 재미있게 돌아가려는 참이었다. 그들도 칼로 맞서 싸워볼 수 있을 것이다. 저애들 중 한 명의 허리를 팔로 감거나 옷을 찢을 수도 있겠고……

술라는 흙길에 쪼그리고 앉아 점심 도시락통, 읽기 교재, 벙어리장갑, 석판 등 가진 것을 죄다 땅바닥에 내려놓았다. 그러고는 오른손에 칼을 쥔 채 석판을 제 몸 쪽으로 끌어당기더니 끄트머리에 왼쪽 집게손가락을 대고 세게 눌렀다. 그녀는 단호히 표적을 겨누었지만 정확도가 떨어졌다. 손가락 끄트머리만 베어낸 것이다. 네 명의 소년들은 입을 떡 벌린 채 그 상처를 쳐다보았다. 작은 버섯 같은 살점이 체리빛 피를 휘감고 석판 귀퉁이로 굴렀다.

술라는 눈을 들어 소년들을 쳐다보았다. 그녀의 목소리는 차분했다. "나 자신에게 이런 짓을 할 수 있다면, 너희들에게는 어떨 것 같아?"

넬은 흩날리는 흙먼지로 겨우 그들이 도망가고 있음을 알 수 있었다. 그녀는 술라의 얼굴을 보고 있었다. 한참이나 멀리 있는 듯한 얼굴이었다.

그러나 모험심이 강할 뿐 그들의 본성은 거칠지 않았다. 우리를 친 마당 안에서 위풍당당하게 걸어다니는 애꾸눈 닭부터 버클랜드 리드 씨의 금니까지, 바람에 펄럭이는 시트 소리부터 타르 베이비의 와인병 라벨까지, 관심을 끄는 것이라면 뭐든 다 뒤져보겠다는 대단치도 않은 결심이 그들의 본성이었다. 그리고 그들은 무언가에 더 우위를 두지 않았다. 비열한 면도칼을 들고 벌이는 싸움을 구경하다가도, 200야드 밖에서 도로 공사 인부들이 쏟아붓는 뜨거운 타르의 지독한 냄새에 이끌려 정신을 팔 수도 있었다.

서로를 벗삼아 안전한 피난처 속에서 그들은 다른 사람들의 방식을 버리고 자신들의 방식대로 사물을 인식하는 데 집중할 수 있었다. 라이트 부인이 넬에게 코를 잡아당기라고 상기시킬 때면 넬은 열심히 하기는 했지만 희망은 전혀 품지 않았다.

"거기 앉아 있을 동안 네 코 좀 잡아당기렴."

"아프단 말이에요, 엄마."

"자라서 예쁜 코를 갖고 싶지 않니?"

술라를 만난 후, 넬은 잠자리에 들자마자 빨래집게를 담요 속에 넣었다. 토요일마다 오후 내내 끔찍한 머리 손질기구에 시달리는 건 여전했지만, 그 결과—매끄러운 머리카락—는 더이상 그녀의 관심거리가 되지 못했다.

서로에 대한 감탄으로 하나가 되어 그들은 마치 재미를 위해 마련된 영화를 보듯 하루하루를 바라보았다. 그들이 요즘 발견한 새로운 주제는 남자였다. 그래서 그들은 계획하지 않고도 규칙적으로 만나서 에드나 핀치의 멜로 하우스까지 걸어갔다. 아이스크림을 먹기에는 너무 추운 날씨였음에도 불구하고.

여름이 왔다. 만개한 것들의 무게로 축 늘어진 여름이. 담장 위로 축 늘어진 무거운 해바라기들, 자줏빛 중심부에서 멀리 떨어진 가장자리부터 꽃잎이 말리고 갈색으로 변해가는 붓꽃들, 적갈색 수염을 옷수숫대 아래로 늘어뜨린 옥수수들. 그리고 소년들. 보석처럼 그 풍경에 점점이 박혀서는 고함소리로 들판의 공기를 가르고 반짝이는 젖은 등으로 강물의 색을 진하게 만드는 아름답고 아름다운 소년들. 그들의 발자국조차 그 뒤에 담배연기 냄새를 남겼다.

술라와 넬이 깜짝깜짝 놀라는 동시에 겁에 질리기도 하고 대담해지기도 했던 때는 그 여름, 그들의 열두번째 여름, 아름다운 검은 소년들의 여름이었다.

7월의 활기찬 분위기 속에서 술라와 넬은 장난칠 거리를 찾아 맨발로 보텀을 헤매고 다녔다. 그들은 소년들이 가끔 헤엄을 치는 강을 따라 내려가보기로 했다. 넬이 카펜터즈 로드 7번지 포치에서 기다리는 동안 술라는 화장실에 가려고 집안으로 뛰어들어갔다. 계단을 올라가면서 그녀는 해나가 두 친구, 팻시와 밸런타인과 함께 앉아 있는 주방을 지나갔다. 두 여자는 부채질을 하면서, 해나가 반죽을 하는 모습을 보며 이런저런 가벼운 잡담을 나누는 중이었다. 마침 술라가 지나갈 때 화젯거리가 아이들 키우는 문제로 옮겨갔다.

"애들은 골칫거리라니까."

"맞아. 엄마 말씀을 들었어야 했는데. 너무 빨리 아이를 낳지 말라고 하셨거든."

"언제 낳았어도 나한테는 너무 일렀을 거야."

"아, 모르겠다. 우리 루디는 제 아빠는 두려워해. 나한테만 함부로 하지. 빨리 커서 나가버렸으면 좋겠다."

해나는 미소를 지으며 이렇게 말했다. "그만해. 아이가 쉬한 땅도 사랑하면서 뭘."

"그야 그렇기는 하지. 하지만 그래도 애물단지라고. 자기 아이를 어떻게 예뻐하지 않을 수 있겠어. 애가 무슨 짓을 하건 간에 말이야."

"글쎄, 이제 헤스터가 다 크니까 내가 느끼는 감정이 정확히 애정인지도 잘 모르겠다."

"당연히 애정이지. 넌 그애를 사랑해, 내가 술라를 사랑하듯이. 난 술라를 좋아하지 않을 뿐이야. 그게 차이지."

"그럴 수도 있겠네. 아이들을 좋아하는 건 또다른 얘기야."

"맞아. 아이들은 별나잖아, 알다시피……"

술라는 해나의 말만 들었다. 그 선언에 그녀는 계단을 날듯이 뛰어올라갔다. 어찌할 바를 모르고 창가에 서서 눈이 따끔거리는 것을 느끼며 커튼 가장자리를 손가락으로 만지작거렸다. 넬이 부르는 소리가 창 너머로 들려와 그녀를 어두운 생각에서 다시 밝고 뜨거운 대낮의 햇빛 속으로 끌어냈다.

그들은 거의 내내 달렸다.

나무들이 무리지어 땅 위에 그늘을 드리우는 강의 넓은 부분을 향해 가면서, 헤엄을 치고 물속에서 광대짓을 하고 웃음소리를 내며 떠들어대는 남자아이들을 지나쳤다.

그들은 산들바람을 일으키며 햇빛 속을 달렸다. 산들바람 때문에 원피스가 젖은 피부에 착 달라붙었다. 잎이 무성한 나무 네 그루가 만든, 시원하게 몸을 식혀줄 것이 분명한 네모진 공간에 다다르자, 그들은 사각형 그늘 속에 몸을 던지고는 입술 위로 흐르는 땀을 맛보며 갑자기 맞닥뜨린 야성의 분위기를 음미했다. 그들은 잔디밭에 누웠다. 이마는 거의 닿을 듯한 채 몸은 서로 반대 방향으로 뻗어 180도가 되게 했다. 술라는 팔로 머리를 받치고 누워서 땋은 머리카락을 풀어 손목에 감았다. 넬은 팔꿈치를 괴고 엎드려 손가락으로 긴 풀잎을 잡아당겼다. 서늘해서 원피스 아래 살이 팽팽해지고 떨려왔지만, 배를 깔고 엎드리자 작은 가슴이 눌리며 기분좋은 가벼운 통증이 느껴졌다.

술라는 고개를 들고 넬과 같이 풀잎을 갖고 놀았다. 눈을 마주치지 않고도 둘은 풀잎을 아래 위, 위 아래로 소리를 맞추어 톡톡 쳤다. 넬이 두꺼운 잔가지를 찾아내 엄지손톱으로 껍질을 벗겨내자 매끄러운 크림색의 티 없이 순수한 속살이 드러났다. 술라도 주위를 둘러보더니 하나를 찾아냈다. 잔가지 두 개의 껍질이 다 벗겨지자 넬은 쉽사리 다음 단계로 넘어가 잔디를 뿌리째 뽑아내 맨땅을 만들기 시작했다. 제법 빈터가 생기자 술라는 잔가지로 복잡한 무늬를 그렸다. 처음에 넬은 술라와 똑같이 하는 데 만족했다. 그러나 이내 조바심이 나서 자기 잔가지를 리드미컬하면서도 강렬하게 땅속으로 찔러 작고 깔끔한 구멍을 파냈다. 잔가지를 살짝만 움직여도 구멍은 더 깊어지고 넓어졌다. 술라도 그녀를 따라 했다. 곧 컵 크기만한 구멍이 또 한 개 생겼다. 넬은 더 힘을 주어 땅을 파기 시작했다. 무릎을 세우고 일어나 구멍을 점점 더 깊이 파면서 조심스레 흙을 파냈다. 둘 다 구멍 두 개가 똑같아질 때까지 팠다. 구멍이 작은 설거지통 크기만큼 깊어졌을 때 넬의 가지가 부러졌다. 넬은 짜증스러운 몸짓으로 나뭇가지를 그들이 만든 구멍 속에 던져넣었다. 술라도 자기 가지를 던져넣었다. 넬이 병뚜껑을 보고는 그것도 던져넣었다. 그런 다음 둘은 구멍 속에 더 넣을 것이 없나 찾아보았다. 종이, 유릿조각, 담배꽁초 등 눈에 띄는 작은 것들은 죄다 끌어모았다. 그들은 조심스레 흙을 다시 채우고 뿌리 뽑힌 잔디로 완벽하게 그 무덤을 덮었다.

둘 다 한마디도 하지 않았다.

그들은 일어서서 몸을 쭉 편 다음 말할 수 없는 불안감과 동요에 사로잡힌 채 탁하고 물살이 빠른 물을 바라보았다. 그 순간

두 소녀는 잔디를 밟는 발소리를 들었다. 커다란 반바지를 입은 어린 소년이 강둑 아래쪽에서 올라오고 있었다. 소년은 그들을 보더니 걸음을 멈추고 코를 후볐다.

"엄마가 코딱지 파지 말랬잖아, 치킨." 넬이 두 손을 모아 입가에 대고 소년을 향해 외쳤다.

"닥쳐." 소년은 여전히 코를 파면서 받아쳤다.

"이리 올라와서 다시 말해봐."

"그러지 마, 넬. 이리로 와, 치킨. 보여줄 게 있어."

"싫어."

"우리가 네 코딱지 뺏어갈까봐 겁먹었구나?"

"그러지 말라니까. 이리 와, 치킨. 봐. 나무에 올라가게 도와줄게."

치킨은 술라가 가리키는 나무를 보았다. 가지가 낮게 달려 있고 굽은 데가 많아 앉을 자리가 넉넉한 큰 너도밤나무였다.

소년은 술라 쪽으로 천천히 다가왔다.

"이리 와, 치킨, 올라가게 도와줄게."

소년은 여전히 코를 파면서 눈을 크게 뜨고 그들이 서 있는 곳까지 왔다. 술라가 그의 손을 잡고 구슬러 데려왔다. 너도밤나무 아래까지 오자 술라는 소년을 첫번째 가지로 들어올려주면서 말했다. "가봐, 가. 내가 올려줄게." 그녀는 소년에게 도움이 필요

할 때마다 손으로 잡아주고 달래는 목소리로 진정시키면서 뒤따라 올라갔다. 그들이 최대한 올라갈 수 있는 데까지 올라가자 술라는 강 저멀리를 가리켰다.

"보여? 저렇게 멀리까지는 처음 보지?"

"어어."

"이제 저기를 내려다봐." 둘은 몸을 약간 기울여 이파리 사이로, 아래쪽에 서서 눈을 가늘게 뜬 채 그들을 올려다보고 있는 넬을 보았다. 그들이 있는 높이에서 넬은 작고 축소되어 보였다.

치킨 리틀이 깔깔 웃었다.

"너희들 목 부러지기 전에 내려오는 게 좋을걸." 넬이 소리쳤다.

"난 절대 안 내려가." 소년이 맞받아 외쳤다.

"그래. 내려가는 게 좋겠어. 가자, 치킨."

"싫어. 난 안 가."

"아냐, 치킨. 가자, 이제."

술라가 소년의 다리를 부드럽게 잡아끌었다.

"나 가만 놔둬."

"좋아, 나 혼자 갈 거야." 술라가 내려가려 했다.

"잠깐만!" 소년이 소리쳤다.

술라는 멈추었고 둘은 함께 천천히 내려왔다.

치킨은 아직도 들떠 있었다. "나 저기까지 올라갔어, 그렇지?

진짜지? 홍한테도 얘기해줘야지."

술라와 넬이 소년을 따라 하며 놀렸다. "홍한테도 얘기해줘야지. 홍한테도 얘기해줘야지."

술라는 소년의 손을 잡고 그를 빙빙 돌렸다. 소년의 반바지가 풍선처럼 부풀었고 겁나면서도 신이 나서 질러대는 그의 비명소리에 새들과 살찐 메뚜기들이 놀랐다. 소년이 술라의 손에서 빠져나가 강물 쪽으로 날아갔을 때에도 여전히 소녀들의 귀에는 그의 명랑한 웃음소리가 울렸다.

강물은 치킨 리틀이 가라앉은 곳을 순식간에 어둡게 만들고 닫아버렸다. 술라가 물속의 닫힌 그 자리를 바라보고 있을 때에도 단단하게 꽉 잡은 작은 손가락의 압력이 아직도 그녀의 손바닥에 남아 있었다. 그들은 아이가 깔깔대며 다시 떠오르기를 기대했다. 두 소녀는 뚫어져라 강물을 바라보았다.

넬이 먼저 입을 열었다. "본 사람이 있어." 건너편 강둑에서 잽싸게 누군가가 나타났다 사라졌다.

그쪽에 있는 집은 섀드랙의 집뿐이었다. 술라가 넬을 흘낏 보았다. 두려움으로 콧구멍이 벌름거렸다. 그가 보았을까?

이제 강물은 더없이 평화로웠다. 타오르는 태양과 지금 막 사라진 것 빼고는 아무것도 없었다. 술라는 잠시 손으로 얼굴을 가리고 있다가 돌아서서 섀드랙의 집으로 건너가는 작은 널빤지

다리 위로 달려갔다. 길은 없었다. 마치 섀드랙도 다른 누구도 이쪽으로 온 적이 없는 것 같았다.

그녀는 날쌔게, 단호한 자세로 달려갔지만 그의 현관문 앞에 난 세 칸짜리 계단에 다다르자 두려움이 뱃속으로 스멀스멀 기어들어왔다. 지금 막 저기 강에서 사라진 것 때문에 간신히 계단 세 개를 걸어올라가 문을 두드릴 수 있었다.

아무런 대답도 없었다. 돌아서려는데 문득 강의 평화로움이 떠올랐다. 섀드랙이 안에, 그녀를 덮칠 태세를 취하고 문 바로 뒤에 있을 것만 같았다. 그러나 돌아설 수는 없었다. 아주 부드럽게 손가락 끝으로 문을 열자 경첩이 끼익 우는 소리가 들렸다. 더 밀었다. 그러고는 안으로 들어갔다. 그녀 혼자였다. 그녀는 깔끔하게 정돈된 모습에 놀랐지만 더 놀라운 것은 편안한 분위기였다. 모든 것이 아주 작고 아주 흔했고 위협적인 느낌은 전혀 없었다. 어쩌면 섀드랙의 집이 아닐지도 모른다. 성기를 내놓고 돌아다니면서 부인네들과 여자아이들 앞에서 소변을 갈겨대고, 백인들에게 욕을 하고도 멀쩡할 수 있고, 길가에서 술을 병나발을 불고 거리에서 고래고래 소리를 지르며 비틀거리는 유일한 흑인인 그 무시무시한 섀드. 이런 오두막에서? 이렇게 예쁘장한 낡은 오두막에서? 잘 정돈된 침대를 놓고? 넝마로 만든 깔개와 나무탁자를 두고? 술라는 작은 방 한가운데에 서서, 놀란 나머지 자기가 무엇 때문에 왔는지도 잊고 있다가 문가에서 난 소리에 펄쩍 뛰었다. 그가 문가에 서서 그녀를 보고 있었다. 술라는 그가 오는 소리도 듣지 못했는데 지금 그가 그녀를 보고 있었다.

두려워서라기보다는 당황스러워서 그녀는 눈을 돌렸다. 용기를 끌어모아 다시 그를 보니 그는 문틀에 손을 얹고 있었다. 그의 손가락은 거의 나무에 닿지도 않은 채 우아한 호를 그리고 있었다. 마음이 놓이기도 하고 용기가 생겨서(저런 손을 가진 사람이라면, 저렇게 부드럽게 나무를 감싸쥐는 손가락을 가진 사람이라면 그녀를 죽이지는 않을 것이다) 그녀는 자신을 지켜보는 그의 시선을 느끼면서 그를 지나쳐 문밖으로 나왔다.

포치 끝에서, 순식간에 빠져나가는 용기를 긁어모아 그녀는 다시 한번 그를 돌아보았다. 물어보려고…… 혹시……?

그는 웃고 있었다. 정욕과 닥쳐올 시간으로 무거워진 엄청난 미소를 짓고 있었다. 그는 마치 질문에 답하기라도 하듯 고개를 끄덕이며 유쾌하게 이야기를 나누는 투로, 차게 식힌 버터 같은 투로 말했다. "언제나."

술라는 계단을 달려내려가 숲과 타오르는 태양을 지나 넬에게로, 강물의 어두운 닫힌 곳으로 달려갔다. 그곳에서 그녀는 눈물을 쏟았다.

넬이 그녀를 진정시켰다. "쉬, 쉬. 울지 마. 괜찮아. 네가 일부러 그런 게 아니잖아. 네 잘못이 아니야. 쉬. 쉬. 자, 가자, 술라. 이제 가자. 그가 거기 있었어? 봤대? 네 원피스 허리띠는 어디 갔니?"

술라는 고개를 가로저으며 허리에서 허리띠를 찾았다.

마침내 술라는 자리에서 일어나 넬이 이끄는 대로 따라갔다.

"그가 그랬어, '언제나, 언제나.'"

"뭐라고?"

술라는 언덕을 걸어내려가면서 손으로 입을 가렸다. 언제나. 그는 그녀가 묻지 않은 질문에 대답했다. 그 약속이 그녀의 발을 핥았다.

그날 오후 늦게, 강가에서 막대로 배를 밀어내던 바지선 선원이 바위와 해초에 끼인 치킨을 발견했다. 소년의 반바지가 다리 주위로 풍선처럼 부풀어 있었다. 선원은 그를 그대로 놔둘 수도 있었지만 시체가 처음 보였을 때 늙은 흑인이 아니라 아이라는 것을 알아차렸기 때문에, 시체를 막대기로 찔러 빼내서 그물로 건져 배 위로 끌어올렸다. 그리고 제 자식을 물에 빠뜨려 죽이는 부모들에게 치가 떨려 고개를 저었다. 노새도 검둥이들처럼 서로를 죽이지는 않는데, 노새 대신으로도 못 쓸 이 인간들이 언제 짐승보다 나아지려나 생각했다. 그는 치킨 리틀을 삼베 부대에 넣어 계란상자와 양모 옷 상자 옆에 던져놓았다. 얼마 후, 그는 신의 저주와 함의 자식들*을 끌어올려야 하는 자기 백인 종족들의 끔찍한 짐에 대한 생각에 여전히 깊이 잠긴 채 텅 빈 라드 통 위에 앉아 담배를 피우려다가, 이런 더위 속에서라면 시체가 곧 지독한 악취를 풍길 것이고 그러면 자신의 양모 옷에도 냄새가 밸지 모른다는 생각에 퍼뜩 정신이 들었다. 그는 부대를 끌어다가 치킨의 시체가 반은 물에 잠기고 반은 물 밖에 나와 있게 뱃전에 걸쳐놓았다.

그는 목에서 땀을 훔쳐내며 자신이 찾아낸 것을 포터스 랜딩에서 보안관에게 알렸다. 보안관은 자기네 카운티에는 검둥이가 없지만 저기 강 건너, 메달리언 위쪽 언덕배기에는 좀 살고 있다고 말했다. 선원은 자기가 거기까지 되돌아갈 수는 없다고 했다. 거기까지는 2마일이나 되었다. 보안관은 시체를 그냥 물속에 던져넣으면 되지 않느냐고 말했다. 선원은 애초에 자기가 시체를 건져낸 것이 잘못이라고 대꾸했다. 결국 그들은 하루에 두 차례 페리선을 운항하는 사람에게 아침에 시신을 가져가겠다는 동의

---

* 「창세기」 6~10장의 대홍수와 노아의 방주 이야기에서, 신이 내린 저주로 대홍수가 일어나고 노아의 방주에서 살아남은 노아의 둘째 아들 함(Ham)은 대홍수 이후 현대 아프리카인의 조상이 된다.

를 받아냈다.

그렇게 해서 사흘간 실종되었던 치킨 리틀이 나흘째가 되어서야 시체 방부처리사에게로 가게 된 것이었다. 그때 이미 시신은 소년을 알았던 그 누구도 알아보기 힘들 지경이 되어 있었고, 소년의 어머니조차 아무도 아이를 찾지 못하니 이 시체를 아들이라 볼 뿐 자신 있게 말할 수가 없었다. 그녀는 영안실 탁자 위에 놓인 아들의 옷을 보고 입을 딱 다물어버렸다. 아들의 시신을 보고는 다시 입을 크게 벌렸고, 일곱 시간이 지나서야 다시 입을 다물고 처음으로 소리를 낼 수 있었다.

그리하여 관 뚜껑이 닫혔다.

청소년 성가대가 흰옷 차림으로, 굳이 그럴 필요가 없는데도 성가집에 시선을 고정한 채 〈내 주를 가까이 하게 함은〉과 〈귀중한 추억〉을 불렀다. 그들의 목소리가 실제 행사를 주도한 것은 이번이 처음이었기 때문이다.

넬과 술라는 장례식 내내 서로 손을 잡지도, 마주보지도 않았다. 그들 사이에 틈이, 간격이 있었다. 넬의 다리는 화강암으로 변해버렸고 보안관이나 딜 목사가 당장이라도 손가락질을 할 것만 같았다. 자기가 '아무 짓도 하지 않았다'는 것을 알고 있었지만, 유죄 선고를 받고 부모님들과 두 줄 떨어진 신도석, 바로 그곳 아이들 좌석에서 목매달릴 것 같았다.

술라는 울기만 했다. 소리 없이, 몸을 들썩이거나 숨을 들이쉬느라 헉헉대지도 않고. 눈물이 입으로 흘러내리고 턱을 타고 내려가 원피스 앞섶으로 떨어져도 그냥 내버려두었다.

딜 목사가 설교를 시작하자 여자들은 손을 까마귀 날개처럼 펼치고 모자 위 허공으로 높이 쳐들었다. 목사가 하는 말을 다 듣지는 못했다. 한 단어, 혹은 한 구절, 아니면 그들에게 사건과 그들 자신을 연결해주는 억양만을 들었다. 어떤 이들에게 그 단어는 '사랑하는 주님'이었다. 그리고 그들은 어린양의 눈과 순진한 희생자를 보았다. 바로 그들 자신이었다. 그들은 자기들 마음 한구석에 설탕과 버터를 바른 샌드위치를 손에 든 순진한 어린아이가 숨어 있다고 인정했다. 그 사람. 그는 뚱뚱하거나 야위었거나, 늙었거나 젊었거나 피부 속 깊이 자리한, 세상에 상처 입은 존재였다. 아니면 그들은 최근에 죽임을 당한 아들을 생각하고 반바지를 입은 그의 다리를 떠올리며 총탄이 어디로 들어갔을까 생각했다. 혹은 그들의 아버지가 집을 떠났을 때 방이 얼마나 더러웠던가를 떠올렸다. 그리고 그 유대인, 그들에게 아들이자 연인이었던, 솜털 보송보송한 얼굴에서 설탕과 버터를 바른 샌드위치가 보이고 가장 오래되고 가장 파괴적인 고통이 느껴지던, 그 날씬하고 젊은 유대인도 그런 고통을 느꼈을지 궁금해했다. 어린 시절의 고통이 아니라 어린 시절의 기억에서 오는 그 고통 말이다.

그러고 나서 그들은 신도석을 떠났다. 어떤 감정들은 견뎌내야만 했으니까. 그들은 하고픈 말이 넘쳤고 말해야 했기 때문에 이야기를 했다. 슬픔 혹은 황홀함이 넘치는 개울을 흔들어야 했기 때문에 몸을 흔들었다. 그 모든 삶과 죽음이 저 작은 관 속에 갇혔다는 생각에 춤을 추고 고함을 질렀다. 신의 뜻에 반항하기 위해서가 아니라 그것을 인정하고, 신의 손을 피하는 유일한 방법은 거기 닿는 것뿐이라는 자기들의 신념을 다시 한번 확인하기 위해서였다.

그들은 묘지의 유색인종 구역에, 그의 할아버지와 고모 사이에 치킨 리틀을 묻었다. 나비들이 상여 꼭대기에 매달려 있다가 내려와, 무덤가에 조그맣게 무더기를 이룬 들꽃 다발 속을 들고 나며 날아다녔다. 더위는 가셨지만 버드나무 잎을 나부끼는 산들바람은 아직 불지 않았다.

넬과 술라는 무덤에서 좀 떨어진 곳에 서 있었다. 신도석에서 그들 사이에 있었던 틈새는 사라졌다. 그들은 손을 잡았고, 오직 관만이 땅속에 놓이리라는 것을 알았다. 명랑한 웃음소리와 손바닥에 느껴지던 손가락의 힘은 영원히 땅 위에 남을 것이다. 처음에 그들은 거기 서서 손을 꼭 맞잡고 있었다. 집으로 돌아오는 길에는 서서히 긴장이 풀리면서 나비들은 겨울에 어떻게 될까를 생각하며, 여름날 길을 걷는 여느 두 어린 여자 친구들처럼 손깍지를 낀 채 걸어갔다.

1923

두번째로 이상한 일은 해나가 빈 그릇과 강낭콩 한 펙*을 가지고 어머니의 방에 들어가 이렇게 말한 것이었다. "엄마, 우리를 사랑하긴 했어요?" 그녀는 부활절에 노래를 부르는 어린아이처럼 노래하듯 그 말을 읊조리고는 무릎을 꿇고 바닥에 신문지를 펼치더니 그 위에 바구니를 놓았다. 그릇은 다리 사이에 꼈다. 에바는 호지스 씨의 장례식장에서 가져온 마분지 부채로 바람을 부치며 거기 앉아 있다가 해나의 말에 뒤이은 침묵에 귀를 기울이더니 창문 옆에서 사슬에 묶인 죄수 놀이를 하고 있던 듀이들에게 "쉿!" 하고 말했다. 듀이들은 다른 둘의 구두끈으로 서로를

* 곡식의 계량 단위. 1펙은 1/4부셸(약 15파운드)이다.

묶고서 비틀거리며 에바의 방에서 나갔다.

"자," 에바는 휠체어에서 딸을 바라보았다. "다시 말해보렴. 내가 알아들을 수 있게."

"제 말은, 우리를 사랑한 적이 있느냐고요? 아시면서. 우리 어릴 적에요."

에바의 손이 허벅지의 잘린 부분 쪽으로 뱀처럼 움직여 가다가 딱 멈춰 주름을 바로잡았다. "아니. 그랬던 것 같지는 않구나. 네가 생각하는 식으로는 아니었어."

"아, 네. 그냥 궁금했어요." 해나는 그만하면 그 얘기는 됐다는 기색이었다.

"별 생뚱맞은 소리를 다 듣겠구나." 에바는 아직 끝이 아니었다.

"별 뜻은 없었어요, 엄마."

"별 뜻이 없었다니 그게 무슨 뜻이냐? 그런 소리를 해놓고 어째서 별 뜻이 없어?"

해나는 강낭콩을 조금 집어서 긴 꼬투리를 땄다. 꼬투리 따는 소리와 재빠른 손동작 때문에 복잡한 악기를 연주하는 것처럼 보였다. 에바는 그녀를 잠시 쳐다보다가 말했다. "통조림 만들 거니?"

"아뇨. 오늘밤에 먹을 거예요."

"네가 통조림을 좀 만들려는 줄 알았다."

"폴 삼촌이 아직 저한테 아무것도 갖다주지 않았어요. 한 펙으로는 턱도 없어요. 삼촌이 2부셸을 갖다준다고 하셨어요."

"게으른 녀석."

"아, 삼촌은 좋은 분이에요."

"그렇겠지. 누군들 안 그렇겠니. 엄마만 빼고. 엄마만 좋은 사람이 아니지. 엄마는 우리를 사랑하지 않았으니까."

"아아, 엄마."

"아아, 엄마? 아아, 엄마라고? 넌 멀쩡한 몸으로 여기 앉아서 나더러 내가 너를 사랑했니 어쩌니 하는 거냐? 나 아니었으면 네 머리통에 그 큰 늙은 눈은 구더기만 득시글거리는 눈구멍이 되었을 거다."

"그런 뜻이 아니었어요, 엄마. 엄마가 우리를 먹여 살리신 거 알아요. 제 얘기는 그거 말고 다른 거예요. 그러니까요. 말하자면요. 우리하고 놀아주셨느냐고요. 한 번이라도 우리와 놀아주신 적이 있어요?"

"놀아줘? 1895년에 놀아주는 사람이 어디 있었겠냐. 지금 살 만하다고 늘 이만했던 줄 아니? 1895년은 말도 못했어, 이것아. 사정이 얼마나 나빴는데. 검둥이들이 파리처럼 죽어갔어. 건방진 소리 하는구나? 폴 삼촌이 2부셸을 갖다준댔지. 그래. 아래층에는 멜론도 한 개 있고, 그렇지? 매주 토요일마다 내가 빵을 굽고, 금요일에는 섀드가 생선을 갖다주지. 돼지고기도 통에 가득하고, 식초 그릇에 달걀도 띄워놓았고……"

"엄마, 무슨 얘기 하시는 거예요?"

"천팔백하고도 구십오년 얘기다. 내가 그 집에서 너랑 펄이랑 플럼을 데리고 닷새 동안 사탕무 세 개로 버텼던 시절 말이다. 그런데 너는 은혜도 모르고 눈을 뱀처럼 치켜뜨고 덤비고 있으니. 내 것이라고는 사탕무 세 개가 고작인데 그 작고 낡은 방에서 어린것들하고 껑충껑충 뛰어놀고 있었다면 내 꼴이 어떻게 보였을 것 같냐?"

"사탕무 얘기는 저도 알아요, 엄마. 그 얘기라면 골백번도 더 하셨으니까요."

"그래? 그건 중요하지 않아? 그건 사랑이 아니냐? 너는 내가 네 입이 허는 건 상관도 안 하고 네 턱밑이나 간질여주면 좋겠니? 펄 뱃속에는 기생충이 득시글한데 내가 손잡고 빙빙 돌면서 놀아야 했다는 거야?"

"하지만 엄마, 안 그런 때도 있었잖아요……"

"없었어. 안 그런 때는 없었다. 한순간도 없었어. 하루를 간신히 넘기면 곧 밤이 왔지. 너희 모두 기침을 해대면서 나만 쳐다봐서 폐렴으로 죽지는 않을까 싶었다. 너희들이 조용히 자고 있으면, 아이고, 얘들이 죽었나 싶어서 숨은 쉬나 입가에 손을 갖다대보고 그랬어. 그런데 나더러 내가 너희를 사랑했느냐 그딴 소리나 하고. 내가 너희들 때문에 이때까지 살았는데 네 둔한 대가리에는 뭐가 들었는지 그런 생각은 들지도 않는다 이거냐?"

해나는 이제 콩을 충분히 손질했다. 토마토와 뜨거운 빵과 함께 먹으면 모두에게 충분할 거라고 생각했다. 특히 듀이들은 어떻게 해도 채소를 먹지 않고 에바도 굳이 그들에게 먹이려 하지 않았으며 타르 베이비는 요즈음 공기와 음악만으로 살고 있었으니까. 그녀는 바구니를 집어들고 일어섰다. 콩이 든 그릇은 그녀의 엄마 위에 있었다. 에바의 얼굴은 아직도 마지막 질문을 담고 있었다. 해나는 엄마의 눈을 들여다보았다.

"하지만 플럼은 어떻고요? 왜 플럼을 죽였어요, 엄마?"

그날은 8월의 수요일이었고 얼음장수 차가 오고 있었다. 운전사의 노랫소리가 토막토막 들려왔다. 이제 잭슨 부인이 포치 계단을 내려갈 것이다. "딱 한 덩어리요. 거기 아껴둔 덩어리 있지요?" 얼음장수는 잭슨 부인이 젊었을 때부터 얼음을 팔아왔기 때문에 부인에게 얼음 한 덩이를 건네며 이렇게 말할 것이다. "조심하세요, 잭슨 부인. 그 지푸라기가 부인 예쁜 목에 걸리면 죽을 수도 있어요."

에바는 차가 오는 소리를 들으며 얼음 창고는 어떻게 생겼을까 생각했다. 몸을 뒤로 약간 젖힌 채 눈을 감고는 얼음 창고의 내부를 떠올려보려고 했다. 이런 더위에는 어둡고 멋진 그림이었다. 결국에는 변소의 어둠 속에서 아기를 안고 손가락으로 아기의 똥구멍 속을 더듬으며 깡통 옆면에서 떠낸 마지막 라드로, 조심스럽게 가운뎃손가락 끝에 마지막 라드 조각을 바르고 아기가 다치지 않도록 손가락을 밀어넣던 그 겨울밤이 떠올랐다. 요강은 깨졌고 걸레는 얼어붙었기 때문이었다. 대변을 끄집어내려고 장을 열 때 아기를 덜 다치게 하기 위해 집에 남은 마지막 음식인 라드를 엉덩이에 쑤셔넣었다. 죽을 듯이 비명을 질러대던 아기는 그녀가 마침내 구멍을 찾아 그 속에 손가락을 쑤셔넣자 극심한 고통에 갑자기 조용해졌다. 메달리언 주민 누구라도 가장 더운 날로 기억할 오늘, 너무 더워서 파리도 잠을 자고 고양이도 털을 깃처럼 펼치고 있는 날, 너무 더워서 임신한 부인네들이 나무에 기대 울고 있는 날, 여자들은 석 달 묵은 상처를 떠올리며 애인의 음식에 유리 가루를 넣고 남자들은 음식을 보고 그 속에 유리가 들었을지 모른다고 의심하면서도 너무 더워서 먹지 않고는 배길 수가 없어 그것을 먹었을 만큼 더운 날, 이렇게 더운 때 중에서도 가장 더운 날에도 에바는 살을 에는 듯한 추위와 변소의 악취에 덜덜 떨었다.

해나는 기다렸다. 어머니의 눈꺼풀을 보면서. 에바가 드디어 입을 열자 두 목소리가 나왔다. 두 사람이 동시에 같은 말을 하는 것 같았다. 한 사람이 말하면 잠시 후 다른 한 사람이 뒤를 잇듯.

"그애는 나에게 그런 시간을 주는구나. 그런 시간을. 그앤 태어나기를 원한 적조차 없는 것처럼 보였어. 하지만 세상에 나왔지. 남자아이를 낳는 건 힘들어. 너는 모르겠지만 하여튼 그래. 그 아이를 낳고 계속 살아가게 하는 건 보통 일이 아니었어. 그 작은 심장을 계속 뛰게 하고 작은 폐를 깨끗하게 해주는 것만도. 전쟁에서 돌아왔을 때 그애는 도로 뱃속으로 들어가고 싶어하는 것처럼 보였어. 그렇게 고생을 했는데, 겨우 그애를 낳고 길렀는데 내 자궁으로 도로 기어들어가고 싶어했어…… 그애가 그렇게 할 수 있다 해도 난 더는 받아들일 자리가 없었어. 내 자궁에는 그애가 있을 곳이 없었어. 그런데 그 아이는 도로 기어들어갔어. 무력하고 아기 같은 생각을 하고 아기 꿈을 꾸고 다시 바지를 더럽히고 늘 웃었어. 내 가슴이야 넉넉하지만 내 자궁에는 자리가 없었어. 더는 없었다고. 그애를 한 번 낳았어. 두 번은 할 수 없어. 그애는 다 자라서 덩치도 크고 나이도 먹었어. 하느님 맙소사, 두 번은 못 낳는다고. 밤이면 나는 여기 누워 있고 그애는 아래층 그 방에 있었지만 눈을 감으면 그애가 보였어…… 180센티미터의 키에 미소를 지으면서 조용히 계단을 기어올라오는데 문을 하도 살짝 열어서 소리도 안 들릴 거야. 침대까지 기어와서 내 다리를 벌리고 내 자궁 속으로 도로 들어가려고 해도 나는 소리도 못 들을 거야. 그애는 남자였어, 덩치 크고 나이 먹고 자랄 만큼 자란 남자. 나에게 그만한 공간은 없어. 나는 계속 꿈을 꾸었지. 꿈을 꾸다가 그게 진짜라는 것을 알았어. 어느 날 밤에는 꿈이 아니게 될 거야. 진짜가 될 거고 내가 진짜 겪게 될 거야. 나에게 자리가 있다면 그애를 도로 들이겠지만 덩치 큰 남자가 더 이상 엄마 안에 몸을 웅크린 아기가 될 수는 없잖아. 그애는 질식할 거야. 난 그애가 나를 떠나서 계속 살아나가고 남자가 되도록 할 수 있는 모든 것을 다 했지만 그애는 꿈적도 하지 않아서 내가 그애를 내보내야 했어. 그래서 나는 그애가 내 자궁 속에 웅크린 채가 아니라 한 남자로 죽을 수 있는 방법을 생각해냈을 뿐이야. 남자로."

에바는 눈물 때문에 해나의 모습을 제대로 볼 수 없었지만 어쨌든 딸을 올려다보며 사죄의 의미로, 아니면 해명 삼아, 그것도 아니면 어쩌면 그저 정리하려는 뜻에서 이렇게 말했다. "하지만 우선 그애를 꼭 안아주었어. 아주 꼭. 귀여운 플럼. 우리 아기."

해나가 몸을 돌려 방을 나간 후에도 에바는 오랫동안 드레스의 주름을 바로잡으면서 그의 이름을 계속 되풀이해 불렀다.

해나는 주방으로 갔다. 죽은 남편의 슬리퍼를 터벅터벅 끌고 계단을 내려가 마룻바닥을 지나갔다. 수도꼭지를 돌리자 물이 쏟아졌고 단단히 엉켜 있던 강낭콩이 흩어지면서 그릇 위로 콩이 둥둥 떠올랐다. 그녀는 손가락으로 콩을 휘젓고 물을 따라버린 다음 그 과정을 되풀이했다. 녹색 콩깍지가 수면으로 떠오를 때마다 신이 나서 양손 가득 그러모으면 두세 개는 다시 물속으로 떨어졌다.

개수대 위쪽 창 너머로 아직도 사슬에 묶인 죄수 놀이를 하고 있는 듀이들이 보였다. 서로 발목을 묶은 채 비틀거리며 일어서서 한몸이 되어 걸으려 했다. 암탉들이 한 눈으로는 듀이들을 미심쩍게 쳐다보고 다른 눈으로는 시트와 식품보존용 유리병이 끓고 있는 벽돌 벽난로를 보며 활보했다. 이 더위 속에서 놀 수 있는 것은 듀이들뿐이었다. 해나는 강낭콩을 불 위에 올려놓고 갑자기 몰려오는 졸음에 거실로 가서 누웠다. 햇빛을 막으려고 창문을 닫아놓은 탓에 거실은 훨씬 더웠다. 해나는 긴 의자에 걸쳐놓은 숄을 펼쳐서 깔고 그 위에 누웠다. 빨간색 웨딩드레스를 입고 결혼식을 올리는 꿈을 꾸는데 술라가 와서 그녀를 깨웠다.

그러나 두번째로 이상한 일이 있기 전 바람이 불었는데, 그것이 첫번째 이상한 일이었다. 해나가 에바에게 자기들을 사랑한 적이 있느냐고 묻기 바로 전날, 바람이 언덕 위로 불어와 지붕을 덜그럭거리고 문을 열어젖혔다. 모든 것이 다 흔들렸다. 사람들은 겁에 질렸지만 비가 오려나보다 생각하고 반겼다. 창문이 떨어져나가고 나뭇가지들이 부러졌다. 사람들은 첫번째 번개가 치기를 기다리며 밤이 깊도록 깨어 있었다. 어떤 이들은 빗물을 받으려고 통 뚜껑을 열어놓기까지 했다. 사람들은 빗물을 받아 마시고 그것으로 요리하기를 좋아했다. 그들의 기다림이 헛되게도, 번개도 천둥도 치지 않았고 비도 오지 않았다. 바람만 불어와 공기중의 습기를 모조리 빼앗아가고 마당을 엉망진창으로 만들었다. 늘 그렇듯 보텀 언덕은 백인들이 사는 타운의 골짜기 쪽을 지켜주었다. 그리고 다음날 아침, 열기가 더 건조해진 데 다들 고마움을 느꼈다. 그래서 사람들은 일찍 일을 시작했다. 통조림을 만드는 시기였고 바람이 이번에는 시원한 비를 몰고 돌아올지도 모를 일이었다. 하지만 골짜기에서 일하는 사람들이 새벽 네시 반에 일어나 하늘을 보니 해는 벌써 뜨거운 하얀 암캐처럼 떠오르고 있었다. 그들은 모자를 쓰기 전에 모자챙을 다리에 대고 툭 치고는, 아무도 지켜지기를 바라지 않는 해묵은 약속처럼 터덜터덜 길을 걸어갔다.

목요일에 해나가 에바에게 튀긴 토마토와 행운을 빌며 흰자를 빼고 만든 부드러운 스크램블드에그를 갖다주면서 빨간색 웨딩드레스를 입고 결혼식을 올리는 꿈을 꾸었다는 이야기를 했다. 둘 다 그날의 행운의 숫자가 522라는 것을 알고 있었으므로 굳이 그것을 찾아보는 수고까지는 하지 않았다. 에바는 버클랜드 씨가 들르면 해보겠다고 했다. 나중에 그녀는 그것을 세번째 이상한 일로 기억에서 떠올리게 될 것이다. 그 당시에도 그녀는 이상하다는 생각을 했지만 꿈속의 빨간색 때문에 혼란스러웠다. 그러나 그것이 세번째인지 아닌지는 확신할 수 없었는데, 술라가 말을 안 듣고 듀이들한테 짜증을 내고 신혼부부들 사이에 끼어들어 참견을 하고 있었기 때문이다. 다들 술라가 열세 살이어서 성격이 나빠지고 있다고 생각했지만 골을 내고 짜증내는 것을 참아주기란 힘든 일이었다. 술라의 눈을 덮은 모반은 색이 더욱 진해지고 점점 더 줄기 달린 장미처럼 보였다. 그녀는 물건들을 떨어뜨렸고 신혼부부의 음식을 먹어치웠고 듀이들이 목욕을 좀 해야겠는데 자기가 시켜주겠다고 해서 모두를 걱정시켰다. 듀이들은 물 생각만 해도 미친듯이 날뛰어서 수망아지처럼 온 집안을 울며불며 시끄럽게 뒤흔들었다.

"목욕 안 해도 돼요, 그렇잖아요? 누나가 말한 대로 꼭 해야 돼요? 오늘은 토요일도 아닌데." 그 바람에 타르 베이비까지 잠에서 깨 방에서 나와 그들을 보고는 음악을 찾아 집을 떠났다.

해나는 그들을 무시하고 지하창고에서 계속 병을 꺼내와서 물로 씻었다. 에바가 지팡이로 마룻바닥을 쿵쿵 두드렸지만 아무도 오지 않았다. 정오쯤이 되어서야 조용해졌다. 듀이들은 도망쳤고 술라는 제 방에 있는지 어디로 갔는지 보이지 않았다. 신혼부부는 아침에 사랑을 나누고 생기에 넘쳐서, 아무것도 찾아내지 못할 거라 확신하면서도 하루 일거리를 찾아 행복하게 나가고 없었다.

보텀 일대의 공기가 껍질을 벗긴 과일과 신선한 옥수수, 토마토, 깍지콩, 멜론 껍질 등 부글부글 끓는 채소로 무거워졌다. 겨울을 너무나 잘 아는, 일자리가 없는 여자들과 아이들, 노인들이 겨울을 나기 위해 준비하고 있었다. 항아리에 복숭아를 꽉 채웠고 블랙베리도 채워두었다(나중에 날씨가 선선해지면 젤리와 절임을 만들 것이었다). 욕심 많은 사람들은 하루에 통조림을 마흔두 개나 만들었다. 얼음을 먹는 잭슨 부인 같은 사람들은 1920년에 만든 병조림까지 그대로 가지고 있으면서도 그랬다.

에바가 빗을 가지러 서랍장 쪽으로 휠체어를 굴리고 가려다가 창밖에서 해나가 허리를 구부리고 마당에 불을 피우는 모습을 보았다. 그것이 다섯번째로(술라의 이상한 행동을 셈에 넣지 않는다면 네번째로) 이상한 일이었다. 에바는 빗을 찾을 수가 없었다. 아무도 에바의 방을 청소할 때를 빼고는 물건을 건드리지 않았고, 청소가 끝나자마자 모든 물건을 제자리에 돌려놓았다. 그러나 에바는 아무데서도 빗을 찾지 못했다. 한 손으로는 땋은 머리를 잡아당겨서 풀고 다른 손으로는 서랍 속을 뒤지면서 막 짜증이 솟구치려 할 때 블라우스 서랍장에서 빗이 손에 닿았다. 그런 다음 그녀는 혹시나 누가 찾아오는 사람이라도 있으려나 싶어 산들바람을 쐬면서 머리를 빗으려고 창가로 휠체어를 굴렸다. 그녀가 막 창가로 다가간 그때 해나에게 불이 붙은 것이 보였다. 마당에서 불길이 파란 면 드레스를 날름날름 핥으며 해나를 춤추게 만들었다. 에바는 거기로 가서 자기 몸으로 직접 딸의 몸을 덮어주는 일 말고는 아무것도 할 시간이 안 된다는 것을 알았다. 그녀는 성한 다리로 무거운 몸뚱이를 지탱하고 주먹과 팔로 창유리를 깼다. 잘린 다리를 지지대 삼아 창틀에 올리고 성한 다리를 지렛대 삼아 창밖으로 몸을 던졌다. 베이고 피를 흘리면서, 불꽃에 휩싸여 춤을 추는 형체 쪽으로 몸을 날리려고 허공에 갈퀴질을 했다. 그러나 그녀의 몸은 빗나갔고, 연기를 피워올리는 해나에게서 12피트쯤 떨어진 곳에 떨어졌다. 에바는 혼이 나갔지만 아직 의식은 있어서 자신의 첫아이 쪽으로 몸을 질질 끌고 기어갔다. 하지만 제정신이 아닌 해나는 '깜짝 장난감 상자'에서 튀어나온 인형처럼 몸을 휘젓고 휘청이면서 마당을 뛰쳐나갔다.

서그스 부부가 앞마당에서 통조림 도구를 설치하다가 해나가 춤을 추며 그들 쪽으로 달려오는 것을 보았다. 그들은 "세상에, 세상에" 하고 속삭이면서 빨간 토마토가 둥둥 떠 있던 물통을 들어올려 연기와 화염에 휩싸인 여자에게 물을 쏟아부었다. 물은 불길을 잡았지만, 김을 피워올려 아름다운 해나 피스에게 남아 있던 모든 것을 그을려버렸다. 해나는 널빤지로 만든 보도 위에 누워 으깨진 토마토 사이에서 움찔움찔 경련했다. 그녀의 얼굴에 가면처럼 씌워진 고통의 표정이 너무나 격렬해서 주위에 모여들었던 사람들은 오랫동안 그 장면이 떠오르면 고개를 가로저었다.

누군가 셔츠로 해나의 다리를 덮어주었다. 한 여자는 머릿수건을 풀어 해나의 어깨 위에 놓아주었다. 또 누군가는 딕스 식품잡화점으로 달려가서 구급차를 불렀다. 나머지는 담장 위의 해바라기처럼 속수무책으로 서 있었다. 듀이들이 놀라 휘둥그레진 눈으로 와서 토마토를 밟았다. 고양이 두 마리가 사람들의 다리 사이로 들어와 그을린 살냄새를 킁킁대며 맡았다. 결국 어린 소녀가 구토를 해서 깊은 침묵을 깨뜨렸고 여자들은 서로 이야기를 주고받고 신에게 기도를 했다. 주님을 부르는 와중에 그들은 힘겹게 언덕 위를 올라오는 구급차의 사이렌 소리를 들었다. 그러나 죽어가는 여자가 속삭인 "도와줘요, 다들" 소리는 듣지 못했다. 누군가 에바를 보러 가야 한다는 것을 떠올렸다. 사람들은 에바가 개나리 덤불 옆에 엎드려 해나의 이름을 부르면서, 집 옆의 개나리 아래 자란 스위트피와 클로버를 헤치며 몸을 질질 끌고 기어가는 것을 발견했다. 어머니와 딸은 들것 위로 옮겨져 구급차에 실렸다. 에바는 정신이 말짱했다. 그녀의 얼굴 상처에서 흘러내린 피가 눈에 들어가 앞을 볼 수는 없었고 익은 살에서 풍겨오는 익숙한 냄새만 맡을 수 있었다.

해나는 병원으로 옮겨지던 도중 숨을 거두었다. 아니면 사람들 말로는 그러했다. 어찌되었건 그녀의 몸이 이미 너무 심하게 부풀어오르고 물집이 잡히기 시작해서 장례식 때에는 관을 닫아두어야 했다. 시신을 씻기고 옷을 갈아입히면서 여자들은 해나의 탄 머리카락과 쭈글쭈글해진 가슴을 보고 마치 자기들이 그녀의 연인이었던 양 흐느꼈다.

에바가 병원에 도착했을 때 사람들은 그녀를 실은 들것을 바닥에 내려놓았다. 사람들은 뜨겁고 수포가 터지는 타인의 살에 너무 정신을 빼앗겨 (그중에는 그렇게 심한 화상을 입은 경우를 난생처음 보는 이들도 있었다) 에바를 잊어버렸다. 그래서 잡역부 올드 윌리 필즈가 방금 걸레질한 바닥이 피로 더럽혀진 것을 보고 어디서 피가 흘러나온 것인지 찾으러 가지 않았더라면, 에바는 피를 흘리다 죽었을 것이다. 그는 에바를 발견하자마자 간호사에게 소리쳤고, 간호사가 피를 흘리는 외다리 흑인 여성이 죽었는지 살았는지 확인하러 왔다. 그때부터 윌리는 자기가 에바의 생명을 구했노라고 떠벌리고 다녔다. 에바 본인도 인정한 반박할 수 없는 사실이었지만 그 때문에 에바는 그후로 서른일곱해 동안 매일같이 그에게 저주를 퍼부었다. 아흔 살쯤 되어서 모든 것을 다 잊어버리게 되면 그때쯤에야 저주를 멈출 것이었다.

병원의 큰 병동 한구석에 가리개를 쳐서 만든 유색인용 병동에 누워, 에바는 자신에 대한 심판이 완결되었다는 생각을 했다. 결혼식 꿈을 기억해내고 결혼식은 항상 죽음을 뜻한다는 것을 떠올렸다. 그렇다면 빨간색 웨딩드레스는 불을 의미하는 것임을 진작 알아차렸어야 했는데. 에바는 다른 것도 기억해냈다. 아무리 부인하려 해도 그녀가 땅에서 몸을 질질 끌며 스위트피와 클로버를 헤치고 해나 쪽으로 갈 때, 술라가 뒤쪽 포치에 서서 그저 보고만 있었다는 사실을 알고 있었다. 에바는 자기 아이들의 잘못을 숨기는 사람이 결코 아니었으므로 몇몇 친구에게 자기가 보았다고 생각한 것을 말했다. 그러자 그들은 그럴만도 하다고 대꾸했다. 술라가 충격으로 몸이 굳어버렸을 거라는, 자기 엄마가 불타는 모습을 본 사람이라면 누구라도 그랬을 거라는 얘기였다. 에바도 맞다고 말했지만 마음속으로는 그 말에 동의하지 않았고, 술라가 해나의 불타는 모습을 지켜보기만 한 까닭은 몸이 굳어서가 아니라 재미있어서였다고 여전히 믿었다.

1927

노인들이 어린아이들과 함께 춤을 추고 있었다. 어린 소년들은 누이들과 춤을 추었고, 어떤 식으로든 몸으로 기쁨을 표현하는 데 눈살을 찌푸리는 교회 여자들은(신의 손이 명할 때만은 예외로 하고) 가볍게 발장단만 맞추었다. 누군가가(다들 말하기를 신랑의 아버지라고 했다) 한 파인트들이 사탕수수술 한 단지를 전부 펀치에 부어넣어서, 흑맥주보다 독한 술은 마시지 못하는 여자들은 물론이고 한잔 걸치려고 뒷문으로 슬쩍 나가는 일이 없는 남자들조차도 얼근하게 취했다. 어린 소년 하나가 빅터 축음기 옆에 서서 손잡이를 돌리다 버트 윌리엄스의 〈Save a Little Dram for Me〉가 흘러나오자 미소를 지었다.

심지어 헐린 라이트도 사탕수수술에 부드럽게 녹아서 그녀의 깔개에 술을 흘려 미안하다는 사과에도 괜찮다며 손을 흔들어주었고, 빨간 벨벳 소파 팔걸이에 놓인 초콜릿 케이크도 신경쓰지 않았다. 브로치로 그녀의 왼쪽 가슴에 꽂아놓았던 월계화가 브로치에서 빠져나가 고개를 아래로 대롱거리며 매달려 있었다. 남편이 그녀에게 아이들이 커튼을 몸에 둘둘 말고 있다고 알려줘도 그저 웃으며 이렇게 말했다. "아유, 그냥 놔둬요." 그녀는 조금 취했을 뿐 아니라 지쳤고 지난 몇 주 동안 계속 그랬다. 무남독녀의 결혼식—이 세상에서 그녀가 존재하고 생각하고 해왔던 모든 것의 정점—은 그녀에게서 모든 에너지와 활력을 다 빼앗아가버렸다. 자기가 가지고 있는 줄 몰랐던 것까지도. 그녀의 집은 티끌 하나 없이 깨끗해야 했고 닭들은 털을 다 뽑아놓아야 했고 케이크와 파이도 만들어두어야 했다. 몇 주 동안 그녀와 친구들, 딸은 바느질을 했다. 이제 그날이 되자, 사탕수수술 약간만으로도 피로의 끈이 탁 끊어지고 바로 전날 아침 창틀에 핀으로 달아놓았던 하얀 커튼도 나 몰라라 하게 되었다. 일단 그날이 지나가면 혼자 그 휑뎅그레해진 집안을 바삐 돌아다니며 망가진 곳을 수리할 시간이야 얼마든지 있을 것이었다.

교회에서 진짜 결혼식을 올리고 그다음 진짜 피로연까지 치르는 일은 보텀 주민들 사이에서는 드물었다. 첫째로는 비용이 많이 들어서였다. 그리고 대부분의 신혼부부들은 특별하지 않으면 그냥 법원에 가고, 특별한 경우라면 목사를 불러다가 말 몇 마디를 듣고 말았다. 나머지는 그냥 '같이 살기' 시작했다. 청첩장 따위도 보내지 않았다. 그런 격식을 갖출 필요가 없었다. 사람들은 선물을 가져올 수 있으면 가져오고 없으면 빈손으로 왔다. 골짜기의 집에서 일하는 사람들을 제외하고는 대부분 한 번도 큰 결혼식에 가본 적이 없었다. 끝나고 비치넛 묘지까지 걸어가야 할 필요가 없다는 점만 빼면 장례식과 비슷하려니 추측할 따름이었다.

이 결혼식은 특별한 매력이 있었는데, 신랑이 미남인데다 누구나 좋아할 만한 사람이었다. 그는 마운트 시온 남성 사중창단의 테너였고, 처녀들의 선망의 대상이었고, 남자들 사이에서는 편안한 친구였다. 이름은 주드 그린으로, 자신의 노래를 듣기 위해 정기적으로 예배에 참석하는 여덟 명에서 열 명쯤 되는 처녀들 가운데 그는 넬 라이트를 택했다.

그가 정말로 결혼할 생각을 했던 것은 아니었다. 그는 당시 스무 살이었고, 메달리언 호텔의 웨이터 일이 그의 부모님과 다른 일곱 형제에게는 축복이었지만 아내를 부양하기에는 충분치 않았다. 그는 타운에서 타맥*으로 포장한 새 길을 닦는다는 소문이

* 아스팔트 포장재.

나온 바로 그날, 그 화제를 꺼냈다. 그 길은 메달리언을 통과해 강까지 이어질 것이고, 강에는 근사한 새 다리가 놓여 메달리언을 건너편 타운인 포터스 랜딩까지 연결하게 될 거라고 했다. 전쟁이 끝나고 가짜 번영이 아직도 사라지지 않고 있었다. 희열에 휩싸여, 더 많은 것을 원하는 갈망으로, 이 지역 초대 의회는 강 건너 타운과의 거래가 포함될 것이 분명한 미래를 향해 눈을 돌렸다. 메달리언의 상인들에게 오려면 뗏목 정도로는 어림도 없는 거리의 타운들이었다. 뉴 리버 로드에서 벌써 작업이 시작되었다(그 도시는 항상 뭔가 다른 이름, 근사한 이름을 붙이려 했지만 다리를 짓는다는 아이디어가 터널 때문에 철회된 십 년 후에도 여전히 뉴 리버 로드로 불렸다).

주드는 다른 흑인 청년 몇 명과 함께 사람을 뽑고 있다는 판잣집으로 갔다. 이미 늙은 유색인 세 명이 고용되어 있었는데, 도로 작업을 위해서가 아니라 그저 정리를 하고 음식을 나르고 다른 소소한 심부름을 하기 위해서였다. 이 노인들은 허약해서 그 외의 일에는 그다지 쓸모가 없었지만 그들이 채용되자 모두가 기뻐했다. 하지만 노인들을 비웃으면서 정작 도로를 파헤칠 수 있는 젊은 흑인들은 슬슬 피하는 백인들의 모습을 봐야 하는 것은 수치스러웠다. 주드같이 진짜 일을 할 수 있는 남자들을 백인들은 피했다. 주드 본인도 그 누구보다 더 간절히 일자리를 얻고 싶었다. 돈벌이가 되어서 그렇기도 했지만, 일 자체가 더 절실했다. 그는 곡괭이를 휘두르거나 무릎을 꿇고 줄을 잡거나 삽으로 자갈을 펴내고 싶었다. 쟁반보다 더 무거운 것을 들고, 껍질 벗기기보다 더 지저분한 일을 하고 싶어 팔이 아플 지경이었다. 그의 발은 호텔에서 요구하는 바닥이 얄팍한 검정 구두가 아니라 무거운 작업화를 원했다. 그가 무엇보다도 간절히 원한 것은 도로 작업 인부들의 동지애였다. 점심 도시락, 고함소리, 마침내 뭔가 진짜인 것, 그가 손가락으로 가리킬 수 있는 뭔가를 만들어낼 몸의 움직임이었다. "내가 저 길을 닦았어." 그렇게 말할 수 있기를 바랐다. 더러워진 접시의 개수와 쓰레기통의 무게로 열심히 일한 하루를 가늠하는 레스토랑에서 하루를 보낸 뒤보다 일몰은 얼마나 더 근사할 것인가. "내가 저 길을 닦았지." 사람들은 오랫동안 그의 땀을 밟고 다닐 것이다. 큰 망치에 발을 찧을지도 모른다. 사람들이 그에게 왜 다리를 저느냐고 물으면 이렇게 말할 수 있을 것이다. "뉴 로드를 닦다가 이렇게 됐지."

그가 넬에게 결혼에 대한 말을 꺼낸 것은 이런 꿈에 취해서 그의 몸이 벌써 거친 작업복의 감촉을 느끼고 그의 손이 벌써 곡괭이 자루를 잡기 위해 구부러졌을 때였다. 넬은 선뜻 받아들이는 듯했지만 간절히 원하는 것 같지는 않았다. 그가 엿새 동안 달려가서 줄을 서고, 조장이 버지니아 언덕 출신의 팔이 가느다란 백인 소년들과 목이 굵은 그리스인들과 이탈리아인들을 골라내는 모습을 보면서 "오늘은 그만. 내일 다시 와"라는 말을 듣고 또 들은 다음이었다. 그러므로 그가 넬을 결혼하도록 밀어붙인 이유는 분노였다. 분노와, 어떻게든 한 남자의 몫을 해야겠다는 결단이었다. 자신의 욕망을 얼마라도 채우고, 성인으로서의 자세를 인정받을 필요가 있었다. 하지만 대개는 누군가가 자신의 상처에 관심을 가져주기를, 아주 깊이 관심을 가져주기를 바라는 마음 때문이었다. 깊은 관심으로 자신을 안아주고, 깊은 관심으로 자신을 얼러주고, 깊은 관심으로 물어봐주기를 바라는 마음. "기분이 어때요? 괜찮아요? 커피 좀 줄까요?" 그리고 그가 남자가 되고자 한다면, 그 누군가는 더이상 어머니일 수 없었다. 그는 항상 다정하고, 결코 결혼에 목매는 것 같지 않고, 그 모든 모험이 그의 생각, 그의 정복처럼 보이게 해주는 여자를 선택했다.

결혼에 대해 생각하면 할수록 그에게 결혼은 매력적으로 보였다. 그의 운명이 무엇이건, 그의 옷의 재단 상태가 어떻건 올이 풀린 가장자리를 숨겨주는 접은 단과 주름이 항상 있을 것이다. 그를 떠받쳐줄 다정하고 바지런하고 충실한 누군가가 있을 것이다. 그러면 그는 그 보답으로 그녀를 보호해주고, 사랑해주고, 그녀와 같이 늙어갈 것이다. 그런 누군가가 없다면 그는 여자처럼 주방을 돌아다니는 웨이터일 뿐이었다. 그녀와 함께라면 불

만족스러운 일자리라도 필요하기 때문에 지켜야 하는 가장이었다. 그들 두 사람이 함께 하나의 주드가 될 것이었다.

길을 닦겠다는 꿈이 깨어져 그녀가 낙담할까 두려웠지만 실제로는 결코 그렇지 않았다. 그가 결혼을 암시해도 무심했던 넬은 그의 괴로움을 알게 되자 완전히 바뀌었다. 주드는 그녀의 눈 속에서 자기 자신이 형태를 갖춰가는 것을 볼 수 있었다. 그녀는 정말로 도와주고 달래주고 싶어했다. 에이잭스가 타임 앤드 하프 당구장에서 했던 말이 사실일까? "이봐, 여자들이 원하는 건 자기들의 불행뿐이야. 너를 위해 죽어달라고 구슬려봐. 그러면 평생 네 것이 될 거야."

에이잭스가 일반적으로는 정확하지 않았을지 몰라도 넬에 관해서만큼은 옳았다. 넬은 술라와 함께 있을 때 가끔 주도적인 역할을 하는 것을 빼고는 전혀 나서는 성격이 아니었다. 넬의 부모는 그녀가 가진 반짝임이나 괄괄함은 그 어떤 것이든 문질러 흐린 빛으로 만드는 데 성공했다. 술라와 있을 때만큼은 그런 기질이 자유롭게 발휘되었지만, 그들의 우정은 너무나 각별해서 자신들도 서로의 생각을 상대방의 것과 구분하기 힘들었다. 소녀 시절 내내, 넬이 엄격하고 감정을 드러내지 않는 부모로부터 떨어져나와 한숨을 돌릴 수 있는 건 술라를 통해서뿐이었다. 주드가 주변을 맴돌기 시작하면서 넬은 우쭐해졌다. 모든 처녀들이 그를 좋아했으니까. 술라는 언제나 넬이 빛나기를 바란다는 이유만으로 그의 관심을 받는 기쁨을 더 부채질해주었다. 그들은 한 번도 여자 친구들이 남자들을 놓고 싸우는 식으로 싸운 적이 없었고, 남자를 놓고 서로 경쟁하지도 않았다. 그 시절에는 둘 중 하나에 대한 칭찬이 나머지 한 사람에 대한 칭찬이나 마찬가지였고, 하나에게 못되게 굴면 다른 하나에게도 도전하는 셈이었다.

주드가 겪은 수치와 분노에 반응하면서부터 넬은 술라에게서 멀어지게 되었다. 오직 자신만을 바라보는 누군가에게 필요한 존재가 된다는 이 새로운 감정은 우정보다도 강했다. 넬은 주드가 언급하기 전까지는 자기에게 목이 있다는 사실조차 몰랐다. 그가 작은 기적으로 보아주기 전까지는 자신의 미소를 그저 입술을 벌리는 것으로만 알았다.

술라는 결혼식에 대해 적잖이 흥분했다. 결혼은 학교를 졸업하고 나서 할 일로 완벽한 일이라고 생각했다. 술라는 신부 들러리가 되고 싶었다. 다른 누구도 안 되었다. 그녀는 라이트 부인이 온 힘을 다해 준비하도록 부추겼고 에바의 펀치볼을 빌려주기까지 했다. 사실 술라는 대부분의 사람들이 불과 몇 년 전 엄마를 잃었다는 사실 때문에 자기를 기쁘게 해주려 애쓰고 있으며 해나의 얼굴에 떠올랐던 고통과 에바의 얼굴에 흘렀던 피를 아직도 기억하고 있다는 사실을 이용해 세부적인 부분까지 거의 모든 일을 아주 주도면밀하게 처리했다.

그래서 그들은 6월의 둘째 토요일에 보텀에서 춤을 추게 되었다. 근사한 이가 났을 뿐 듀이들이 절대 자라지 않는다는 사실을 모두가 처음으로 깨달았던 그 결혼식에서 춤을 추었다. 몇 년째 듀이들의 키는 120센티미터였다. 그런 키가 드물기는 했지만 전례가 없는 것은 아니었다. 그 깨달음은 마음으로는 그들이 여전히 소년이라는 사실에서 나온 것이었다. 해나가 그들을 한꺼번에 1학년에 집어넣은 이래, 짓궂고 교활하고 속내를 보이지 않으며 사회에 전혀 적응하지 못하는 성향과 그들이 하는 놀이와 관심사는 바뀌지 않았다.

결혼식 내내 스타였던 넬과 주드는 피로연이 결국은 춤판에 먹자판, 뜬소문을 주고받고 뛰어놀고 사랑을 나누는 난장판으로 바뀌면서 잊혔다. 그날 들어 처음으로 그들은 긴장을 풀고 서로를 마주보며 자기들이 보고 있는 상대의 모습에 기뻐했다. 그들은 다른 사람들 틈에 부대끼며 춤을 추기 시작했다. 춤을 출 때마다 매번 그의 생각은 곧 다가올 밤을 향해 나아갔다. 두 사람은 주드의 고모 중 한 명의 집에 살림할 방을 하나 얻어두었고

(방을 하나 비워둔 라이트 부인이 반대했지만 넬은 어머니의 집에서 남편과 사랑을 나누고 싶지는 않았다), 그들은 거기로 가고 싶어 점점 안달이 났다.

주드가 그녀의 생각을 읽기라도 한 것처럼 몸을 앞으로 숙이고 속삭였다. "나도 그래." 넬은 미소를 짓고 그의 어깨에 뺨을 기댔다. 그녀는 쓰고 있는 베일이 너무 무거워서 그가 자신의 이마에 한 입맞춤을 제대로 느낄 수가 없었다. 한번 더 확신을 얻으려 눈을 들어 그를 보았을 때, 열린 문틈으로 파란 옷을 입은 날씬한 사람이 도로 쪽으로 난 길을 활보하는 느낌으로 미끄러지듯 지나가는 것을 보았다. 한 손으로는 따스한 6월의 산들바람에 커다란 모자가 날아가지 않도록 머리를 누르고 있었다. 뒷모습만 보아도 넬은 그 사람이 술라이며 그녀가 미소 짓고 있다는 것을 알 수 있었다. 그런 유연함 속 깊은 곳에 무언가 즐거움이 있었다. 그들이 다시 서로를 보게 되기까지는 십 년의 세월이 걸릴 것이었다. 그리고 그들의 만남은 수많은 새들과 함께일 것이다.

2부

1937

술라는 울새떼와 함께 메달리언으로 돌아왔다. 조그만 고구마 같은 가슴을 지니고 몸을 떠는 새들이 도처에 널려서, 평소 같으면 새들을 반가이 맞이했을 아주 어린 꼬마들까지도 흥분해서 사납게 돌을 던졌다. 새들이 왜, 어디에서 왔는지 아무도 몰랐다. 분명한 점은 진줏빛 새똥을 밟지 않고는 어디로든 한 발짝도 나갈 수 없다는 것뿐이었다. 울새들이 사방에서 날아다니고 죽어나가는 통에 옷을 널기도, 잡초를 뽑기도, 포치에 그냥 앉아 있기도 쉽지 않았다.

대부분의 사람들은 구름과 구름 같은 비둘기떼로 하늘이 두 시간 동안 어두워졌던 때를 기억하고 있었다. 너무 덥거나, 너무 춥거나, 비가 너무 안 오거나 비가 너무 많이 와 홍수가 나거나 하는 식으로 자연에 무언가가 과해지는 데도 익숙했다. 하지만 그럼에도 비교적 사소한 현상이 그들의 생활을 장악하고 그들의 마음마저도 제 뜻대로 휘두르는 것은 여전히 두려워했다.

두려움에도 불구하고 사람들은 가혹한 이상 현상, 혹은 악한 시절이라 칭하는 그것을 환영에 가까운 자세로 받아들였다. 그들은 이러한 악을 피해야 하고, 그로부터 자신들을 보호하기 위해 당연히 예방 조치를 취해야 한다고 느꼈다. 하지만 악이 제 갈 길을 가고 제 뜻을 다하도록 내버려두었고, 그것을 바꾸거나, 절멸시키거나, 다시 일어나지 못하도록 막을 조치를 강구하는 법은 절대 없었다. 사람에 대해서도 역시 그랬다.

외부인들이 보기에 느슨함, 부주의함, 심지어 관대함으로까지 보이는 이러한 태도는 실은 선한 힘 외에 다른 힘들도 나름대로 타당하다는 것을 잘 아는 데서 나왔다. 사람들은 의사가 병을 고칠 수 있다고 믿지 않았다. 아무도 그들에게 그렇게 해준 적이 없었다. 죽음이 우연이라고도 믿지 않았다. 삶은 우연일 수 있어도 죽음은 고의적이었다. 자연이 삐딱하다고도 믿지 않았다. 단지 불편할 따름이었다. 역병과 가뭄은 봄과 마찬가지로 '자연스러운' 것이었다. 우유가 응고될 수 있다면, 울새들도 떨어질 수 있다는 것을 신은 아신다. 악의 목적은 그것을 견디는 것이며, 사람들은 (그렇게 하기로 결심했는지조차 알지 못한 채) 홍수,

백인들, 홍역, 기근과 무지를 견디기로 결심했다. 그들은 분노는 잘 알았지만 절망은 몰랐다. 자살하지 않는 것과 같은 이유로 죄인들에게 돌을 던지지 않았다. 그들이 할 법한 일이 아니었다.

술라는 신시내티 급행열차에서 내려 울새 똥을 밟으며 보텀으로 가는 긴 오르막을 걷기 시작했다. 그녀는 그야말로 누군가 보았을 법한 영화배우처럼 차려입었다. 검정색 크레이프 드레스를 분홍색과 노란색 백일초와 여우 꼬리로 장식하고 베일이 달린 검은색 펠트 모자를 한쪽 눈 위로 낮게 눌러썼다. 오른손에는 구슬로 장식한 걸쇠가 달린 검은색 핸드백을 들고 왼손에는 아주 작고 아주 예쁜 빨간 여행용 가죽 가방을 들었다. 그런 것은 아무도, 로마에도 가본 적 있는 두 사람, 시장 부인과 음악 교사조차도 본 적이 없었다.

굽과 옆면에 마른 새똥이 덕지덕지 붙은 펌프스를 신고 카펜터즈 로드 쪽으로 언덕을 걸어올라가면서 술라는 법원 앞 돌의자에 앉아 있는 노인들, 보도에 양동이 속 물을 비우는 주부들, 점심 먹으러 집에 가는 고등학생들의 시선을 끌었다. 보텀에 도착했을 때는 그녀가 돌아왔다는 소식에 흑인들이 이미 포치와 창가에 나와 있었다. 드문드문 인사말을 던지고 고개를 까딱였지만 대부분은 보기만 했다. 한 어린 소년이 술라에게 달려와 물었다. "가방 들어드릴까요, 부인?" 술라가 대답하기도 전에 아이의 어머니가 그를 불렀다. "얘, 존, 이리 오너라."

에바의 집 보도 위에는 죽은 울새 네 마리가 있었다. 술라는 걸음을 멈추고 발끝으로 그것들을 길가 잔디밭에 밀어놓았다.

에바는 보이보이가 그녀를 땡전 한 푼 없이, 돈이 생길 가망도 없이 내버려두고 떠났다가 돌아왔을 때 그를 보았던 것과 똑같은 표정으로 술라를 아주 한참 동안 바라보았다. 그녀는 예전에 뛰어내렸던 창문(지금은 판자로 막아놓았다)을 등지고 휠체어에 앉아 빗질을 하면서 빠진 머리카락을 불태우고 있었다. 술라가 문을 열자 에바는 눈을 들고 이렇게 말했다. "어쩐지 저 새들이 뭔가 의미가 있을 것 같더라니. 네 코트는 어디 있니?"

술라는 에바의 침대에 몸을 던졌다. "나머지 짐은 나중에 올 거예요."

"그래야지. 그 쪼그맣고 낡은 털북숭이 꼬리는 여우한테 달려 있을 때만큼 네게 도움이 되진 않을 거다."

"십 년 만에 본 사람한테 원래 인사도 안 하고 그래요?"

"어디에 있고 언제 올 건지 알려주면야 미리 준비를 하겠지. 안 그런다면…… 갑자기 그렇게 불쑥 나타나면…… 어떻게 대하든 네 탓이지."

"잘 지내셨어요, 할머니?"

"그만그만하다. 물어봐줘서 고맙구나. 너는 원하는 것이 있을 때는 재빨랐지. 좀 변화가 필요하거나 그럴 때는……"

"저한테 얼마나 많은 것을 해줬는지 그런 얘기는 하지 마세요, 할머니. 제가 할머니한테 얼마나 신세를 졌는지 그런 얘기도요."

"어? 그런 얘기를 하려던 게 아니었는데?"

"좋아요. 말씀하세요." 술라는 어깨를 으쓱하고는 엉덩이를 에바 쪽으로 향한 채 배를 깔고 드러누웠다.

"집에 온 지 십 초 만에 벌써 뭔가를 시작했구나."

"이 초예요, 할머니."

"흠, 참을 수 없다느니 그딴 소리나 나불댈 생각은 마라. 결혼은 언제 할 셈이냐? 아기도 낳아야 할 테고. 정착을 해야지."

"전 다른 누구도 만들고 싶지 않아요. 제 자신을 만들고 싶어요."

"이기적이구나. 어떤 여자도 남자 없이 떠돌며 살 수는 없어."

"할머니는 그러셨잖아요."

"그건 내 의지가 아니었어."

"엄마도 그랬고요."

"원해서 그랬던 게 아니었다니까. 혼자 외따로 살고 싶어하는 건 옳지 않아. 네게 필요한 건…… 너에게 무엇이 필요한지 내가 말해주마."

술라가 일어나 앉았다. "저에게 필요한 건 할머니가 입다무시는 거예요."

"누구도 내게 그런 식으로 말해서는 안 돼. 누구도……"

"이 몸은 해요. 할머니는 자기 다리를 잘라낼 만큼 지독하니까 그 잘린 다리로 누구든 다 걷어차줄 권리가 있다고 생각하시는 거죠."

"내가 내 다리를 잘랐다고 누가 그러디?"

"흠, 보험금을 타내려고 기차 밑에 다리를 넣었잖아요."

"그만해, 이 거짓말쟁이 같으니라고!"

"그럴 거예요."

"성경에도 하느님이 내려주신 땅에서 오래오래 살도록 아버지와 어머니를 공경하라고 나와 있다."

"엄마는 그 부분은 건너뛰었나보네요. 일찍 돌아가셨으니."

"그 입 닥쳐라! 신께서 너를 벌하실 거다!"

"어느 신이오? 할머니가 삼촌을 불태우는 것을 보고만 있었던 신이오?"

"나한테 불에 탔다느니 하는 소리 꺼내지도 마. 그러는 너도 네 어미를 보기만 했으면서. 미친 계집애! 너야말로 태워 죽여 마땅해!"

"하지만 그런 일은 없을 거예요. 아시겠어요? 전 그렇게 되지 않을 거라고요. 이 집에 또다시 불이 난다면, 그건 제가 지른 걸 거예요!"

"지옥불도 필요 없겠구나. 이미 네 안에서 불타고 있으니……"

"제 안에서 뭐가 타오르건 그건 제 거예요!"

"아멘!"

"그리고 할머니가 불을 끄게 놔두기 전에 이 타운을 전부 다 동강내버릴 거예요!"

"교만은 패망의 선봉이니라."

"그런 것에 제가 눈 하나 깜빡할 것 같아요?"

"주님의 은총 있으라."

"할머니는 한 달에 23달러에 할머니 인생을 팔아버렸어요."

"넌 네 인생을 내팽개쳤고."

"내팽개쳤어도 내 인생이에요."

"언젠가는 필요해질 거다."

"그렇지만 할머니는 아니에요. 할머니가 필요해질 일은 절대 없을 거예요. 그거 알아요? 어느 날 밤 할머니가 그 휠체어에서 파리를 쫓고 침을 삼키면서 졸고 있을 때 내가 여기에 등유를 엎을 거예요. 누가 아나요…… 할머니가 가장 밝은 불꽃을 피워올리게 될지."

그리하여 에바는 그때부터 방문을 닫아걸었다. 그러나 소용없었다. 4월에 남자 둘이 들것을 가지고 왔고, 에바는 캔버스 천으로 묶이기 전에 머리 빗을 짬도 없었다.

버클랜드 리드 씨는 숫자놀이를 하려고 들렀다가 에바가 옮겨지고 술라는 벽에 서류를 대고 있는 모습에 입을 떡 벌렸다. 술라는 서류 아래쪽 '보호자'란에 아주 신중하게 술라 매 피스라고 적었다.

*

새들이 떠나고 난 후 찾아온 5월의 이상한 낌새를 눈치챈 사람은 넬뿐이었다. 비에 젖은 초록의 토요일 밤들처럼(새로 설치한 가로등의 흥분에 빛을 받은), 얼음 넣은 음료와 수선화의 화사한 색으로 레몬빛을 띤 오후처럼, 윤기가 흐르고 반짝이는 날들이었다. 그녀의 아이들의 축축한 얼굴과 목소리에서 묻어나는 매끄러운 강의 느낌에서도 그것은 드러났다. 넬의 몸조차 그런 마법에는 견딜 재간이 없었다. 그녀는 소녀 시절 하던 대로 바닥에 책상다리를 하고 앉아 바느질을 하거나, 머릿속에 떠오르는 곡조에 맞추어 살짝 춤을 추기도 했다. 햇빛에 씻긴 편안한 낮과, 타르 베이비가 기도 모임에서 〈때 저물어 날 이미 어두우니〉를 부르는 자줏빛으로 물든 황혼이 있었다. 그의 속눈썹은 눈물에 젖어 짙어졌고 세인트 매슈 교회의 회칠한 흰색 벽에 그의 실루엣이 후회로 축 늘어졌다. 넬은 노래를 들으면서 감동해 미소를 지었다. 창문으로 밀려들어와 그의 슬픔을 만지고 그것을 보기 좋게 만들어주는 순전한 사랑스러움을 향해 짓는 미소였다.

그러한 마법을 보는 사람이 넬 한 사람뿐이었어도 그녀는 이상히 여기지 않았다. 모든 게 술라가 보텀에 돌아왔기 때문임을 알고 있었다. 백내장을 제거하고 시력을 되찾게 된 것과 마찬가지였다. 옛친구가 고향에 돌아왔다. 술라. 넬을 웃게 하고, 오래된 것들을 새로운 눈으로 보게 한 사람. 그녀의 존재로 인해 넬은 자신이 현명하고, 부드럽고, 조금은 야하다고 느꼈다. 술라, 넬과 과거를 함께했고 현재에도 끊임없이 느낌을 공유하는 친구. 술라와의 대화는 항상 자기 자신과 이야기를 나누는 것이었다. 넬이 상대 앞에서 결코 어리석어지지 않는 게 술라 말고 또 있었던가? 술라의 눈에는 부적절한 것도 그저 특이한 것일 뿐, 결핍이라기보다는 성격상의 특징일 뿐이지 않았던가? 그렇게 재미있고 독특한 분위기를 남겨놓고 간 사람이 또 누가 있던가? 술라는 절대 경쟁하지 않았다. 그저 남들이 스스로 자신들을 정의하도록 도와주었을 뿐이었다. 사람들은 술라가 방에 있을 때면 목소리가 커지는 듯했다. 다른 무엇보다도 유머가 돌아왔다. 넬은 회초리에 손을 대지 않고도 발밑에서 아이들이 흘린 설탕이 부서지는 소리를 견딜 수 있었다. 거실 창 그늘에서 흘렸던 눈물도 잊어버렸다. 오랜 세월에 걸쳐 그녀의 가슴 근처에 서서히 잿빛 거미줄을 쳐왔던 주드에 대한 사랑조차 밝고 편안한 애정이 되었고 그들의 사랑의 행위는 장난기를 띠었다.

술라는 너무 큰 실내복을 입던 어머니 해나처럼 단순한 노란 원피스 차림으로—천이 덮는 모든 것을 강조하는 옷과는 아무 관계도 없다는 듯 초연하게, 물 흐르는 듯한 걸음걸이로 걸어와 오후에 잠깐씩 들렀다 가곤 했다. 술라가 예전에 그랬던 것처럼 방충문을 밀고 안으로 들어올 때면 개수대에 쌓인 접시들은 마치 원래 거기가 제자리인 양 보였고, 램프 위의 먼지는 반짝였고, 거실의 '좋은' 소파 위에 놓인 머리빗을 변명하듯 제자리에 갖다 둘 필요도 없었다. 넬의 꼬질하고 말 안 듣는 아이들도 5월의 빛 속에서 행복하고 무사태평한 세 마리 야생동물처럼 보였다.

"안녕." 술라의 눈 위 장미 반점 때문에 그녀의 시선이 깜짝 놀란 기쁨을 암시하는 듯 보였다. 넬이 기억하던 것보다 더 진했다.

"안녕. 들어와."

"잘 지냈어?" 술라는 다림질한 기저귀 더미를 치우고 의자에 앉았다.

"아, 아직 누굴 목 졸라 죽이지는 않았으니 괜찮은 셈이겠지."

"흠, 마음이 바뀌거든 나를 불러."

"누구 죽이려고?"

"이 타운 사람 절반은 죽어 마땅하지."

"그럼 나머지 절반은?"

"질질 끄는 병으로 죽어야지."

"아, 그만해. 메달리언이 그 정도로 심해?"

"아무도 그런 소리 안 해?"

"네가 너무 오래 떠나 있었어, 술라."

"그리 오래는 아니었어. 너무 멀리였을지는 몰라도."

"그건 무슨 소리야?" 넬이 손가락을 물그릇에 적셔 기저귀에 물을 뿌렸다.

"아, 나도 몰라."

"차가운 차 좀 줄까?"

"으음. 얼음 듬뿍 넣어서. 더워 죽겠어."

"아직 얼음장수가 안 왔어. 그래도 차고 괜찮아."

"좋아."

"내 말이 틀린 게 아니어야 할 텐데. 아이들이 하도 들락거려서." 넬이 허리를 굽혀 아이스박스를 열었다.

"너 살쪘구나, 넬. 주드가 싫증내겠다."

"주드가 싫증낼 거라고? 넌 내가 등이 아픈 줄도 모르지, 그렇지?"

"네 등이야 멀쩡하게 잘 있는데?"

"하! 주드야 그런 줄 알지."

"그 말이야 맞지. 어디 있건 주드가 찾아냈다는 걸 다행으로 여기렴. 존 엘 기억나?"

"우물가에서 셜리를 쓰러뜨리고 그애 엉덩이에 그걸 집어넣으려고 했다는 애 말이야?" 넬이 십대 시절의 이야기를 떠올리며 킬킬 웃었다. "셜리는 고마워했어야 해. 돌아온 후로 셜리 본 적 있어?"

"음. 암소 같더라."

"존 엘은 멍청한 검둥이였어."

"그럴지도 몰라. 어쩌면 위생적인 애라서 그랬을지도 모르고."

"위생적이라고?"

"흠. 생각해봐. 셜리가 네 앞에서 사지를 쫙 벌리고 있으면 어떨 것 같아? 너라도 엉덩이뼈를 대신 택하지 않겠어?"

넬은 팔짱 낀 팔에 고개를 묻고 너무 웃느라 따듯한 기저귀에 눈물을 흘렸다. 웃다가 무릎에 힘이 풀리고 오줌이 마려웠다. 넬의 빠른 고음의 웃음소리와 술라의 어둡고 졸린 듯 쿡쿡대는 웃음소리가 이루는 이중창에 고양이가 겁을 먹었다. 아이들은 처음에는 거칠고 자유로운 소리에 당황해 뒷마당에서 달려왔다가 어머니가 배를 쥐고 웃음소리 사이로 노래하듯 말하면서 비틀거리며 화장실로 가는 모습을 보고 즐거워했다. "아. 아. 맙소사. 술

라. 그만." 그리고 다른 한 명, 눈 위에 무시무시한 검은 얼룩이 있는 여자는 부드럽게 웃으며 그 아이들의 어머니를 부채질했다. "깔끔한 건 중요하다고. 청결보다 중요한 게 뭐가 있을 것 같아……"

"그만." 화장실 문이 쾅 닫히며 넬의 애원이 끊어졌다.

"뭐가 그렇게 웃겨요?"

"옛날 얘기야. 아주 오래된 옛날 얘기."

"우리한테도 들려주세요."

"너희한테도 해달라고?" 검은 얼룩이 위로 뛰어올랐다.

"네. 해주세요."

"우리는 재미있어도 너희는 재미없을걸."

"으응, 재미있을 거예요."

"흠, 우리가 어릴 때 알았던 사람들 얘기를 하던 중이었단다."

"우리 엄마도 어렸어요?"

"물론이지."

"무슨 일이 있었는데요?"

"흠, 존 엘이라는 사람이랑……"

넬이 물기 젖은 얼굴로 주방으로 돌아왔다. 그녀는 새로운 기분, 부드럽고 새로운 기분이 되었다. 허리가 끊어지도록 웃어본 것이 얼마만인지 몰랐다. 그것이 얼마나 속 시원하고 통쾌한지도 잊고 있었다. 만족하고 살기 위해 지난 몇 년간 배웠던 잡다한 킬킬거림이나 미소와는 너무나도 달랐다.

“오 세상에, 술라. 넌 하나도 안 변했구나.” 넬이 눈가를 훔쳤다. “하여간 그게 다 뭐였을까? 우리가 하려고 하면서 동시에 하지 않으려고 그렇게 기를 썼던 것들이 다 뭐였을까?”

“난들 알겠니. 이렇게 간단한 것인데.”

“하지만 우린 그것으로 많은 것을 만들어냈지. 남자애들은 우리보다도 더 멍청했고.”

“나보다 더 멍청한 애는 없었을걸.”

“거짓말하지 마. 다들 너를 제일 좋아했어.”

“그래? 그애들은 다 어디 있니?”

“아직도 여기 있지. 떠났던 사람은 너뿐이야.”

“하지만 나도 떠난 건 아니잖아?”

“그 얘기 좀 해봐. 대도시 말이야.”

“크다뿐이지. 큰 메달리언이야.”

“아니. 생활이 어떠냐고. 나이트클럽이며 파티며……”

“난 대학을 다녔어, 넬리. 캠퍼스에는 나이트클럽 같은 건 없어.”

“캠퍼스라고? 그렇게 부르니? 흠. 십 년 동안이나 대학에 다니지는 않았을 거 아냐? 그리고 넌 아무한테도 편지를 쓰지 않았어. 어떻게 편지 한 통 안 쓸 수가 있니?"

"너도 안 썼으면서."

"내가 어디로 편지를 보내겠어? 내가 아는 거라고는 네가 내슈빌에 있다는 것뿐이었는데. 피스 부인한테 한두 번 너에 대해 물어봤어."

"뭐라고 하디?"

"무슨 말인지 잘 못 알아듣겠더라. 너도 부인이 병원에서 나온 후로 점점 더 이상해진 거 알잖아. 참, 부인은 어떠셔?"

"똑같은가봐. 성질이 예전 같지는 않아."

"그래? 로라가 요리며 집안일을 해주었다고 알고 있는데. 아직도 계시니?"

"아니. 내보냈어."

"내보냈다고? 왜?"

"신경 거슬리게 해서."

"하지만 공짜로 일해주셨잖아, 술라."

"그건 네 생각이지. 온 데서 도둑질을 했더라."

"네가 언제부터 도둑질하는 사람들에 대해 냉정했다고?"

술라가 미소를 지었다. "알았어. 거짓말이야. 네가 이유를 듣고 싶어해서."

"그렇담, 진짜 이유를 대봐."

"나도 진짜 이유는 모르겠어. 그냥 로라는 그 집에 어울리지 않았어. 찬장을 여기저기 들쑤시고 냄비랑 얼음 깨는 송곳을 치우고……"

"너 확실히 변했구나. 그 집은 항상 찬장을 들쑤시고 물건을 옮기는 사람들로 바글바글했어."

"그럼 그게 이유야."

"술라, 그러지 마."

"너도 변했어. 예전에는 너에게 전부 다 설명할 필요가 없었지."

넬이 얼굴을 붉혔다. "듀이들이랑 타르 베이비 밥은 누가 차려줘? 네가?"

"물론 내가 하지. 어쨌든 타르 베이비는 밥을 안 먹고 듀이들은 여전히 미쳤어."

"듀이들 중 한 명의 엄마가 애를 데리러 왔다가 누가 자기 아이인지 못 찾았다고 하던데."

"그걸 누가 알겠어."

"그럼 에바 할머니는? 할머니도 네가 돌봐드려?"

"흠, 네가 아직 그 이야기는 못 들은 모양이니 말해줄게. 할머니는 진짜로 병이 들었어. 그래서 할머니를 지키고 돌봐줄 수 있는 곳에 넣었어."

"그런 데가 있어?"

"비치넛 부근이야."

"너 백인 교회에서 운영하는 그 시설 말하는 거야? 술라! 거기는 할머니가 계실 곳이 아니야. 거기 있는 여자들은 모두 가족이 없고 더럽고 가난한 사람들이라고. 윌킨스 부인 같은 사람들 말이야. 몸이 붓고 도저히 견디기 어려운 사람들, 완전히 미쳐버린 사람들이나 가는 데라고. 할머니가 좀 별나기는 하지만 정신은 온전하셨어. 그건 옳은 일이 아닌 것 같아, 술라."

"난 할머니가 무서워, 넬리. 그래서 그런 거야……"

"무섭다고? 에바 할머니가?"

"넌 할머니를 몰라. 너 할머니가 우리 삼촌 태워 죽인 거 알아?"

"아, 오래전에 듣기는 했지. 하지만 그 얘기를 믿는 사람은 아무도 없었어."

"믿었어야 했어. 진짜거든. 내가 봤어. 그리고 내가 여기로 돌아오면 나도 태워 죽일 생각이었어."

"할머니가? 그건 믿기 어려운걸. 할머니는 네 어머니를 구하려다 돌아가실 뻔했다고."

술라가 탁자에 팔꿈치를 짚고 몸을 앞으로 숙였다. "내가 너한테 한 번이라도 거짓말한 적 있어?"

"아니. 하지만 네가 잘못 알았을 수도 있잖아. 할머니가 왜……"

"하여간 난 무섭다고. 그리고 내가 달리 갈 곳이 어딨어. 이제 남은 사람이라곤 할머니랑 나뿐이야. 돌아오지 말았어야 했나 봐. 달리 어쩌면 좋을지 알 수가 없었어. 먼저 너한테 털어놓을 걸 그랬나봐. 넌 항상 나보다 분별이 있었잖아. 예전에도 내가 겁이 날 때면 항상 넌 어떡하면 좋을지 알고 있었는데."

그들 앞에 물속의 닫힌 자리가 펼쳐졌다. 넬은 화덕 위에 다리미를 내려놓았다. 이제야 상황이 또렷이 이해되었다. 술라는 언제나처럼 가장 사소한 것들 외에는 결정을 내릴 수가 없었던 것이다. 심각하게 중요한 문제에 이르면 감정에 이끌려 무책임한 행동을 하고 뒷감당은 남들이 하게 내버려두었다. 그리고 공포를 느끼면 믿을 수 없는 짓을 했다. 손가락을 잘랐던 그때처럼. 그 녀석들이 무슨 짓을 했더라도 그녀가 스스로에게 한 짓만큼 나쁘지는 않았을 것이다. 그러나 술라는 너무 겁에 질린 나머지 자기 자신을 지키기 위해 제 몸을 잘라냈다.

"내가 어떡하면 좋겠니, 넬리? 할머니를 도로 데려와서 다시 방문을 걸어 잠그고 자야 할까?"

"아니. 어쨌든 내 생각에는 이미 너무 늦었어. 하지만 할머니를 돌봐드릴 계획을 세워보자. 그러면 학대받지 않으실 거야."

"네 말대로 다 할게."

"돈은 어때? 할머니가 돈이 좀 있으셔?"

술라는 어깨를 으쓱했다. "아직도 수표가 와. 많지는 않고, 전에 오던 대로야. 나한테 보내도록 해야 할까?"

"그럴 수 있어? 그럼 그렇게 해. 할머니가 특별 대접을 받으시도록 할 수 있을 거야. 너도 알겠지만 거긴 있을 곳이 못 돼. 의사들도 거기에는 발을 안 들인다니까. 그런 곳에서 어떻게 제 명대로 사는지 모르겠어."

"그 수표를 너한테 보내게 하면 어떨까, 넬리? 그런 일은 나보다는 네가 더 나을 텐데."

"오 안 돼. 사람들이 내가 수를 쓴다고 할 거야. 그 일을 해야 할 사람은 바로 너야. 해나 아주머니도 보험이 있었니?"

"응. 삼촌 것도 있어. 삼촌은 군인 보험뿐이지만."

"남은 게 있어?"

"그 돈 일부로 대학에 갔던 거야. 나머지는 할머니가 은행에 넣어두셨어. 하지만 알아볼게."

"……그리고 은행 사람들한테 다 설명해야 할 거야."

"나랑 같이 가줄래?"

"물론이지. 다 잘될 거야."

"너한테 얘기하길 잘했다. 머리 아팠는데."

"사람들이 수군대겠지. 하지만 우리가 진실을 알고 있는 한 상관없어."

바로 그때 아이들이 아버지가 오신다고 외치며 뛰어들어왔다. 주드가 뒷문을 열고 주방으로 걸어들어왔다. 그는 여전히 대단한 미남이었다. 술라가 보기에 달라진 점이라곤 코밑에 가느다란 콧수염을 기른 것과 머리에 가르마를 탄 것뿐이었다.

"안녕, 주드. 뭐 좋은 일 없어요?"

"다 백인들 판인데 좋을 게 뭐 있어."

술라가 깔깔 웃었고 넬은 남편의 기분에 맞추어 그의 미소는 무시하고 이렇게 말했다. "힘든 하루였지요, 자기?"

"늘 그렇지 뭐." 그는 이렇게 대꾸하고는 그들에게 손님과 상사에게서 받은 개인적인 모욕을 짤막하게 들려주었다. 분노와 위안받고 싶은 욕망 사이 어디쯤에서 정점에 이르는 징징대는 이야기였다. 그는 이 세상에서 흑인 남자는 힘든 짐을 지고 살아간다는 말로 이야기를 끝맺었다. 그는 자신의 이야기가 따끈한 우유 같은 위로를 받기에 딱 맞는 이야기라고 생각했다. 하지만 넬이 그런 위로를 내놓기도 전에 술라가 자기는 그런 것에 대해서는 모른다고, 자기가 보기에는 썩 괜찮은 인생인 것 같다고 대꾸했다.

"뭐라고?" 주드는 아내의 이 친구, 못생겼다고까지는 할 수 없지만 그렇다고 예쁘지도 않고, 눈 위에는 독사 무늬가 있는 이 가냘픈 여자를 보면서 성질이 확 났다. 그가 보기에 이 여자는 입술과 입을 잘 놀리며, 짐을 지울 남자를 찾아 온 나라를 헤매고 다니는 여자 같았다.

술라는 미소를 지었다. "제 말은, 뭐 그리 수선 떨 일인지 모르겠다고요. 그러니까, 세상 모든 것들이 당신을 좋아하잖아요. 백인 남자들은 당신을 좋아하지요. 당신 물건을 걱정해주느라 시간 가는 줄 모르고 자기들 물건은 잊어버리잖아요. 검둥이 거시기를 싹둑 잘라버리고 싶어 죽을 지경이라고요. 그게 사랑과 존경이 아니라면 다 뭐겠어요. 백인 여자들은 또 어떻고요? 당신을 찾아 온 침대 밑을 더듬으며 세상 구석구석 다 쫓아다니잖아요. 백인 여자들은 여섯시가 지나면 흑인 남자들한테 잡혀갈까 무서워서 집밖을 나서지도 않는다던데요. 그게 사랑이 아니면 뭐겠어요? 그 여자들은 당신을 보자마자 겁탈을 떠올려요. 만약 기대한 대로 겁탈이 일어나지 않는다 해도 하여간 찾아다닌 것이 헛되지 않도록 그 짓을 당했다고 비명을 질러댈 거예요. 흑인 여자들은 당신의 소맷부리를 붙잡고 늘어지느라 노심초사하다가 건강을 망치죠. 어린아이들까지도, 백인이든 흑인이든 남자애든 여자애든 당신이 자기들을 사랑하지 않는다고 생각해서 애를 태우느라 어린 시절을 다 보내고요. 그것으로도 충분치 않으면 당신네는 스스로를 사랑해요. 이 세상 그 어떤 것도 다른 흑인 남자보다 더 흑인 남자를 사랑해주지 않으니까요. 당신들은 고독한 백인 남자들에 대해 듣지요. 하지만 검둥이들은요? 서로 떨어져서는 단 하루도 못 있잖아요. 그러니까. 내가 보기엔 온 세상이 다 당신네를 부러워하는 걸요."

주드와 넬이 깔깔대고 웃더니 주드가 말했다. "흠, 내 불알을 잘라내고 나를 감옥에 처넣는 것만이 그들이 애정을 보여줄 수 있는 유일한 방법이라면 그들이 나를 홀로 내버려두기를 바라야겠군요." 그러나 그는 술라가 만사를 묘한 식으로 바라본다고, 활짝 웃는 미소는 눈 위의 방울뱀 무늬에서 나온 독을 품고 있다고 생각했다. 재미있는 여자고, 그리 못생기지도 않았다고 생각했다. 하지만 왜 그녀가 미혼인지는 알 것 같았다. 그녀는 남자의 마음은 흔들어놓을지 몰라도, 몸은 아니었다.

*

그는 타이를 두고 갔다. 진파랑 바탕에 들쭉날쭉한 노란 선들이 가로질러 그려진 타이였다. 타이는 주드가 돌아오리라는 걸 한 치도 의심하지 않고 기다리며 옷장 문 맨 위에 걸려 아래로 축 처져 있었다.

타이를 여기 놔두고 가버릴 수가 있나? 그는 타이를 기억해내고 돌아올 것이다. 그러면 그녀는…… 어. 그러면 그녀는…… 그에게 말할 수 있을 것이다. 조용히 앉아서 그에게 말할 것이다. "하지만 주드, 당신은 나를 알았잖아요. 그 오랜 세월 동안, 주드, 당신은 나를 알고 있었어요. 내 방식과 내 손, 그리고 내 배에 어떻게 주름이 잡히는지, 우리가 미키한테 젖을 먹이느라 얼마나 애를 썼는지, 집주인이 말했던 때 어땠는지…… 하지만 당신이 말했지요…… 그리고 나는 울었어요, 주드. 당신은 나를 알았고 내가 밤에 한 얘기에 귀기울여주었어요. 욕실에서 내 말을 들어주었고 다 해진 내 거들을 보고 웃었어요. 나 역시 당신을 알았으니까 나도 웃었어요, 주드. 그런데 나를 알면서 어떻게 나를 떠날 수가 있나요?"

그러나 그들은 벌거벗은 채, 타이가 가리키는 바닥 위 거기에서 입술을 제외하고는 아무 데도 건드리지 않고, 네 발로 마치 (아아, 계속해, 말해) 개처럼 엉켜 있었어요. 입술만 제외하고는 서로를 건드리지도, 보지도 않고 야금야금 핥아먹으면서. 내가 문을 열었을 때 그들은 쳐다보지도 않았어요. 나는 그들이 올려다보지 않는 이유가 그 짓을 하고 있지 않기 때문이라고 생각했어요. 그러니까 괜찮아요. 난 그저 여기 서 있어요. 그들은 그 짓을 하고 있지 않아요. 나는 그냥 여기 서서 보고 있지만 그들은 실제로는 그 짓을 하고 있지 않아요. 그러나 그때 그들이 올려다 보았어요. 아니면 당신이 그랬거나. 당신이 그랬지요, 주드. 당신이 기차에서 군인들이 보던 방식으로 나를 쳐다보지 않았더라면, 게이브리얼 히터의 뉴스를 듣다가 아이들이 들어와 생각의 흐름이 끊어졌을 때 아이들을 쳐다보던 그런 눈길로 나를 보지 않았더라면 좋았을 텐데—정확히 초점을 맞추지 않고 잠시, 한 순간 시선을 던지면 아이들은 자기들이 무슨 짓을 하고 있고 무엇을 방해하고 있는지 떠올리고는 어디에 있었건 거기로 되돌아가고, 그럼 당신은 다시 게이브리얼 히터의 이야기에 귀기울이게 되던 식으로 말이에요. 그래서 나는 발을 어떻게 움직여야 할지 눈을 어디에 두어야 할지 몰랐어요. 그냥 거기 서서 바라보며 미소를 지었어요. 어쩌면 뭔가 해명이 있을지도 모르니까, 나는 미처 몰랐지만 알았더라면 사정을 바로잡아주었을 중요한 무언가가. 나는 술라가 언제라도 고개를 들어 나를 바라보며 미학적이니 관계니 하는 그런 근사하고 유식한 단어를 말해주기를 기다렸어요. 내가 죽어도 이해하지는 못하지만 정말 편안하고 확고하게 들려서 아주 좋아했던 그런 단어를. 그리고 마침내 당신이 일어서서 옷을 입었지요. 당신의 물건은 아주 부드럽게 축 늘어져 있었어요. 당신은 허리띠 고리를 채웠지만 앞섶 단추를 채

우는 것은 잊었어요. 술라는 옷을 챙겨 입지도 않고 침대 위에 앉아 있었어요. 사실 그녀는 그럴 필요가 없었으니까, 나에게 벌거벗은 것으로 보이지 않았으니까. 당신만 그렇게 보였어요. 술라는 턱을 손으로 괴고서, 어서 주인들의 다툼이 끝나고 카드 게임을 계속할 수 있게 되기를 기다리는 타운 바깥에서 온 손님처럼 앉아 있었지요. 난 술라가 떠나기를 바랐어요. 그러면 당신에게 앞섶 단추 채우는 것을 잊었다고 살짝 일러줄 수 있을 테니까. 그녀 앞에서는 그 얘기를 하고 싶지 않았으니까, 주드. 당신이 말하기 시작했을 때에도 나는 제대로 듣지를 못했어요. 당신이 앞섶을 열어놓은 것을 모를까봐 걱정이 되어서, 당신의 눈이 기차에서 우리 어머니가 커스터드로 변했던 때 군인들의 눈처럼 보여서 너무 겁이 났으니까요.

그 침실 크기가 얼마만했는지 기억해요? 주드? 우리가 여기로 이사 왔을 때 뭐라고 했었는지, 적어도 진짜 큰 침실을 우리 것으로 갖게 되었다고 했지요. 하지만 그때 침실은 작았어요, 주드. 너무나 초라할 정도로. 어쩌면 내내 그랬을지도 모르지만 침대 밑의 먼지를 치웠더라면 더 나았을지도 모르지요. 그 작은 방에서 나는 먼지 때문에 부끄러웠으니까요. 그리고 그때 당신이 내 곁을 지나쳐 가며 말했지요. "나중에 내 물건을 가지러 올게." 그리고 당신은 그렇게 했지만 타이는 두고 갔어요.

시계가 재깍재깍 움직이고 있었다. 넬은 시계를 쳐다보다 두 시 반임을 깨달았다. 사십오 분만 있으면 아이들이 집에 돌아올 것이다. 그녀는 제정신을 차릴 수도, 올바로 생각할 수도 없었다. 이제 시간이 없었다. 아니, 아이들이 잠드는 밤까지는 시간이 없을 것이다. 그때는 그녀도 잠자리에 들 수 있을 것이고 어쩌면 그때 생각할 시간이 있을 것이다. 생각. 그러나 부부가 함께 누웠었고 그들 또한 함께 있었던, 하지만 이제는 그녀 혼자뿐인 그 침대에서 누가 생각을 할 수 있을까?

넬은 있을 곳을 찾아 주변을 둘러보았다. 작은 공간이라도. 벽장? 안 된다. 너무 어둡다. 욕실. 거기는 작고 밝다. 그녀는 아주 작고 아주 밝은 곳에 있고 싶었다. 그녀의 슬픔을 담아둘 수 있을 만큼 작은 공간. 그녀를 채운 어두운 것들이 눈에 확 띌 수 있을 만큼 밝은 공간. 일단 안에 들어가자 그녀는 변기 옆 타일 바닥에 주저앉았다. 무릎을 꿇고 한 손은 차가운 욕조의 가장자리에 올려놓고 무언가가 일어나기를 기다렸다…… 내부에서. 움찔거림, 진흙과 죽은 잎들의 움직임이 있었다. 그녀는 치킨 리틀의 장례식에서 보았던 여자들을 생각했다. 상여에 대고, 흙을 파낸 무덤가에서 악을 쓰던 여자들. 그녀가 부적절한 행동이라 여겼던 것이 지금 그녀에게 딱 어울리는 듯했다. 여자들은 신의 목, 신의 거대한 뒷목, 신이 죽음 속에서 그들에게 돌려댄 광대한 뒤통수에 대고 비명을 지르고 있었다. 그러나 지금 그녀는, 그들이 곡을 했던 것은 주먹이 덜덜 떨리는 슬픔 때문이었다기보다는 망자에 대해 뭔가 말해야 하는, 뭔가 해야 하는, 뭔가 느껴야 하는 단순한 의무에 불과했다고 느꼈다. 그들은 억장이 무너지는 그런 사건을 기록하지 않은 채, 밝혀놓지 않은 채 지나가게 놓아둘 수는 없었던 것이다. 망자를 그저 훌쩍임, 가벼운 웅얼거림, 고급스러운 취향의 장미 꽃다발과 함께 가게 놓아두는 건 불쾌하고 부자연스러운 일이었다. 좋은 취향은 죽음과 함께하기에는 어울리지 않았다. 죽음은 나쁜 취향의 결정체였다. 그리고 죽음의 면전에는 많은 분노와 침이 있어야 마땅하다. 몸을 움직이며 내던져야 하고, 눈알을 굴려야 하고, 손은 한자리에 가만히 두어서는 안 되고, 목구멍으로는 상실의 어리석음에 동반되는 온갖 갈망과 절망, 격분을 다 쏟아내야 한다.

"지옥의 진짜 끔찍한 점은 그것이 영원하다는 점이야." 술라가 한 말이었다. 그녀는 어떤 것이든 언제까지나 영원히 해야 한다면 그것이 바로 지옥이라고 했다. 그 당시에 넬은 그 말을 이해하지 못했지만 지금 욕실에서 느끼려 애쓰면서, 이렇게 생각했다. '지저분한 타일이 있고 파이프에서는 물이 꾸르륵거리는 이 작고 하얀 욕실 안에서 욕조의 차가운 가장자리에 머리를 올려놓은 채 머무르며 문밖으로 나갈 일은 절대 없다고 확신할 수 있다면 행복할 텐데. 일어나서 변기 물을 내리고 주방으로 들어가 아이들이 자라고 죽는 것을 지켜보고 내 접시에 담긴 음식을 씹지 않아도 된다고 확신할 수 있다면…… 술라가 틀렸어. 지옥은 만사가 영원히 지속되는 것이 아니야. 바뀌는 것이 지옥이야.' 남자들은 떠나고 아이들은 자라나고 죽는다. 뿐만 아니라, 심지어 불행조차 지속되지 않는다. 언젠가는 불행마저 그녀를 떠나갈 것이다. 바닥에 몸을 둥글게 말고 몸부림치게 만들고 그녀를 후려치는 이 지극한 슬픔도 사라질 것이다. 그마저도 잃게 될 것이다.

"어째서, 이렇게 미워하는 와중에도 술라가 한 말을 생각하고 있는 걸까."

넬은 작고 밝은 욕실에 웅크리고 앉아 기다렸다. 가장 오래된 울음을 기다렸다. 타인을 위해서가 아닌, 불타버린 아이나 죽은 아비를 동정해서가 아닌, 자기 자신만의 고통을 위한 끔찍이도 개인적인 울음을. 요란하고 귀에 거슬리는 거친 울음을. "왜 나야?" 그녀는 기다렸다. 진흙이 들썩이고, 이파리들이 흔들리고, 농익은 초록 것들의 냄새가 그녀를 감싸 그녀 자신만의 울부짖음이 시작될 것임을 알렸다.

그러나 울음은 나오지 않았다.

냄새가 흩어져 사라졌다. 이파리들은 그대로 있었고 진흙은 잠잠해졌다. 그녀의 목구멍에 뭔가 마르고 끔찍한 것의 조각만 남았을 뿐, 결국 아무것도 없었다. 그녀는 겁에 질려 일어섰다. 바로 오른쪽 허공, 시야를 벗어난 곳에 뭔가가 있었다. 볼 수는 없어도 그것이 어떤 형상인지는 정확히 알 수 있었다. 회색의 공이 바로 거기에 떠 있었다. 바로 거기. 오른쪽에. 회색의 지저분한 것이, 조용하게. 진흙투성이의 끈을 뭉쳐 만들었지만 무게가 없고 솜털로 뒤덮였지만 악의를 품은 끔찍한 공이었다. 그녀는 자신이 그 공을 쳐다볼 수 없다는 것을 알았으므로 눈을 감고 지나쳐 욕실 밖으로 기어나와 등뒤에서 문을 닫았다. 공포로 식은 땀을 흘리면서 주방문을 나와 뒤쪽 포치로 갔다. 라일락 덤불이 울타리에서 뽐내고 있었지만 아직 라일락은 피지 않았다. 때가 아니었나? 분명 때가 되었을 텐데. 그녀는 울타리 너머 레이퍼드 부인의 마당을 바라보았다. 그녀의 마당에도 아직 꽃이 피지 않았다. 너무 늦었나? 그녀는 생각하지 않고 있는 어떤 것을 내내 의식하며 미친듯이 그 질문에만 매달렸다. 목구멍에 걸린 조각을 마음에서 지워낼 방법은 그것뿐이었다.

그녀는 여름 내내 그 회색 공, 그녀 주위의 빛 속에 항상 둥둥 떠 있지만 절대 보지 않기 때문에 보이지 않았던 털과 끈과 머리카락이 뭉쳐진 작은 공과 더불어 살았다. 보지 않으려고 애써야 한다는 바로 그 점이 무서운 부분이었다. 그러나 공은 어쨌건 머리 바로 오른쪽, 바로 그 자리에 있었다. 어쩌면 좀더 아래쪽, 어깨쯤일지도 몰랐다. 그래서 아이들이 엘마이라 극장에 괴물 영화를 보러 갔다가 집에 돌아와서 "엄마, 오늘밤에는 엄마랑 같이 자도 돼요?"라고 물었을 때 좋다고 대답하고 두 아들들과 함께 잠자리에 들었다. 아들들은 엄마와 함께 자는 것을 좋아했지만 딸아이는 그렇지 않았다. 오랫동안 넬은 아이들과 함께 자는 것을 그만둘 수가 없었고 그때마다 아이들이 용이 나오는 꿈을 꿀지도 모르고 그러면 자기가 달래주어야 하니까 같이 자는 거라고 스스로에게 말했다. 아이들의 무서운 꿈에 대해 생각하고 털로 된 공에 대해서는 생각하지 않는 편이 좋았다. 그녀는 아이들의 꿈이 자기에게로 옮아와서 악몽으로 근사한 기분 전환을 할 수 있기를 바라기까지 했다. 그러면 그 공을 보지 않으려고 겁에 질린 채 머리를 이쪽저쪽으로 돌리지 않아도 될 것이었다. 공을 보게 되는 것—그것이 무서운 점이었다. 공이 그녀에게 다가오지는 않았다. 절대 그러지 않았고 그녀를 덮치려 하지도 않았다. 그저 보고 싶으면 보라고, 세상에, 만지고 싶으면 만지라고 그 자리에 떠 있을 뿐이었다. 그러나 보고 싶지 않았다. 만약 보게 된다면, 정말로 그것을 건드리게 될지, 아니면 건드려보고 싶게 될지 누가 알겠는가. 정말로 정말로 손을 뻗어서 그것을 만져 본다면 어떻게 될까? 어쩌면 죽을 수도 있고 그 정도까지는 아닐 수도 있다. 죽음은 잠이나 다름없고 죽으면 회색 공 따위도 없을 테니 죽는 것도 괜찮았다. 죽어도 공이 있을까? 정말 있을까? 넬은 그것에 대해 누군가에게 물어봐야 했을 것이다. 그녀가 비밀을 털어놓을 수 있고 아는 것이 많은 누군가에게. 술라 같은. 술라라면 알 것이다. 만약 모른다면 다 괜찮아질 재미있는 이야기를 해줬을 것이다. 오, 안 돼, 술라는 안 돼. 여기에서 넬은 공을 미워하면서, 공을 두려워하면서 공 한가운데에 있었다. 그러면서도 그들이 여전히 친구이고 무슨 이야기든 서로 나눌 수 있는 것처럼 다시 술라를 생각했다. 그건 너무했다. 주드를 잃은 마당에, 그가 떠난 이유가 바로 술라였기 때문에 술라에게 그에 대해 이야기를 할 수도 없다니.

이제 그녀의 가랑이 사이가 정말로 텅 비었다. 바로 그 순간에야, 절대 다른 남자들을 보지도 않겠다고 했던 여자들의 말이 어느 정도 이해가 되었다. 그들이 했던 말의 핵심은 보았다는 말이었다. 절대 다른 남자와 관계를 갖지 않겠다고 약속하는 것이 아니라, 다른 남자와 결혼하지 않겠다고 하는 것이 아니라, 다시는 다른 남자를 볼 여유가 없다는 것을, 그들이 고개를 어떻게 휘젓고, 목과 어깨 뒤로 뜬 달과 나뭇가지들을 어떻게 보는지를 보고 받아들일 수가 없다는 것을 약속하고 이해하는 것이었다…… 절대 보지 않는 것이었다. 이제 그녀는 감히 볼 수가 없었다—하여간, 그래서 어쨌단 말인가? 이제 그녀의 가랑이는 텅 비고 죽었다. 그녀의 가랑이에서 생명을 빼앗아간 사람은 바로 술라였고 그녀의 가슴을 무너뜨린 사람은 주드였으며 그녀에게서 가랑이와 심장은 빼앗아가고 복잡하게 꼬인 뇌만 남겨놓은 것은 그 두 사람이었다.

이제 내가 이 늙은 가랑이로 무엇을 해야 좋을까, 그냥 이 방들을 왔다갔다해야 하나? 다리가 무슨 소용이 있을까? 해뜰 때부터 해질녘까지 내게 필요한 평화를 결코 나에게 주지 못할 텐데, 무슨 소용이 있을까, 제게 이 세월을 헤치고 계속 죽 가야 한다고 말하려 하십니까, 오 하느님, 제 다리 사이에 아무도 편안히 눕히지 못한 채 손잡이 네 개 달린 그 상자로 가야 한단 말입니까, 그 낡은 베갯잇을 꿰매고 포치를 닦고 아이들에게 밥을 먹이고 깔개를 두드려 털고 석탄을 통에서 가져온다 하더라도 그 때조차도 아무도 없이, 오 주여, 만약 제가 이 세상 어딘가에서 깊은 밤에 엉덩이가 야윈 카우보이에게 다리를 벌릴 수 있다는 것을 안다면, 저는 필요하다면 노새가 되거나 제 손으로 밭을 갈 수도 있고 필요하다면 무너지려는 이 벽들을 제 등으로 떠받칠 수도 있는데 당신은 저에게 말하려 하고 있지요 아니라고 오 사랑하는 주여 그건 어떤 십자가입니까?

1939

에바가 서니데일에 보내졌다는 소식이 퍼져나가자 보텀 사람들은 고개를 가로저으며 술라를 재수 없는 년이라고 했다. 나중에, 술라가 주드를 후려냈다가 딴 남자들 때문에 그를 차버린 것을 보고, 그가 디트로이트행 버스표를 샀다는(그곳에서 그는 아들들에게 보낼 생일카드를 샀지만 결코 부치지는 않았다) 이야기를 듣고 나서는 해나가(혹은 자기들이) 얼마나 헤펐는지는 다 잊어버리고 창녀 같은 년이라고 술라를 욕했다. 모두가 술라의 귀향을 알렸던 울새의 재앙을 기억하고 있었다. 해나가 불타는 모습을 술라가 빤히 구경만 했더라는 이야기도 다시 나왔다.

그러나 술라에게 마지막 꼬리표를 붙이고 항상 그녀에게 낙인을 찍은 것은 그 남자들이었다. 그녀가 용서받을 수 없는 죄, 이해할 수도, 변명이나 동정의 여지도 없는 죄를 지었다고 말한 이들은 남자들이었다. 돌아갈 길이라곤 전혀 없는 길, 영원히 씻어낼 수 없는 얼룩이었다. 그들은 술라가 백인 남자들과 잤다고 했다. 사실이 아닐 수도 있었지만, 물론 얼마든지 사실일 수도 있었다. 술라는 분명 그러고도 남을 여자였다. 사실이 무엇이든 그 소문이 돌면서 다들 그녀에게 마음을 닫아버렸다. 그 소문에 늙은 여자들은 입술을 꽉 닫았다. 어린아이들은 수치심에 그녀에게서 눈길을 돌렸다. 젊은이들은 그녀에게 정교한 고문을 가하는 상상을 했다—그녀를 보면 입안에 침이 고였다.

그들 모두가 저마다 자기 좋을 대로 그 장면을 상상했다. 백인 남자 밑에 깔린 술라. 그 상상에 숨막히도록 혐오감이 차올랐다. 그녀가 할 수 있는 가장 질 낮고, 가장 더러운 짓이었다. 그들 자신의 피부색이 자기들 집안에서도 그런 일이 있었다는 증거라는 사실도 그들의 분노를 막지 못했다. 흑인 남자들이 백인 여자들의 침대에 기꺼이 누울 거라는 사실도 그들을 관용으로 이끌 요인은 전혀 되지 못했다. 그들은 백인 남자와 흑인 여성 간의 어떤 성관계도 강간이라고 주장했다. 스스로 몸을 내주는 흑인 여자라는 건 그 자체로 생각도 할 수 없는 것이었기 때문이다. 그렇게 그들은 백인들이 가진 것과 정확히 똑같은 적의로 그 관계를 보았다.

그래서 사람들은 밤이면 문에 대빗자루를 엇갈리게 놓았고 포치 계단에 소금을 뿌렸다. 그러나 술라의 발자국에서 흙먼지를 모으려던 일이 한두 번 헛수고로 끝난 것을 제외하면 그녀의 털끝 하나 건드리지 않았다. 늘 그랬듯 흑인들은 냉담한 눈으로 악을 쳐다보고 악이 알아서 제 갈 길을 가게 놔두었다.

술라는 마법에 맞서려는 사람들의 시도나 뜬소문 따위에는 아랑곳하지 않았고 누구의 도움도 필요 없는 것 같았다. 그래서 사람들은 다른 어떤 벌레나 타운의 창녀를 지켜보는 것보다 더 자세히 그녀를 관찰했고, 그들의 경각심은 헛되지 않았다. 일이 벌어지기 시작했던 것이다.

우선, 티폿이 술라에게 병이 있는지 알아보려고 그녀의 집 문을 두드렸다. 그애는 무관심한 엄마를 둔 다섯 살짜리 남자아이였다. 아이 엄마의 관심은 타임 앤드 하프 당구장의 문 주위에만 쏠려 있었다. 그녀의 이름은 베티였지만 티폿의 엄마로 불렸다. 티폿의 엄마가 된 것이야말로 확실히 그녀의 최대 실패였기 때문이다. 술라가 없다고 대답하자 소년은 돌아서다가 계단에서 떨어졌다. 아이가 바로 일어나지 못해 술라가 도와주려고 다가갔다. 그때 마침 집에 가던 아이 엄마가 술라가 아이의 괴로워하는 얼굴 위로 허리를 구부리는 모습을 보았다. 아이 엄마는 술에 취한 상태였지만 와락 걱정이 들었는지 모성애를 발휘해 티폿을 집으로 끌고 갔다. 그녀는 술라가 아이를 밀었다고 동네방네 떠들고 다녔다. 그 이야기를 하도 열심히 하고 다녀서 친구들의 충고에 따라 아이를 카운티 병원에 데려가지 않을 수 없었다. 그녀가 마지못해 겨우 내놓은 2달러는 알고 보니 잘 쓴 셈이었다. 티폿의 뼈가 정말로 부러졌던 것이다. 의사는 빈약한 식단이 뼈 상태에 크게 영향을 미쳤다고 말했지만, 티폿의 엄마는 어쨌든 많은 관심을 받았고 전에는 전혀 취미가 없던 엄마 역할에 몰두하게 되었다. 성인 여자가 아이를 다치게 하다니 생각만 해도 마음이 불편해졌다. 그녀는 누구보다도 헌신적인 엄마가 되었다. 술도 마시지 않고 깔끔하고 바지런해졌다. 아침 대신 초코바와 소다수를 사먹으라고 5센트짜리 동전을 하나 쥐여 아이를 딕네 가게에 보내는 일도 없어졌다. 다른 일에 빠져 긴 시간을 아들 혼자 내버려두거나 길바닥을 헤매고 다니게 하는 일도 더는 없었다. 어린 티폿이 딕네 가게에서 보내던 그 조용한 시간들을 몹시 그리워하기는 했어도 그녀의 변화는 분명한 개선이었다.

다른 일도 일어났다. 핀리 씨가 십삼 년 동안 해오던 대로 포치에 앉아 닭뼈를 쪽쪽 빨다가 고개를 들었는데 술라가 보였고 그만 닭뼈가 목에 걸려 그 자리에서 죽고 말았다. 그 사건과 티폿 엄마의 일은 모두에게 술라의 눈 위에 있는 모반의 의미를 분명하게 밝혀주었다. 그것은 줄기 달린 장미나 뱀이 아니라 애초부터 술라에게 흔적을 남긴 해나의 재였다.

술라는 속옷도 입지 않고 교회 저녁식사에 가서 김이 나는 음식을 사가지고 그저 먹기만 했다. 맛을 즐기지도 않았고, 누군가의 갈비나 코블러*에 탄성을 지르지도 않았다. 사람들은 그녀가 자기들의 신을 비웃고 있다고 믿었다.

술라가 타운 여자들의 화를 얼마나 돋우었는지 믿을 수 없을 정도였다. 남편들과 딱 한 번씩 자고 그다음에는 건드리지 않았던 것이다. 해나도 골칫거리이긴 했지만 그래도 그녀는 그들의 남편을 탐내는 것으로 어떤 면에서는 여자들을 으쓱하게 해주었다. 술라는 남자들과 한 번 자보고는 그들이 받아들일 만한 어떤 변명도 없이 그들을 버렸다. 그래서 여자들은 자기들의 판단을 정당화하기 위해 자기네 남자들을 더 아껴주고 술라가 상처 입힌 자존심과 허영심을 달래주었다.

쌓여가는 중대한 증거 가운데에는 술라가 제 나이로 보이지 않는다는 것도 있었다. 술라는 서른이 다 되었는데도 타운 여자들과 달리 이도 빠지지 않았고 멍이 들지도 않았고 허리가 나날이 두꺼워진다거나 뒷목에 살집이 생기지도 않았다. 그녀가 어릴 때 흔히 앓는 병도 전혀 앓지 않았다는 소문이 돌았다. 수두나

* 겉에 밀가루 반죽을 두껍게 씌운 과일파이의 일종.

기침병은 물론이고 코감기 한 번 앓지 않았다는 것이다. 그녀는 어린아이답게 거칠게 놀았다. 그런데 흉터 하나 없다는 게 말이 되는가? 괴상한 모양의 손가락과 그 악마의 모반을 제외하고는 다치기 쉬운 연약함을 드러내는 정상적인 징후가 전혀 없었다. 소년 시절 그녀와 데이트를 했던 몇몇 남자들은 소풍 갔을 때 각다귀나 모기도 그녀에게 앉지 않았다는 기억을 떠올렸다. 한때 해나의 친구였던 팻시도 이에 맞장구를 치면서 그뿐 아니라 술라가 맥주를 마실 때 트림 한 번 하는 것을 못 봤다고 말했다.

그러나 가장 강력한 증거는 데시에게서 나왔다. 그녀는 엘크*의 영향력 있는 회원으로, 뭘 좀 아는 여자였다. 어느 사교 모임에서 그녀는 친구들에게 이런 이야기를 털어놓았다.

"어, 오래전에 내가 눈치챈 게 있어. 무슨 의미인지 확실치 않아서 얘기하지는 않았지만. 그러니까…… 아이비한테만 말하고 다른 사람 아무한테도 말 안 했어. 얼마나 오래전이었는지는 기억 안 나. 한두 달 전인가 그럴 거야. 아직 내가 새 리놀륨을 깔지 않았을 때였으니까. 너 그거 봤지, 코라? 우리가 카탈로그에서 봤던 거 말이야."

"아니."

* 미국의 자선, 우애 단체.

"빨리 얘기나 계속해봐, 데시."

"음, 내가 카탈로그를 볼 때 코라가 나랑 같이 있었는데……"

"네 리놀륨이라면 우리도 다 알아. 우리가 모르는 건……"

"알았어. 얘기할게. 알았지? 리놀륨이 오기 바로 전에 앞마당에 나가 있다가 평소처럼 섀드랙이 지나가는 걸 봤어…… 우물가를 지나다가…… 경례를 하면서 우물가를 빙글빙글 돌고는 다시 가더라고. 너희들도 다 알잖아…… 명령을 외치고……"

"얘기 좀 빨리 계속할래?"

"얘기하는 사람이 누구니? 너야 나야?"

"너지."

"흠, 그럼 얘기 좀 하게 내버려둬. 내가 말했듯이 섀드랙이 평소처럼 소란을 피우고 있는데 미스 술라 매가 길 반대편에서 걸어오더라. 이렇게 빨리……" 그녀는 손가락을 재빨리 움직였다. "섀드랙이 걸음을 딱 멈추더니 급히 길을 건너가서 키 낮은 옥수수밭의 키 큰 칠면조처럼 그 여자한테로 다가가지 뭐야. 그러더니 어쨌는지 알아? 모자를 기울여서 인사를 하지 뭐니."

"섀드랙은 모자 안 쓰는데."

"나도 그건 아는데 하여간 모자를 기울였다고. 무슨 소린지 다 알아들으면서. 꼭 모자를 쓰고 있는 것처럼 손을 뻗더니 그 여자 쪽으로 기울였단 말이야. 섀드랙은 아무한테도 예의 차리지 않는 거 알잖아!"

"그야 그렇지."

"심지어 네가 생선을 사줄 때도 욕설을 퍼붓잖아. 네가 거스름돈을 제대로 못 받았는데도 욕을 하고. 네가 생선이 그리 싱싱하지 않다고 하면 너한테 대단한 호의라도 베푸는 양 네 손에서 생선을 낚아채가잖아."

"흠, 그이가 개망나니인 거야 다들 알지."

"그래, 그런데 어째서 술라한테는 모자를 기울여 인사를 하지? 왜 그 여자한테는 욕을 하지 않아?"

"둘 다 악마니까."

"바로 그거야!"

"섀드랙이 인사를 하니까 술라는 어떡하디? 미소 지으면서 절이라도 해?"

"아니, 그건 다른 얘기고. 그 여자가 뭔가를 재수 없다는 표정으로 쳐다보지 않는 건 처음 봤다니까. 눈으로 상대방 냄새를 맡으면서 비누 향이 마음에 안 든다는 듯이 구는 태도 말이야. 섀드랙이 모자를 기울여 인사를 하니까 잠깐 손을 자기 목에 갖다 대더니 목을 치는 시늉을 하지 뭐야. 그러고는 막 달려서 집으로 가버리더라. 섀드랙은 그 자리에 그대로 서 있었고. 그리고—내가 하려던 얘기가 바로 이거야—집에 돌아왔더니 내 눈에 주먹

만한 다래끼가 났지 뭐니. 그전에는 한 번도 다래끼 같은 거 난 적이 없었는데. 한 번도!"

"그런 걸 봐서 그래."

"바로 그거야."

"악마가 맞아."

"두말하면 잔소리지." 데시가 말했다. 그녀는 휘스트 게임을 한 판 제대로 벌이려고 카드를 놓기 위해 카드를 묶은 고무줄을 뺐다.

술라가 악마라는 사람들의 확신은, 설명할 수는 있지만 그래도 여전히 불가사의한 방식으로 사람들을 바꾸어놓았다. 일단 개인적인 불행의 근원이 밝혀지자, 그들은 서로를 보호하고 사랑했다. 자기 남편과 아내를 소중히 여기고, 아이들을 보호하고, 집을 수리하고, 자기들 안에 있는 악마에 맞서 다 함께 똘똘 뭉치기 시작했다. 그들의 세계에서 일탈은 은총과 마찬가지로 자연의 일부였다. 일탈은 추방하거나 절멸시켜야 할 것이 아니었다. 사람들은 술라를 고향으로 데려온 울새들을 죽이지 않았듯 술라 또한 타운에서 내쫓으려 하지 않았다. 신에 대해 사람들이 비밀스럽게 알고 있는 바에 따르면 신은 그들이 찬송하는 세 개의 얼굴을 가진 신이 아니었기 때문이다. 사람들은 하느님이 네 개의 얼굴을 가지고 있으며, 네번째 얼굴이 술라를 설명한다는 것을 너무나도 잘 알고 있었다. 그들은 다양한 형태의 악과 더불어 평생을 살아왔고, 하느님이 그들을 돌봐주실 거라고 믿지 않았다. 그보다는 오히려, 하느님에게는 형제가 하나 있고 그 형제는 하느님의 아들을 받아들여준 적이 없다고 믿었다. 그런 마당에 어째서 그가 그들을 봐주겠는가?

그들이 파괴하지 않으면 안 될 정도로 사악한 피조물은 세상에 없었다. 성질을 돋운다면 쉽게 죽여버릴 수도 있겠지만 의도적으로 그러지는 않았다. 이로써 왜 그들이 누구라도 '떼로 공격해 죽일' 수 없는지가 설명되었다. 그렇게 하는 것은 부자연스러울 뿐 아니라 품위 없는 짓이었다. 악의 존재는 우선 인식하고 그다음 잘 다루어 극복하고, 살아남고, 선수 치고, 승리를 거두어야 할 상대였다.

사람들은 술라에 대한 증거를 용케도 찾아냈지만 술라에 대한 결론을 내지는 못했다. 술라는 확실히 달랐다. 그녀 안에서 에바의 오만과 해나의 방종이 온전히 그녀만의 것인 뒤틀린 상상력과 합쳐졌고, 그녀는 자신만의 생각과 감정을 탐색하고 오로지 거기에만 매달리면서, 남의 쾌락이 자신을 즐겁게 해주지 않는 한 그 누구도 기쁘게 해줄 의무감을 느끼지 않으면서 살아왔다.

고통을 주는 것만큼이나 기꺼이 고통을 느끼고, 쾌락을 주는 것과 동등하게 쾌락을 느끼려 한 그녀의 삶은 실험적이었다. 어머니의 말에 계단을 달려올라갔던 그날 이후, 한가운데가 닫혀버린 강둑에서 책임감이라는 중요한 감정 하나를 떨쳐내게 된 이후부터였다. 첫번째 경험은 그녀에게 자기 자신 말고는 이 세상에 의지할 수 있는 사람이 아무도 없다는 사실을 가르쳐주었다. 두번째 경험은 의지할 수 있는 자아라는 것은 없다는 것을 가르쳐주었다. 그녀에게는 커나갈 중심도 그 어떤 것도 없었다. 그녀는 누군가와 즐겁게 대화를 나누다가도 이렇게 말할 수 있었다. "왜 너는 입을 벌리고 음식을 씹니?" 대답에 관심이 있어서가 아니라 상대방의 얼굴 표정이 순식간에 바뀌는 모습이 보고 싶어서였다. 그녀는 야심이라고는 전혀 없었고, 돈이나 재산, 물건에 대한 애착도 없었고, 욕심도 없었고, 관심을 끌거나 칭찬을 받고 싶은 욕망도 없었다. 한마디로 자아라는 게 없었다. 그런 이유로 그녀는 자신을 입증해야 할, 자기 자신으로 죽 남아 있어야 할 어떤 의무감도 느끼지 않았다.

그녀는 타인과 자아 양쪽 모두에 가장 가까운 존재로서 넬에게 집착했으나 결국 그녀와 넬은 하나가 아니라는, 같은 존재가 아니라는 사실만 발견했다. 주드와 잠자리를 함께했을 때 넬을 아프게 할 생각은 전혀 없었다. 그들은 항상 다른 사람들에 대한 애정을 공유했다. 남자아이가 어떻게 키스했는지, 한 사람한테는 어떤 식으로 하고 다른 사람한테는 어떻게 했는지를 비교했다. 결혼은 확실히 모든 것을 바꾸어놓았다. 그러나 술라는 결혼에 대한 깊은 지식도 없었고, 어떤 남자하고도 다 잘 수 있다고 생각하며 그저 입맛대로 남자를 고르는 여자들과 한집에서 살아왔던 탓에, 그녀가 친밀감을 느끼던 그 단 한 사람의 소유욕에 대해서는 미처 준비가 되어 있지 않았다. 술라는 다른 여자들이 무슨 말을 하고 어떻게 느끼는지, 혹은 그들이 어떻게 느낀다고 말하는지는 잘 알고 있었다. 하지만 그녀와 넬은 항상 그들을 간파해냈다. 둘 다 그 여자들이 다른 여자들을 질투하지 않는다는 걸 알았다. 그들은 단지 일자리를 잃을까봐 걱정하고 있을 뿐이었다. 남편들이 자기들의 다리 사이에 특별할 것이 아무것도 없다는 사실을 알게 될까봐 두려워할 뿐이었다.

넬은 술라에게서 아무것도 원하지 않고 그녀의 모든 면을 다 받아준 유일한 사람이었다. 이제 그녀는 모든 것을 원했고, 그건 오롯이 그 일 때문이었다. 넬만이 유일하게 그녀에게 진짜였고, 그녀가 이름을 아는 사람이었고, 한계까지 기울일 수 있는 삶에 대한 그녀의 태도를 함께 보았던 사람이었다. 이제 넬은 그들 중 하나가 되었다. 머릿속에 온통 다음에 옮겨갈 거미줄 생각만 가득한, 어둡고 건조한 곳에 자기 침으로 대롱대롱 매달려 있는 거미들 중 하나, 아래에서 느껴지는 뱀의 숨결보다 자유낙하를 더 두려워하는 거미들. 자기네 그물에 걸려든 다루기 힘든 이방인은 뚫어져라 노려보면서 정작 자기네 등의 짙은 청색이나 모퉁이로 새어들어오려 애쓰는 달빛은 보지 못한다. 아무리 치명적일지라도 뱀의 숨결이 닿으면 그들은 그저 희생자에 불과하며, 그 역할을 어떻게 해야 할지 알고 있다(넬이 배신당한 아내로서 어떻게 행동해야 하는지를 알고 있었듯이). 그러나 자유낙하, 오, 그것은 창의력을 필요로 하고 요구한다. 그것은 날개와 관련된 것이며, 그들의 혀를 맛보거나 살아 있고 싶다면 다리를 모으고 무엇보다도 아래로의 비행에 온전히 온몸을 내맡기는 것이다. 그러나 살아 있는 것은 그들이 원하는 것이 아니었고, 이제는 넬도 그러했다. 너무 위험했다. 이제 넬은 타운과 타운의 방식에 속해 있었다. 그녀가 자신을 그들에게 내맡겼으니 그들은 잽싸게 혀를 놀려 그녀를 그녀의 작고 건조한 구석으로 도로 몰아갈 것이며, 그곳에서 그녀는 뱀의 숨결과 낙하 지점 위 높이 자기가 뱉어낸 침에 매달려 있게 될 것이다.

넬이 다른 사람들이 할 법한 식으로 행동하자 술라는 약간 놀랐고 많이 슬펐다. 넬은 그녀가 메달리언으로 다시 흘러들어온 이유 중 하나였다. 그녀는 내슈빌, 디트로이트, 뉴올리언스, 뉴욕, 필라델피아, 메이컨, 샌디에이고에서 권태를 발견했다. 그 모든 도시들에 똑같은 입을 놀리고 똑같은 땀을 흘리는 똑같은 사람들이 있었다. 그녀를 이런저런 장소로 데려갔던 남자들은 하나의 커다란 인격으로 뭉쳐졌다. 똑같은 사랑의 언어, 똑같은 사랑놀이, 똑같은 애정의 쇠퇴. 그녀가 관계를 나누면서 자신의 은밀한 생각들을 전하려 할 때마다 남자들은 제 눈을 가렸다. 그들은 술라에게 사랑의 기교 말고는 아무것도 가르쳐주지 않았고, 근심거리 외에는 아무것도 나누지 않았고, 돈 말고는 아무것도 주지 않았다. 그녀는 내내 친구를 찾아다녔다. 여자에게 애인은 벗이 아니고 절대 그렇게 될 수도 없다는 사실을 깨닫기까지는 시간이 좀 걸렸다. 어느 누구도 그녀가 손 내밀어 맨손으로 만져보기를 간절히 원했던 또다른 자신이 되지는 못하리란 사실을 깨닫는 데에도. 그녀 자신의 기분과 변덕뿐이라면, 만약 있는 것이라곤 그것이 전부라면, 그녀는 맨손을 그쪽으로 내밀어 그것을 발견하고 그녀가 그렇듯 남들도 자신들의 자아와 막역한 관계가 되게 하기로 결심했다.

어떤 면에서 그녀의 기이함, 그녀의 순진함, 자신과 동등한 다른 반쪽에 대한 열망은 나태한 상상력의 결과였다. 그녀가 그림을 그리거나, 점토를 빚거나, 춤을 추거나 현을 뜯는 법을 알았더라면, 자신의 엄청난 호기심과 은유의 재능을 바칠 무언가가 있었더라면, 그녀는 불안과 변덕에 대한 집착을 그녀에게 자신이 열망하는 모든 것을 제공해준 활동과 맞바꾸었을 것이다. 어떠한 예술 형식도 갖지 못한 모든 예술가가 그렇듯 그녀는 위험해졌다.

그녀는 평생 딱 한 번 거짓말을 했다. 에바를 쫓아낸 이유에 대해 넬에게 한 거짓말이었다. 넬을 좋아했기에 거짓말을 할 수 있었다. 집으로 돌아왔을 때 술라는 거짓말을 할 수 없었기 때문에 사교적인 대화가 불가능했다. 세월에 청동빛이 잿빛으로 퇴색된 모습을 보면서, 한때는 달을 향해 활짝 열려 있던 눈이 근심 탓에 더러운 낫 모양으로 구부러져버린 모습을 보면서 옛 지인들에게 이렇게 말할 수는 없었다. "안녕, 얘, 좋아 보인다." 그들의 삶이 좁아질수록 엉덩이는 커져갔다. 남편이 있는 이들은 다른 사람들의 발가벗은 꿈과 앙상한 후회로 옆구리가 터질 듯 부풀어오른 채 자기 자신을 딱딱한 관 속에 접어넣었다. 남자가 없는 이들은 바늘귀가 텅 빈 끝이 상한 바늘 같았다. 남자가 있는 이들의 숨결은 오븐과 스팀주전자 때문에 달콤함이 다 빠져버렸다. 그들의 아이들은 살에서 떨어져나갔기에 더는 아프지 않은, 멀리 있지만 눈에 띌 수밖에 없는 상처 같았다. 그들은 세상을 보고 다시 제 아이들을 보고, 다시 세상을 보고 거듭 제 아이들을 보았다. 그리고 술라는 맑고 어린 눈 하나야 말로 목구멍에 칼날이 닿지 않도록 막아주는 유일한 것임을 알았다.

그녀는 버림받은 자였고, 그 사실을 알았다. 사람들이 자신을 멸시한다는 걸 알았고, 그녀가 남자들과 쉽게 잔다는 사실 때문에 자신들의 혐오감을 역겨움으로 표현한다고 믿었다. 그것은 사실이었다. 그녀는 할 수 있는 한 자주 남자들과 침대로 갔다. 자신이 찾고 있는 것, 불행과 깊은 슬픔을 느낄 수 있는 능력을 발견할 수 있는 장소는 오로지 거기뿐이었다. 자신이 갈망하는 것이 슬픔이라는 사실을 늘 의식하고 있는 것은 아니었다. 처음에는 정사가 그녀에게 특별한 종류의 기쁨을 창조해주는 듯 느껴졌다. 그녀는 자신이 섹스의 그을음 낀 듯한 어두운 성질과 희극성을 좋아한다고 생각했다. 그녀는 요란하고 거칠게 시작하는 동안에는 많이 웃었지만, 섹스를 건강하거나 아름다운 것으로 여기는 애인은 거부했다. 섹스의 미학은 그녀를 지루하게 만들었다. 섹스를 추하다고 여기지는 않았지만(추한 것도 역시 지루하다), 사악한 것으로 생각하기를 좋아했다. 그러나 경험이 다양해질수록, 섹스가 사악한 것이 아닐 뿐 아니라 온전히 즐기기 위해 굳이 사악하다고 생각할 필요도 없다는 것을 깨닫게 되었다. 정사 도중에 그녀는 활력소를 발견했고 발견할 필요가 있었다. 그녀가 자신의 몸과 보조를 맞추기를 그만두고 행위에 자신을 내세우기 시작하자, 광대한 자력의 중앙으로 끌려와 그 무엇으로도 깨뜨릴 수 없을 것 같아 보이는 단단한 무리를 형성하는 쇠

부스러기들처럼, 힘의 입자들이 그녀 안에서 모여들었다. 누군가의 몸 밑에 항복하는 자세로 누운 채 자신의 변치 않는 강인함과 끝없는 힘을 느끼는 데에는 극도의 아이러니와 격분激忿이 있었다. 그러나 그 덩어리는 깨어져 산산이 흩어졌고, 그녀는 미친 듯이 이를 다시 한데 모으려 가장자리에서 고요함 속으로 뛰어들었다. 그리고 울부짖으며, 모든 것의 종말이라는 통렬한 의식 속에 울부짖으며 아래로 내려갔다. 폭풍처럼 거칠게 휘몰아치는 그 모든 환희의 한가운데에 슬픔의 눈이 있었다. 그 침묵의 한가운데에는 영원이 아니라 시간의 죽음이 있었고, 너무나 심오해 단어 자체가 그 의미를 잃는 고독이 있었다. 고독은 다른 사람의 부재를 가정하는 것인데, 그 절망적인 영역에서 그녀가 발견한 고독은 결코 다른 사람들의 가능성을 인정한 적이 없었던 터였다. 그때 그녀는 울었다. 가장 작은 것들의 죽음에 흘리는 눈물이었다. 아이들의 버림받은 신발, 짓이겨져 바다에 빠진 습지 식물의 끊어진 줄기, 그녀가 모르는 죽은 여자들의 무도회 사진, 전당포 창문의 결혼반지, 둥지 속 콘월 암탉들의 조그만 몸 같은 것들*.

상대가 몸을 떼어내면 술라는 경이로움에 차서 그를 올려다

* 쌀을 튀겨 둥지처럼 만든 것 위에 닭고기를 올린 요리를 묘사한 것.

보며 그의 이름을 기억해내려 했다. 그러면 남자는 자기가 그녀를 눈물이 어리도록 고마운 상태에 이르게 해주었다고 믿고는 다 이해한다는 듯 부드럽게 미소를 지으며 내려다보았다. 그녀는 그가 고개를 돌리고 젖은 웃더껑이 같은 만족과 가벼운 혐오감 속으로 가라앉기를 초조하게 기다렸다. 그녀가 스스로를 만나고, 스스로를 환영하고, 비할 데 없는 조화 속에서 자기 자신과 하나가 되는, 관계 후의 혼자만의 상태에 빠지게 해주기를.

스물아홉 살에 그녀는 자신에게 다른 길이 없으리라는 것을 알았지만, 포치에서 들려오는 발소리와 파란 유리창 너머로 그녀를 응시하는 아름다운 검은 얼굴을 기대한 적도 없었다. 에이잭스.

그가 술라를 창녀라고 불렀던 십칠 년 전에는 온 세상을 기대했다. 그때 그는 스물한 살이었고 그녀는 열두 살이었다. 그들 사이에 우주 같은 시간이 있었다. 이제 그녀는 스물아홉, 그는 서른여덟이었고 어쨌든 레몬 빛깔의 노란 엉덩이가 그리 멀리 있지 않는 듯했다.

그녀가 무거운 문을 열자 팔에 우유 2쿼트를 낀 채 방충문 바깥에 대리석상처럼 서 있는 그가 보였다. 그는 미소를 짓고 이렇게 말했다. "내내 당신을 찾아다녔어."

"왜요?" 그녀가 물었다.

"이걸 주려고." 그가 우유 한 병을 턱짓으로 가리켰다.

"나 우유 안 좋아하는데."

"하지만 병은 좋아하잖아. 안 그래?" 그가 병을 들어 보였다. "예쁘지 않아?"

과연 그랬다. 매끈한 푸른 하늘을 배경으로 그의 손가락에 매달린 병은 귀하고 깨끗하고 영원할 듯 보였다. 그녀는 그가 그 병을 얻기 위해 위험한 짓을 했다는 인상을 강하게 받았다.

술라는 생각에 잠겨 손가락으로 잠시 철망을 긁다가 이내 웃으면서 문을 열어주었다.

에이잭스는 안으로 들어와 곧장 주방 쪽으로 향했다. 술라는 천천히 그 뒤를 따라갔다. 그녀가 문까지 왔을 때 그는 철사로 복잡하게 얽은 뚜껑을 열고 차가운 우유를 제 입에 부어넣고 있었다.

술라는 그를 지켜보았다. 아니, 리드미컬하게 움직이는 그의 목구멍을 보았다. 점점 흥미로워졌다. 마실 만큼 마시고 나자 그는 나머지를 개수대에 붓고 병을 물로 헹군 다음 그녀에게 주었다. 술라는 한 손으로 병을 받아들고 다른 손으로는 그의 손목을 잡아 식료품 저장실 안으로 이끌었다. 집안에는 아무도 없었으므로 굳이 거기로 갈 필요는 없었지만, 해나의 딸에게는 자연스러운 몸짓이었다. 이제는 밀가루 부대도 없고, 줄줄이 쌓여 있는 통조림도 없고, 다시는 작은 피망들이 달린 줄도 없을 식료품 저장실 안에서 젖은 우유병을 옆구리에 꼭 낀 채 벽에 기대어 다리를 넓게 벌리고 서서 그녀의 허벅지가 담을 수 있는 모든 쾌락을 그의 야윈 엉덩이에서 끌어냈다.

그러고 나서 그는 선물을 가지고 규칙적으로 찾아왔다. 가지에 고스란히 매달려 있는 블랙베리 송이, 연어색 〈피츠버그 쿠리어〉 신문지에 싼 옥수수 튀김옷을 입혀 튀긴 도미 네 마리, 공깃돌 한 움큼, 라임젤리 두 상자, 얼음 한 덩이, 보닛을 쓴 여자가 방망이로 먼지를 터는 그림이 그려져 있는 올드 더치 세제 한 통, '막일꾼 틸리' 만화 한 쪽, 더 빛나는 하얀 우유병 따위였다.

에이잭스는 당구장 주변을 어슬렁거리거나, 자기 개를 때린다고 핀리 씨에게 총을 겨누거나, 지나가는 여자들에게 지저분한 찬사를 던지는 모습만으로 사람들이 짐작할 법한 것과는 달리, 여자들에게 매우 친절했다. 그의 여자들도 물론 그것을 알았으므로 길거리에서 그를 놓고 살벌한 싸움을 벌였고, 허벅지가 튼실한 여자들의 칼부림이 피를 부르는 통에 숱한 금요일 밤이 소란스럽게 가고 우우 함성을 지르는 군중이 몰려들었다. 그럴 때면 에이잭스는 군중 틈에 서서 카드 게임을 하는 노인들을 구경할 때와 똑같은 무관심한 금빛 눈으로 싸움꾼들을 보았다. 그보다 어린 여섯 아들과 함께 판잣집에 앉아 뿌리채소를 다듬던 그의 어머니를 제외하고는 그는 평생 관심 가는 여자를 만나본 적이 없었다.

그가 여자들에게 친절하게 대하는 것은 대체로 유혹하기 위해서가 아니라(굳이 그럴 필요가 없었다) 어머니를 대하면서 몸에 밴 습관이었다. 그의 어머니는 모든 아들들에게 사려 깊음과 너그러움을 불어넣어주었다.

그녀는 흑마술을 부리는 여인으로, 자신을 흠모하는 일곱 아이를 둔 복 받은 여인이었다. 그 아이들은 어머니에게 반반*, 위대한 정복자 존**, 리틀 존 투 추***, 데블스 슈스트링****, 차이니즈 워시*****, 겨자씨, 아홉 가지 약초 등을 신시내티에서 주문해줄 뿐 아니라, 그녀에게 필요한 식물, 머리카락, 속옷, 깎은 손톱, 하얀 닭, 피, 장뇌, 그림, 등유, 발자국 흙먼지 따위를 가져다주는 것을 기쁨으로 알았다. 그녀는 날씨, 징조, 산 자와 죽은 자, 꿈과 온갖

---

* 마법 의식에 쓰는 향유.

** 아프리카계 아메리칸 민담 주인공의 이름을 딴 식물 뿌리.

*** 부두교 마법에서 쓰는 식물 뿌리.

**** 부두교에서 쓰는 약초.

***** 부두교에서 쓰는 세정제.

병에 대해 알았으며 자기 기술로 그럭저럭 괜찮은 생활을 꾸려 나갔다. 그녀의 이가 멀쩡했거나 등이 굽지 않았더라면 아들들에게 허용한 절대적인 자유와(어떤 면에서는 방치로 알려졌다) 재미없는 지식의 무게 때문이 아니라 그 아름다움만으로도 아들들의 숭배를 받을 만한, 살아 있는 것 중 가장 멋진 존재가 되었을 것이다.

에이잭스가 사랑했던 것은 이 여자, 그리고 그다음으로는 비행기였다. 그 사이에는 아무것도 없었다. 어머니의 말에 귀를 기울이며 그 말에 취해 앉아 있지 않을 때는 비행기, 조종사, 그 둘을 품은 깊은 하늘을 생각했다. 사람들은 그가 대도시들로 떠났던 긴 여행들이 그들로서는 상상할 수도 없고 그저 질투만 할 뿐인 세련되고 멋진 시간이었을 거라고 생각했다. 사실 그는 공항의 가시철조망에 기대어 있거나 운좋게도 그 업계에서 일하게 된 사람들의 이야기를 듣고 싶어 격납고 주변을 캐고 다녔다. 나머지 시간, 어머니의 마법을 보거나 비행기 생각을 하지 않는 시간에는 여러 작은 타운에서 하는 일 없이 독신남들이나 쫓아다니며 시간을 보냈다. 그는 술라에 대한 이야기들을 전부 다 들었고, 그 이야기들은 그의 호기심을 자극했다. 도무지 속을 알기 어렵고 기존의 행동 관습에 무심한 점이 그의 어머니를 연상시켰다. 어머니는 세인트 매슈 교회의 여자들이 구원의 은총을 찾아다니는 것 만큼이나, 비교秘教를 좇는 데 있어서 흔들림이 없었다. 호기심을 더이상 참을 수 없을 정도가 되자 그는 어느 백인 가족의 집 포치에서 우유 두 병을 집어들고는 그녀를 보러 갔다. 어쩌면 이 여자가 자신의 삶이 온전히 자기만의 것임을 알고 있는 어머니 외의 유일한 여자, 삶을 제대로 다룰 수 있고 그를 못박아두는 데에는 관심이 없는 여자일지도 모른다고 생각하면서.

술라 역시 호기심이 동했다. 그녀는 오래전 그가 자신에게 외쳤던 말과 그때 그가 그녀 안에 불러일으켰던 감정 말고는 그에 관해 아무것도 몰랐다. 메달리언에 대한 불만이 늘어가는 것과 더불어, 그녀는 다른 사람들의 상투적인 삶의 방식에도 완전히 익숙해졌다. 가야 할 곳을 생각할 수 있었다면 아마도 떠나버렸을 테지만, 그것은 에이잭스가 파란 유리창 너머로 그녀를 보고 우유병을 트로피처럼 높이 쳐들기 전의 마음이었다.

그러나 그녀가 그를 자기 허벅지 사이에 감싸안았던 것이 선물 때문은 아니었다. 선물은 물론 사랑스러웠지만(특히 그가 침실에 풀어놓은 나비 항아리), 진짜로 좋았던 것은 그가 자기에게 이야기를 한다는 사실이었다. 그들은 진짜 대화를 했다. 그는 술라를 내려다보는 투로 말하지 않았고, 그녀의 삶에 관해 유치한 질문을 한다거나 자기 일을 혼자 주절거리는 데 만족하지 않았다. 그는 술라가 자기 어머니처럼 영리한 것 같다고 생각해 그녀에게서 총명함을 기대하는 듯했고, 그녀는 이를 보여주었다. 그리고 무엇보다도 그는 자기가 말하기보다는 들어주었다. 그녀와 함께 있으면 확실히 편안해한다든가, 그녀에게 이런저런 어려움이며 식물의 힘 따위를 스스럼없이 털어놓는 것, 아기를 갖거나 그녀를 지켜줄 생각이 없다는 것, 그녀를 강하고 현명한 여자로 보는 점 등 모든 것들이 가끔씩만 복수심으로 분출되는 그의 너그러운 성품과 짝을 이루어 술라의 관심과 열정을 지탱해주었다.

그가 생각하는 더없는 기쁨이란(천상에서의 지복이 아니라 지상에서) 아주 뜨거운 물에 오래 목욕하는 것이었다. 머리는 시원한 하얀색 가장자리 위에 올려놓고, 공상에 젖어 두 눈은 감은 채.

"뜨거운 물속에 잠겨 있으면 허리가 아플 텐데." 술라가 문가에 서서 비누로 탁해진 물 표면에서 반짝이는 그의 무릎을 바라보며 말했다.

"술라한테 잠겨 있으면 허리가 아프지."

"그럴 만한 가치가 있잖아?"

"아직은 모르지. 가봐."

"비행기 생각해?"

"그래, 비행기."

"린드버그*가 당신에 대해서 알아?"

"가라니까."

그녀는 그 자리를 떠나 에바의 높은 침대로 가서 판자로 막은 창문 쪽으로 고개를 돌리고 그를 기다렸다. 주드가 백인 남자가 하는 일을 하고 싶어 얼마나 안달했는지를 생각하며 미소 짓고 있는데 두 듀이가 아름다운 이를 드러내고 들어와 이렇게 말했다. "우리 아파."

술라는 천천히 고개를 돌리고 중얼거렸다. "나아질 거야."

"약이 필요해요."

"욕실에 찾아봐."

"에이잭스가 있잖아요."

"그럼 기다려."

"지금 아프다니까요."

술라는 침대에서 몸을 구부려 신발 한 짝을 집어 그들에게 던졌다.

"씨발년!" 그들이 소리질렀다. 그녀는 들개처럼 벌거벗은 채 침대에서 뛰쳐나왔다. 빨간 머리 듀이의 셔츠를 붙잡고는 발목을 잡고 그가 바지에 오줌을 지릴 때까지 난간에 거꾸로 쳐들었다. 다른 듀이는 세번째 듀이와 합세해 주머니 속에서 돌멩이를 찾아 술라에게 던졌다. 술라는 고개를 숙이고 웃느라 비틀거리

---

* 미국의 비행사. 1927년 뉴욕 파리 간 무착륙 단독 비행에 처음으로 성공했다.

면서 오줌 싼 듀이를 침실로 데려갔다. 나머지 둘은 이빨 말고는 무기가 전혀 남지 않았으면서도 그녀의 뒤를 따라갔다. 술라는 첫번째 듀이를 침대 위에 내던지고 지갑 속을 뒤졌다. 그녀는 듀이들에게 각각 1달러씩을 주었다. 그들은 지폐를 낚아채고는 좋아하는 카타르 치료제를 사러 딕의 가게로 달려갔다.

에이잭스가 푹 젖은 채 방으로 들어와 물기를 말리려고 침대 위에 드러누웠다. 그가 손을 뻗어 그녀의 팔을 건드릴 때까지 한참 동안 둘 다 조용히 있었다.

그는 그녀가 자기 몸 위에 올라타는 것을 좋아했는데, 자기 위에 탑처럼 우뚝 솟은 술라를 보며 그녀의 얼굴에 부드럽게 외설적인 말들을 해줄 수 있어서 그랬다. 그녀는 그 위에서 몸을 흔들면서, 미끄러지듯 떨어지는 미소 위로 높이, 금빛 눈과 벨벳 투구 같은 머리카락 위로 높이, 무릎을 꿇은 왕솔나무처럼 전후좌우로 몸을 흔들면서, 몸을 구르고 흔들면서, 엉덩이로 넘쳐흐르는 무질서를 막는 데 생각을 집중했다. 그녀는 자신에게 최초의 성적 흥분을 느끼게 해주었던 레몬색 개버딘 옷의 그 남자 머리 높이만큼 아찔하게 높아 보이는 곳으로부터 아래로, 아래로 내려다보았다. 조금이라도 더 오래, 표류하는 육체를 오르가슴의 황홀한 침묵 쪽으로 묶어두기 위해 생각을 그의 얼굴에 고정시킨 채.

내가 만약 섀미 가죽을 가지고 와서 당신의 솟아오른 광대뼈 바로 위를, 뼈가 다 드러나도록 세게 박박 문지른다면 검은색이 얼마간은 사라지겠지. 검은색이 섀미 가죽에 벗겨져 떨어지면 그 밑에 금빛 잎이 있을 거야. 검은색 사이로 그 반짝이는 빛이 보이겠지. 그게 거기 있다는 걸 알고 있어……

그녀가 그의 막대기처럼 가느다란 몸 위로 얼마나 높이 솟아 있는지, 그의 미끄러지고 미끄러지는 미소가 얼마나 미끄러운지.

그리고 손톱 다듬는 줄이나 할머니의 낡은 과도라도 가져다가—그것도 잘 들 거야—그 금에 대고 긁으면, 표면이 떨어져나가면서 설화석고가 나올 거야. 설화석고는 당신 얼굴에 평면과 곡면을 만들어주지. 미소 짓는 당신의 입이 당신의 눈에 가 닿지 못하는 게 바로 그것 때문이야. 설화석고의 인력 때문에 완벽한 미소를 지을 수가 없는 거지.

높은 데서 흔들리다보니 어지러웠다. 그래서 그녀는 허리를 숙이고 자기 가슴을 그의 가슴에 스치게 했다.

그다음에는 끌이랑 작은 망치를 가져와 설화석고를 톡톡 쳐야지. 그럼 송곳 밑의 얼음처럼 금이 가겠지. 틈 사이로 자갈이나 잔가지라고는 전혀 섞이지 않은 비옥한 흙이 보일 거야. 당신에게 그런 냄새가 나는 건 다 그 흙 때문일 테니까.

그녀는 그의 겨드랑이 밑으로 손을 미끄러뜨렸다. 무언가를 잡지 않고서는 피부 밑에서 느껴지는 나약함이 퍼져가는 것을 막을 수가 없을 것 같았기 때문이다.

내 손을 당신의 흙 속 깊숙이 넣고 흙을 떠서 손가락 사이로 흘릴 거야. 따듯한 표면과 그 아래 이슬 젖은 냉기를 느끼면서.

그녀는 그의 턱밑으로 머리를 갖다댔다. 이 세상 그 어떤 것도 막을 수 있으리라는 희망은 전혀 품지 않은 채.

당신의 흙에 물을 주어 비옥하고 촉촉하게 해줄 거야. 하지만 얼마만큼? 흙을 촉촉이 유지하려면 물을 얼마나 주어야 할까? 내 물을 가만히 있게 하려면 얼마나 많은 흙이 필요할까? 그리고 물과 흙은 언제 진흙이 될까?

그녀의 허벅지가 그의 성기를 삼켰듯, 그는 그녀의 입을 삼켰다. 그러자 집안이 아주, 아주 조용했다.

*

술라는 소유가 무엇인지를 알아가기 시작했다. 아마 사랑이 아니라 소유이거나 적어도 소유하고픈 욕망일 것이다. 그녀는 너무나 새롭고 낯선 감정에 놀랐다. 처음에는 에이잭스가 다음 날 들를지 정말로 궁금해하며 보낸 밤 뒤의 아침이 있었다. 그다음에는 거울 앞에서 웃을 때 생기는 입 주위 주름을 손가락으로 따라가보며 예뻐 보이는지 아닌지 따져보던 오후가 있었다. 그녀는 머리에 녹색 리본을 묶으며 그 깊은 숙고를 끝냈다. 녹색 실크 리본을 머리카락 안으로 넣자 찰랑거리는 속삭임, 해나의 쿡쿡거리는 웃음소리 같기도 한 속삭임과 뭔가 재미있는 것을 보면 내곤 하던 부드럽고 느린 콧소리가 만들어졌다. 고작 이틀 지나 금세 또 약속 잡을 궁리를 하면서 두 시간을 앉아 머리카락을 지지는 여자들처럼. 리본을 묶은 일은 다른 행동들로 이어졌다. 그날 저녁 에이잭스가 아침에 깎은 갈대 피리를 가지고 찾아왔을 때, 그녀의 머리에 녹색 리본이 여전히 묶여 있었을 뿐 아니라 욕실은 반짝반짝 빛이 났고 침대도 말끔히 정리되어 있었으며 식탁에는 두 사람분의 식사가 차려져 있었다.

그는 그녀에게 갈대 피리를 주고 신발끈을 풀고 주방의 흔들의자에 앉았다.

술라는 그에게 다가가 키스했다. 그는 손가락으로 그녀의 목덜미를 더듬었다.

"넌 보나마나 타르 베이비를 그리워한 적도 없겠구나, 그렇지?" 그가 물었다.

"그리워한다고? 아니. 그가 어디 있는데?"

에이잭스가 그녀의 달콤한 무관심에 미소를 지었다. "감옥."

"얼마나 됐는데?"

"지난주 토요일부터."

"술 마시다 잡혀갔나?"

"그보다 조금 더 센 거." 그는 타르 베이비의 또다른 불운에 자신이 얽혀들었던 이야기를 들려주었다.

토요일 오후 타르 베이비는 뉴 리버 로드에서 술에 취해 비틀거리며 차들 사이로 들어갔다. 한 여자 운전자가 그를 피해 차를 틀다가 다른 차를 박았다. 경찰이 와서 보니 그 여자는 시장의 조카딸이었다. 경찰은 타르 베이비를 체포했다. 나중에 소식이 알려지자 에이잭스와 다른 두 남자가 그를 도와주러 경찰서로 갔다. 처음에 경찰은 그들을 안으로 들여보내주지 않았다. 그러나 에이잭스와 다른 두 사람이 한 시간 반 동안 주변을 서성이며 일정한 간격을 두고 자기들의 요구사항을 되풀이하자 경찰도 수그러들었다. 마침내 안으로 들어가 감방에 있는 그를 봐도 좋다는 허락을 받아냈다. 타르 베이비는 심하게 매를 맞은 몸으로 몹시 더러워진 속옷 외에는 아무것도 입지 않은 채 구석에서 고통에 몸을 비틀고 있었다. 에이잭스와 다른 이들은 경찰관에게 왜 타르 베이비가 옷을 도로 입을 수 없는 거냐고 물었다. "다 큰 성인 남자가 제 똥을 뭉개고 있게 놔둬서야 되겠습니까."

경찰관은 타르 베이비가 백인이라고 늘 주장해왔던 에바와 같은 의견인 게 분명해 보였는데, 똥칠을 하며 살고 싶지 않거든 그 죄수가 그 언덕에서 나와 멀쩡한 백인처럼 살아야 한다고 말했다.

격앙되고 어두운 대화가 좀더 오간 뒤 세 흑인의 죄상인부罪狀認否와 다음 목요일에 민사 재판소에 나오겠다는 약속으로 일은 마무리되었다.

그 모든 일에도 에이잭스는 크게 성가셔하는 것 같지 않았다. 그보다 더 짜증나고 귀찮은 일은 없을 텐데. 그는 경찰과 여러 차례 말썽을 빚은 적이 있었고—대부분은 도박장 급습이었다—경찰을 흑인들의 삶에서 자연재해와 같은 것으로 여겼다.

그러나 머리카락에 반짝이는 녹색 리본을 묶은 술라는 바깥세상이 에이잭스에게 준 충격을 의식하고 그에 압도되었다. 그녀는 벌떡 일어나서 흔들의자 팔걸이에 앉았다. 그러고는 그의 벨벳 같은 머리카락 속 깊숙이 손가락을 파묻고 중얼거렸다. "이리 와요. 나에게 기대."

에이잭스가 눈을 깜박였다. 그는 잽싸게 그녀의 얼굴을 보았다. 그녀의 말, 그녀의 목소리에는 그가 잘 아는 소리가 있었다. 그는 처음으로 녹색 리본을 보았다. 주변을 둘러보니 반짝이는 주방과 두 사람분의 식사가 차려진 식탁이 눈에 들어왔고 둥지의 냄새가 감지되었다. 그의 몸의 모든 털이 곤두섰다. 그는 곧 그녀가 그녀 이전의 다른 모든 자매들처럼 자기에게 종말을 알리는 그 질문을 던지리라는 것을 알았다. "지금까지 어디 있었어?" 그의 눈이 가볍고 순간적인 후회로 흐려졌다.

그는 자리에서 일어나 그녀와 함께 계단을 올라 갈고리 모양 발이 달린 욕조 밑에서부터 먼지를 청소해 티끌 하나 없는 욕실로 들어갔다. 그는 데이턴에서 있을 항공 쇼 날짜를 기억해내려 애썼다. 그는 욕실로 들어가면서 막 뿌린 치명적인 향수 냄새를 온몸에 감싸고 깨끗한 하얀 시트 위에 누워 있는 술라를 보았다.

그는 그녀를 몸 아래로 끌어당겨 곧 데이턴으로 떠날 남자답게 성실하고도 격렬하게 사랑을 나누었다.

가끔가다 한 번씩 그녀는 그가 거기 있었다는 손에 잡히는 증거를 찾아 헤맸다. 나비들이 어디 있을까? 블루베리는? 갈대 피리는? 그녀는 아무것도 찾을 수가 없었다. 놀랄 만한 부재를 제외하고는 그가 아무것도 남겨놓지 않았던 것이다. 그의 부재는 너무나 장식적이고 화려하게 꾸며져서 그간 어떻게 죽어 쓰러지거나 소진되지 않고 그의 장엄한 존재를 견뎌왔는지 이해하기 어려웠다.

문가의 거울은 문가의 거울이 아니라 그가 나가기 전 잠시 그 앞에 서서 모자를 쓰던 제단이었다. 빨간 흔들의자는 그가 주방에 앉아 있을 때 그의 엉덩이의 흔들림이었다. 그러나 여전히 그의 것—그만의 것—은 아무것도 찾아낼 수 없었다. 술라는 그가 자신이 만들어낸 환각이 아닐까 두려웠고 이를 뒤집을 증거가 필요했다. 그의 부재는 어디에나 있어서 모든 것을 따끔거리게 만들었고, 가구에 원색을, 방구석에 날카로운 윤곽선을, 테이블 위에 쌓인 먼지에 황금빛을 부여했다. 그는 거기 있을 때면 모든 것을 자기 쪽으로 끌어당겼다. 그녀의 눈과 모든 감각은 물론이고 생명이 없는 것들까지도, 그가 있기 때문에 그의 존재의 배경으로 존재하는 것 같았다. 이제 그가 가고 없으니 오랫동안 그의 존재에 눌려 있던 것들이 그의 자취 속에서 매력을 빛냈다.

그러던 어느 날, 서랍장 속을 뒤지다가 그녀는 자기가 찾고 있던 것을 발견했다. 그가 거기 있었다는 증거가 될 그의 운전면허증이었다. 그것은 증명을 위해 그녀가 필요로 하는 것, 그의 필수적인 통계들을 담고 있었다. 1901년생, 키 180센티미터, 몸무게 68킬로그램, 눈 갈색, 머리카락 검은색, 피부색 검은색. 아 그래, 검은색 피부다. 아주 새까맣다. 너무 까매서 쇠수세미로 꼼꼼하게, 꾸준히 문질러야만 없어질 것 같다. 검은색을 제거하면 그 자리에 반짝이는 금색 잎이 있고 금색 잎 밑에 차가운 설화석고가 있고 그 차가운 설화석고 밑 깊숙이에는 이번만큼은 더 검고 따스한 양질토의 검은색이 있다.

하지만 이게 뭘까? 앨버트 잭스? 그이 이름이 앨버트 잭스였나? A. 잭스. 그녀는 에이잭스인 줄로만 알았다. 그 긴 세월 내내. 당구장 옆을 걸어가면서 나무의자에 다리를 쫙 벌리고 앉은 그의 눈길을 피할 때부터, 그의 다리 사이 참을 수 없이 질서정연한 넓은 공간을, 바지 속에 숨은 짐승의 흔적은 전혀 담지 않은 그 열려 있음을 보지 않으려 눈길을 피할 때부터 에이잭스인 줄로만 알았다. 그 오만한 콧구멍과 미소가 계속 미끄러져 떨어지고, 떨어지고, 떨어져서, 그녀가 손을 뻗어 그것이 보도 위로 떨어지기 전에 잡고 싶었을 때부터, 그것이 그의 발치와 다른 남자들—당구장 바깥에 둘러서거나 앉아서 그녀와 넬과 여자들에게 창녀니 군침 도는 갈색 피부니 영계니 외쳐 부르며 오 주여, 제가 무슨 짓을 했기에 그런 진노를 받아야 합니까, 저를 데려가소서, 주여, 저는 약속의 땅을 보았나이다, 행하소서, 주여, 저를 기억해주소서, 하고 가망 없는 열정에 부드럽게 누어진 목소리로 가사를 붙여 소리치고 노래하던 남자들—의 발치에 있는 담배꽁초와 병뚜껑과 침으로 더럽혀지기 전에 잡고 싶었을 때부터 그랬다. 그때조차, 그녀와 넬이 속옷의 부드러운 곳을 만지거나, 집을 나서자마자 땋은 머리를 풀어내려서 머리카락이 귓가에서 부딪히며 나풀대도록 하거나 가슴 주위에 면으로 된 천을 감아 젖꼭지가 블라우스 위로 도드라져 그가 그 미끄러지는, 떨어지는 미소로 그들의 얼굴이 확 달아오르게 만들 빌미를 주지 않으려 하면서, 그의 꿈을 꾸지 않고 그를 생각하지 않으려 무진 애를 썼을 때부터. 그리고 한참 후, 평생 처음으로 남자와 침대에 누웠을 때 그녀가 자기도 모르게 그의 이름을 말하거나, 그의 이름을 외치면서 그의 이름이 아니라고 말했지만 사실은 그를 의미하던 바로 그때부터.

술라는 손가락 사이에 낡은 종이를 들고 서서 누구에게랄 것도 없이 큰 소리로 말했다. "난 그의 이름조차 몰랐어. 내가 그의 이름을 몰랐다면 내가 아는 건 아무것도 없었던 거야. 내가 원했던 단 하나가 그의 이름을 아는 것이었으니, 결국 나는 아무것도 몰랐던 거야. 자기 이름조차 모르는 여자와 사랑을 나누었으니 나를 떠나는 일 외에 그가 달리 무엇을 할 수 있었겠어.

어릴 때 종이인형 머리가 떨어져나간 적이 있었어. 내가 목을 구부려도 내 머리는 떨어져나가지 않는다는 걸 알기까지 한참이 걸렸지. 강한 바람이 불거나 세게 밀면 목이 부러질지도 모른다고 생각해서 나는 목을 아주 빳빳이 세우고 다녔어. 나에게 진실을 말해준 사람이 바로 넬이었어. 하지만 넬이 틀렸어. 그를 만났을 때 나는 내 목을 꼿꼿이 세우지 않았고 그래서 인형처럼 내 목을 잃어버렸어.

그가 떠난 게 차라리 나아. 금빛에 대한 내 생각이 옳았는지 확인해보겠다는 생각만으로 곧 그의 얼굴에서 살을 뜯어냈을지도 몰라. 그런 호기심을 누가 이해하겠어. 어린 소년이 계단에서 떨어져 다리가 부러졌을 때 단지 보고 있었다는 이유만으로 내가 아이를 밀었다고 생각했던 것처럼 그저 내가 그를 다치게 하고 싶어했다고 믿어버리겠지."

그녀는 운전면허증을 들고 침대 속으로 기어들어가 암청색 꿈으로 가득한 잠에 빠졌다.

잠에서 깼을 때 확실히 알지도 못하고, 전에 들었는지도 기억나지 않는 멜로디가 머릿속을 맴돌았다. '내가 만들어낸 것인지도 모르지.' 그녀는 생각했다. 그때 문득 그 노래 제목과 가사 전체가 전에 수없이 들어본 것처럼 떠올랐다. 그녀는 침대 가에 앉아 생각했다. "더이상 새로운 노래는 없어. 난 모든 노래를 다 불러봤어. 다 불러봤다고. 존재하는 모든 노래를 다 불러봤어." 그녀는 다시 침대에 누워 나는 모든 노래를 불러봤지 모든 노래 존재하는 모든 노래를 불러봤지라는 가사를 붙여 만든 곡조를 좀 흥얼거리다가 마침내 자기 자장가에 자기가 취해 졸기 시작했다. 설핏 잠이 들락 말락 한 상태에서 금의 매캐한 맛을 느꼈고, 설화석고의 냉기를 뒤로한 채 양질토의 어둡고 달콤한 냄새를 맡았다.

1940

"네가 아프다는 얘기 들었어. 내가 뭐 도와줄 것 없니?"

그녀는 그 말뿐 아니라 어조, 목소리의 높낮이까지 연습했다. 차분하고 사무적이면서도 동정심을 강하게 드러내야 했다. 병자에게가 아니라 병에 대해서.

그녀의 머릿속으로 들려온 자기 목소리에서는 어떤 호기심도, 어떤 자부심도 드러나지 않았고 그저 어쩌다보니 아무도 문병을 오지 않는 병자를 들여다보러 온 선량한 여인의 어조만이 느껴졌다.

삼 년 만에 처음으로 그녀는 적의 눈 위에 드리워진 줄기 달린 장미를 보게 될 것이다. 게다가 아직도 밖으로 배출되지 못하고 뱃속에 눌려 있는 원한과 수치심과 함께, 입속으로는 주드의 가

춤을 맛보며 장미를 보게 될 것이다. 주드가 키스했던 검은 장미를 마주할 것이고, 자기 아이들에 대한 그녀의 사랑을 너무나도 짙고 괴물 같은 것으로, 행여나 풀려나가면 무거운 앞발로 아이들을 질식시켜 죽일까 내보이기조차 두려운 것으로 뒤틀어버린 그 여자의 콧구멍을 보게 될 것이다. 고삐가 풀리면 울부짖으며 꿀을 찾느라 아이들의 호흡을 다 빨아들여버릴, 다루기 힘든 곰 같은 사랑.

주드가 너무나 완벽하게 떠나버렸기 때문에 집안을 건사할 책임은 오롯이 넬의 몫이 되었다. 의지할 수 있는 돈이라고는 갈색 봉투 속 오십 달러뿐이었으므로, 부모님이 먹고사는 얼마 되지 않는 선원연금을 놓고 안달복달하느니 청소 일을 하러 나갔다. 그리고 지난해가 되어서야 주드가 일했던 바로 그 호텔의 객실청소부라는 더 나은 일자리를 얻게 되었다. 팁은 그저 그랬지만 근무시간이 좋았다. 아이들이 학교에서 돌아올 때면 집에 있을 수 있었다.

나이 서른에 그녀의 뜨거운 갈색 눈은 마노빛으로 변했고 피부에는 녹음이 한창일 때 쓰러져 갈라지고 마모된 단풍나무 같은 색이 배었다. 황량하고 일그러졌어도 미덕만이 그녀의 정신적 지주였다. 그 미덕 때문에 카펜터즈 로드 7번지의 푸른 유리가 달린 문까지 오게 된 것이었다. 미덕 때문에, 지나간 세월에 그랬듯 방충문을 긁고 싶은 충동을 참았다. 미덕으로 그녀가 선행을 베푸는 진짜 동기를 감출 수 있었고, 마침내는 갖고 싶었던 음색을 목소리에 넣을 수 있었다. 술라의 병에 대한 소식이 보텀에 퍼졌을 때 "내가 그럴 거라고 했잖아"라고 말하며 목소리에 실렸던 기쁨도, 입맛을 다시는 느낌도 없는 음조였다—앙갚음을 했다는 느낌도 전혀 없는, 그런 음조.

이제 그녀는 에바의 오래된 침실에 서서 퀼트천 위에서 앞뒤로 미끄러지는 칼날같이 가느다란 팔과, 에바가 뛰어내렸던 널빤지로 막은 창문을 의식하며 그 검은 장미를 내려다보고 있었다.

술라는 고개를 들고, 잠시도 망설이지 않고 인사를 생략한 넬을 본보기 삼아 입을 열었다.

"실은, 부탁이 있어. 처방을 받았어. 대개는 네이선이 나를 위해 가주지만 그애는…… 학교가 세시는 되어야 끝나. 약국에 좀 다녀와줄 수 있어?"

"처방전이 어디 있는데?" 넬은 구체적인 심부름이 생겨서 기뻤다. 대화는 어려울 것이다. (술라는 아무 일도 없었다는 듯이 다시 예전 관계로 돌아가려 할 테니까.)

"내 가방 속을 봐. 아니. 저기."

넬은 서랍장으로 가서 구슬 장식 걸쇠가 달린 핸드백을 열었다. 그 안에는 시계와 접힌 처방전뿐이었다. 지갑도, 동전지갑도 없었다. 술라에게로 몸을 돌렸다. "돈은……"

그러나 술라는 널빤지로 막은 창문을 바라보고 있었다. 그녀의 눈 안, 바로 그 한쪽 끝에 있는 무언가 때문에 넬은 질문을 다 끝맺지 못했다. 그것 그리고 가볍게 벌름거리는 콧구멍—으르렁거림 비슷한 그림자. 넬은 처방전을 꺼내고는 자기 지갑을 집어들고 말했다. "알겠어. 금방 돌아올게."

문이 닫히자마자 술라는 숨을 뱉어냈다. 넬이 방에 있는 동안 통증이 점점 더 심해졌다. 이제 이 새로운 진통제, 아껴두었던 것이 오고 있으니 그녀의 불행도 그럭저럭 견딜 만했다. 마음 한구석으로는 넬을 생각했다. 몇 년 동안이나 그녀를 만나 이야기하지 못했는데 그런 식으로 곧장 약국에 보내버리다니 우스웠다. 약국은 오래전 그들이 소녀였던 시절, 에드나 핀치의 멜로 하우스가 있던 자리에 있었다. 둘이 손에 손을 잡고 18센트짜리 아이스크림선디를 사러 타임 앤드 하프 당구장을 지나서 가곤 하던 곳이었다. 거기 늘어져 있던 남자들이 "창녀"라고 말했었다. 둘은 대리석 상판 탁자가 있는 그 서늘한 곳에 앉아 난생처음 아이스크림선디를 먹었다. 이제 넬은 그리로 혼자 돌아가고 있고 술라는 통증이 정말로 심해지기 전에는 먹지 말라고 한 약을 기다리고 있다. 그녀는 "정말로 심한" 때가 바로 지금이라고 생각했다. 언제인지 아무도 정확히 말할 수는 없겠지만. 그녀는 넬리가 원하는 것이 무엇인지, 그녀가 왜 왔는지 잠시 궁금해 했다. 고소해하며 비웃어주고 싶었나? 화해하려고? 이런 생각의 흐름을 따라가려니 그녀가 발휘할 수 있는 능력 이상으로 집중해야 했다. 통증은 탐욕스러웠다. 그녀의 모든 주의력을 원했다. 그러나 이 새로운 약, 예비 약을 옛친구가 가져다줄 테니 다행이다. 그녀는 넬이 항상 위기에 잘 대처했음을 떠올렸다. 물속의 닫힌 장소라든가 해나의 장례식에서 그랬다. 넬은 최고였다. 그 오래전 술라가 그녀를 흉내내거나 흉내내려 시도할 때면 늘 멋있어서가 아니라 괴상해서 주목을 끄는 행동이 되어버렸다. 한번 넬을 보호하려 했을 때도 술라는 제 손가락 끝을 잘라내 넬에게 감사는커녕 혐오감을 불러일으켰다. 그때부터 지금까지 그녀는 자신의 행동을 감정에 내맡겼다.

넬이 문을 열고 침대 옆 탁자 위에 약을 놓기 한참 전에 술라는 그녀의 발소리를 들었다.

술라가 끈적끈적한 숟가락에 약을 붓고 있는데, 넬이 병문안 와서 으레 하는 대화를 시작했다.

"좋아 보이는구나, 술라."

"거짓말을 하는구나, 넬리. 나빠 보이는데." 술라는 약을 꿀꺽 삼켰다.

"아니야. 너를 못 본 지가 한참 됐지만 너는……"

"그럴 필요 없어, 넬리. 괜찮아질 거야."

"왜 병이 난 거니? 뭐라고 하디?"

술라는 입꼬리를 핥았다. "그 얘기를 하고 싶어?"

넬은 잊고 있었던 퉁명스러움에 슬며시 미소를 지었다. "아니. 아냐, 그렇지 않아. 그런데 꼭 여기에서 혼자 지내야 해?"

"네이선이 들러. 듀이들도 가끔 오고, 타르 베이비도……"

"그건 도움이 안 돼, 술라. 누구든 어른이 있어야 해. 누군가……"

"난 여기 있는 편이 좋아, 넬리."

"나한테 오기 부릴 필요 없다는 거 알면서."

"오기라고?" 가래를 뚫고 술라의 웃음소리가 터져나왔다. "너 무슨 소리 하는 거야? 난 원래 이래, 넬리. 오기 부리는 게 아니야. 나를 잊었나보구나."

"그럴지도 모르지. 아닐지도 모르고. 하지만 넌 여자고 혼자야."

"그럼 너는? 너도 혼자 아니니?"

"난 병자가 아니잖아. 나는 일을 해."

"그래. 물론 그렇지. 일이 도움이 될 거야, 넬리. 나한테는 아무 소용도 없었지만."

"넌 꼭 일을 할 필요가 없었잖아."

"할 생각도 없었지."

"거기에 대해서 좀 얘기할 게 있어, 술라. 특히 사람들이 너를 위해 뭔가를 해주기를 바라지 않는다면."

"다 필요 없어, 넬리. 필요 없어."

"다 네 마음대로 할 수는 없어, 술라." 넬은 술라의 오만함에, 죽음의 문턱에 누워 있으면서도 여전히 잘난 척하며 말하는 데 점점 화가 났다.

"어째서? 난 다 마음대로 할 수 있어. 왜 안 돼?"

"그럴 수는 없어. 넌 여자고, 그것도 흑인 여자야. 남자처럼 행동할 수는 없다고. 독립적인 사람처럼 나돌아다닐 수도 없고, 하고 싶은 대로 다 하고, 갖고 싶다고 다 갖고, 필요 없다고 다 버릴 수 없어."

"같은 말만 되풀이하는구나."

"어째서 이게 같은 소리야?"

"내가 여자고 흑인이라고 말하잖아. 그건 남자라도 마찬가지 아니야?"

"그렇게 생각하지 않아. 그리고 너도 아이가 있다면 다를 거야."

"그럼 나는 진짜로 네가 남자라고 부르는 사람들처럼 행동하는 거로구나. 내가 알았던 남자들은 다 제 자식을 버렸으니까."

"데리고 간 사람들도 있어."

"틀렸어, 넬리. '버렸다' 그 말이야."

"넌 아직도 뭐든 다 알려고 하지, 그렇지 않니?"

"내가 모든 것을 다 아는 건 아니야. 단지 모든 것을 다 할 뿐이지."

"흠, 내가 하는 대로 하지는 않잖아."

"내가 그렇게 살지 않는다고 해서 네 삶이 어떤 것인지 모르는 줄 아니? 이 나라 흑인 여자들이 어떻게 사는지는 나도 알아."

"어떻게 사는데?"

"죽어가고 있지. 바로 나처럼 말이야. 하지만 차이가 있다면 그 여자들은 그루터기처럼 죽어간다는 거야. 나, 나는 저 미국삼나무 중 하나처럼 쓰러지고 있고. 나는 정말로 이 세상에서 살아봤어."

"정말? 그 증거로 보여줄 수 있는 게 뭔데?"

"보여줘? 누구한테? 얘, 내 마음은 내가 갖고 있어. 그리고 그 안에서 벌어지는 것도. 무슨 말이냐면, 나는 내 거야."

"외롭잖아, 그렇지 않니?"

"그렇지. 하지만 내 외로움도 내 것이야. 지금 네 외로움은 누군가 딴사람 거고. 딴사람이 만들어서 너에게 건네준 거지. 그게 뭐 대단하니? 중고 외로움이지."

넬은 작은 나무의자에 도로 앉았다. 어느새 분노는 사라졌지만 어쩌면 술라가 그저 허세를 부리고 있을 뿐인지도 모른다는 생각이 들었다. 그녀가 정말로 어떤 형편인지는 말할 수 없었고, 진실 외에 다른 것은 어떤 것도 말해봐야 소용이 없었다. "난 네가 어떻게 남자를 빼앗을 수 있는지 항상 알고 있었어. 이제는 네가 어째서 하나도 붙잡아두지 못했는지 알겠다."

"내가 그런 짓을 해야 한다고? 남자를 붙잡아두는 데 평생을 바쳐야 한다고?"

"남자들은 붙잡아둘 가치가 있어, 술라."

"나보다 더 가치 있지는 않아. 게다가, 그럴 만한 가치가 있어서 남자를 사랑한 적은 없었어. 가치는 그거랑은 아무 상관이 없어."

"그럼 뭐랑 상관있는데?"

"내 마음이랑. 그게 전부야."

"그런 것 같구나. 네가 온 세상을 다 가졌고 나머지 우리는 세 들어 있을 뿐이지. 너는 당나귀를 타고 우리는 삽으로 똥이나 치우고. 이런 얘기나 하자고 여기 온 건 아니야, 술라……"

"아니라고?"

"그래. 난 너를 돌봐주러 왔어. 하지만 네가 얘기를 시작했으니 내가 마무리를 하는 게 낫겠지." 넬의 손가락이 침대의 청동 난간을 감아쥐었다. 이제 그녀가 술라에게 물었다. "어떻게 그런 짓을 할 수 있었니, 술라?"

침묵이 흘렀지만 넬은 그 침묵을 채워야 할 의무감을 느끼지 않았다.

술라는 이불 속에서 몸을 뒤척였다. 그녀는 지루한 듯한 얼굴로 이를 빨았다. "흠, 내 앞에, 뒤에, 내 머릿속에 이런 공간이 있었어. 어떤 빈 공간 말이야. 그런데 주드가 그걸 채워줬어. 그뿐이야. 그가 빈 공간을 채워주었을 뿐이야."

"그럼 그를 사랑하지도 않았단 말이니?" 넬의 입속에서 청동의 맛이 느껴졌다. "그를 사랑하지도 않았다고?"

술라는 다시 널빤지를 댄 창문 쪽을 바라보았다. 막 잠 속으로 빠져들려는 듯 눈이 가볍게 흔들렸다.

"하지만……" 넬은 아랫배에 힘을 주었다. "하지만 나는? 난 어떻게 하고? 내 생각은 안 했니? 나는 아무것도 아니었어? 난 너에게 한 번도 상처 준 적 없어. 그를 사랑하지 않았다면 무엇 때문에 그이를 빼앗아갔니, 왜 내 생각은 안 했어?" 그리고 이렇게 말했다. "난 너한테 잘해주었는데, 술라, 그런 건 중요하지 않았니?"

술라는 널빤지를 댄 창에서 고개를 돌렸다. 그녀의 목소리는 조용했고 눈 위의 줄기 달린 장미는 아주 새까맸다. "그건 중요하지, 넬, 하지만 너한테만이야. 다른 누구에게도 중요하지 않아. 누군가에게 잘해준다는 건 누군가에게 비열하게 구는 거랑 똑같아. 위험하지. 그래봤자 아무것도 얻지 못해."

넬은 청동 난간에서 손을 뗐다. 자기 자신에게 짜증이 났다. 드디어 그 질문, 제대로 된 질문을 던질 용기가 생겼는데 아무 소용도 없었다. 술라가 그녀에게 사리에 맞는 답을 해줄 수 없었던 건 그런 것을 몰랐기 때문이었다. 사실 술라만큼 사리분별을 모르는 사람도 없을 것이다. 술라에게 옳고 그름에 대해 얘기하는 건 듀이들하고 얘기하는 것과 비슷했다. 넬은 술라의 침대보에 달린 술을 잡아당기며 부드럽게 말했다. “우리는 친구였잖아.”

“아, 그래. 좋은 친구였지.” 술라가 대답했다.

“그런데 너는 그를 가만 내버려둘 만큼 나를 사랑하지는 않았어. 그가 나를 사랑하게 내버려둘 만큼. 너는 그를 빼앗아가야만 했지.”

“그를 빼앗아갔다니 무슨 말이야? 난 그를 죽이지 않았어. 같이 잤을 뿐이지. 우리가 좋은 친구였다면 어째서 넌 그걸 극복 못하는 건데?”

“너는 네가 이 타운에서 저질렀던 온갖 패악 탓에 네 것이라 할 동전 한 푼, 친구 하나 없는 신세로 그 침대에 누워 있으면서 여전히 사람들이 너를 사랑해줄 거라고 생각하니?”

술라가 팔꿈치를 짚고 몸을 일으켰다. 그녀의 얼굴은 열로 인한 땀으로 번들거렸다. 그녀는 뭔가 말하려는 듯 입을 열었다가 도로 베개 위로 쓰러져 한숨을 내쉬었다. “오, 사람들은 나를 사랑해줄 거야. 시간은 걸리겠지만 나를 사랑해줄 거라고." 그녀의 목소리는 눈빛만큼이나 부드럽고 초연했다. "모든 늙은 여자가 십대들과 같이 잔 후에, 모든 젊은 여자애가 술 취한 늙은 삼촌이랑 잤을 때. 모든 흑인 남자가 모든 백인 여자와 잔 후에, 모든 백인 여자가 모든 흑인들에게 키스할 때, 간수들이 모든 죄수를 강간하고 모든 창녀가 자기 할머니와 사랑을 나눈 후에, 모든 게이들이 제 어머니의 나들이옷을 입은 후에, 린드버그가 베시 스미스*와 자고 노마 시어러**가 스테핀 페칫***과 섹스한 후에, 모든 개들이 모든 고양이들과 그 짓을 하고 모든 헛간 위의 모든 풍향계가 지붕에서 날아올라 돼지들을 올라탄 후에…… 그때라면 나에게 줄 사랑도 조금쯤은 남아 있겠지. 그리고 난 그게 어떤 기분일지 알고 있어."

그녀는 눈을 감고, 잎이 무성하던 네 그루의 나무와 땅속에 판 구멍을 향해 강둑을 달려갈 때 다리 사이로 원피스를 밀어넣던 바람을 생각했다.

넬은 당황스럽기도 하고 짜증도 나고 약간은 부끄럽기도 해서 가려고 일어섰다. "잘 있어, 술라. 또 오지는 않을 것 같아."

---

* 미국의 흑인 블루스 가수.

** 미국의 영화배우.

*** 미국의 흑인 영화배우. 비굴한 흑인 역으로 인기를 끎.

넬이 문을 열자 술라의 낮은 속삭임이 들렸다. "저기, 얘." 넬은 잠시 멈춰 고개를 돌렸지만 술라가 보일 만큼은 아니었다.

"네가 어떻게 알아?" 술라가 물었다.

"뭘 알아?" 넬은 여전히 술라를 보지 않으려 했다.

"누가 좋은 사람이었는지 말이야. 그게 너인 줄 어떻게 알아?"

"무슨 말이야?"

"네가 아니었을 수도 있다 그 말이야. 어쩌면 나였을 수도 있다고."

넬은 문밖으로 두 걸음 나와서 등뒤로 문을 닫았다. 복도를 걸어나와 계단 네 개를 내려갔다. 집은 소리 없이 존재들로 가득차서 그녀의 빛 주변에서, 그다음에는 어둠 주변에서 물결치듯 어른거렸다. 듀이들, 타르 베이비, 신혼부부, 버클랜드 리드 씨, 팻시, 밸런타인, 아름다운 해나 피스. 그들은 어디 있나? 에바는 요양원에 있고 듀이들은 어딘가에서 살고 있고 타르 베이비는 술에 빠져 살고 술라는 널빤지로 막은 창문 달린 위층 방 에바의 침대에 있다, 서랍장의 지갑은 텅 빈 채로.

넬이 문을 닫자 술라는 약을 더 먹으려고 손을 뻗었다. 그런 다음 베개를 시원한 쪽으로 뒤집고 옛친구에 대해 생각했다. '그렇게 넬은 그 낡은 녹색 외투를 입고 허리를 꼿꼿이 세우고 핸드백 끈은 팔꿈치까지 뒤로 민 채 저 길을 걸어서 돌아가겠지. 내가 자기한테 그렇게 많은 희생을 치르게 해놓고 우리가 목구멍은 두 개지만 눈은 하나였고 어떤 대가도 바라지 않던 시절은 기억도 못한다고 생각하면서.'

머릿속에 민들레 홀씨처럼 가볍게 그림들이 떠다녔다. 타르베이비가 마시는 셔먼의 멜로mellowe 와인 상표의 E자를 삼켜버린 파란 독수리, 해나가 눈에 들어간 석탄가루나 속눈썹을 찾을 때 드러난 분홍빛 아랫눈꺼풀. 술라는 그 모든 기차와 버스의 창밖을 내다보던 생각을, 그 모든 사람들의 발과 등을 보던 생각을 했다. 아무것도 달라지지 않았다. 그들은 한결같이 똑같았다. 그 모든 말과 그 모든 미소, 모든 눈물과 모든 익살.

'열두 살 때 보았던 것과 똑같은 태양, 똑같은 배나무야. 내가 백년을 산다 해도 내 오줌은 똑같은 식으로 흐르고 내 겨드랑이와 숨결에서는 똑같은 냄새가 나겠지. 머리카락은 똑같은 구멍에서 자랄 테고. 나는 어떤 것도 의도하지 않았어. 나는 절대 뭔가를 뜻한 적이 없어. 거기 서서 엄마가 불타는 것을 바라보며 그저 짜릿한 흥분을 느꼈지. 엄마가 계속 그렇게 격하게 움직이는 모습을, 계속 춤추는 모습을 보고 싶었어.'

그녀는 다시 그 꿈을 꾸었다. 클래버 걸 베이킹파우더에 그려진 여자가 미소를 지으며 한 손을 앞치마 속에 넣고 그녀에게 손짓하고 있었다. 술라가 가까이 다가가자 여자는 하얀 먼지가 되어 흩어졌다. 술라는 다급히 파란색 플란넬 실내복 주머니에 가루를 쑤셔넣으려 했다. 그렇게 흩어지는 것을 보는 것도 끔찍했지만 더 나쁜 것은 가루의 감촉이었다. 양손 가득 움켜쥐려 하자 녹말 전분 특유의 빳빳하고 미끄러운 느낌이 들었다. 퍼올리려 하면 할수록 가루가 퍼져나갔다. 마침내 가루가 온통 그녀를 뒤덮어 눈과 코, 목구멍 속을 메웠다. 그녀는 구역질을 하며 연기 냄새에 혼비백산하여 깨어났다.

통증이 견디기 힘들 정도로 강해졌다. 처음에는 뱃속에서 비둘기들이 퍼덕거리는 듯했다가 불타는 듯한 느낌이 들더니, 곧 몸의 다른 부분까지 가느다란 전선이 퍼져가는 듯한 느낌으로 바뀌었다. 일단 액상의 통증이 전류처럼 흐르기 시작하자, 전선들은 젤리처럼 굳으며 고동치기 시작했다. 그녀는 그 고동에 정신을 모아 그것을 파동, 망치질, 면도날, 또는 작은 폭발로 구분해보았다. 이내 다양한 통증조차 지겨워졌고 더는 할 일이 없었다. 너무 심한 피로가 뒤따라와서 주먹을 쥐거나 혀 뒤쪽의 기름 맛과 싸울 수도 없었다.

몇 번이나 소리 내어 엉엉 울어보려 했지만 피로 탓에 소리를 지르기 위해 깊은 숨을 들이쉬는 것은커녕 입술조차 벌리기 힘들었다. 그래서 그녀는 그냥 누운 채 얼마나 있어야 팔을 들어 올려 턱에서 거친 퀼트 이불을 밀어낼 힘이 모일까, 뺨을 베개의 더 시원한 쪽으로 지금 돌려야 하나, 아니면 더 상쾌한 기분이 들도록 얼굴이 완전히 푹 젖을 때까지 기다려야 하나 생각했다. 그러나 다른 이유 때문에 얼굴을 움직이기가 싫었다. 고개를 돌리면 에바가 뛰어내렸던 널빤지로 막은 창문을 볼 수 없게 된다. 네 개의 나무판자를 대고 그 위를 가로지르며 비스듬히 쇠막대를 댄 것을 바라보는 일이 그녀에게 있는 유일한 평화였다. 막힌 창문은 그 견고한 종국, 난공불락의 최후로 그녀의 마음을 달래주었다. 마치 처음으로 완전히, 정신을 딴 데 팔 가능성이 전혀 없이, 혼자가 된 것 같았다. 그녀가 항상 원했던 상태였다. 바로 여기, 느릅나무 위로 높이, 이 열 수 없는 창문이 있는 바로 여기에서만, 어두운 벽을 그저 그리워하며 다리를 가슴까지 끌어올리고, 두 눈을 감고, 입에 엄지손가락을 넣고, 비냄새에 드디어 물이 가까이 있음을 알게 될 때까지 터널 속을 둥둥 떠내려갈 수 있을지 모른다. 그러면 그녀는 묵직한 부드러움 속으로 몸을 둥글게 말 것이고 그것이 그녀를 감싸고 데려가 지친 육신을 언제나 씻겨줄 것이다. 언제나. 누가 그 말을 했더라? 힘겹게 생각해내려 애썼다. 그녀에게 늘 물의 잠을 약속했던 게 누구였더라? 기억해내려고 너무 애를 썼다. 가슴속에서 매듭이 풀리면서 그녀의 생각이 다시 통증 쪽으로 쏠렸다.

이렇게 지친 기대의 상태에 있으면서 술라는 자신이 숨을 쉬고 있지 않음을, 심장이 완전히 멎었음을 알아차렸다. 공포의 주름이 그녀의 가슴에 가 닿았다. 당장이라도 머릿속에서 격렬한 폭발이 일어나고 숨을 거칠게 들이쉴 것만 같았다. 그러다가 비로소 그녀는 이제 더는 어떤 고통도 없으리라는 것을 깨달았다. 아니 깨닫기보다는 느꼈다. 그녀의 육체는 산소가 필요치 않았다. 그녀는 죽었다.

술라는 자신의 얼굴이 미소 짓고 있음을 느꼈다. '와, 별일을 다 보겠네.' 그녀는 생각했다. '아프지도 않았어. 기다렸다가 넬한테 말해줘야지.'

1941

술라 피스의 죽음은 보텀에서는 터널 공사 일자리를 주겠다는 약속 이래로 가장 좋은 소식이었다. 마녀의 매장을 목격하기를 두려워하지 않고 묘지까지 다녀온 몇몇 사람들 중 일부는 그녀가 죽었다는 것을 확인하기 위해 묘지에 갔을 뿐이었지만, 그래도 예의상 남아서 〈생명수 강가에서 우리 모이세〉를 불렀다. 그 노래의 암울한 약속은 전혀 의식하지 못한 채. 다른 이들은 아무것도 잘못되지 않았다는 것을 확인하러, 천박하고 속 좁은 자들도 비열한 짓을 하지 않는다는 것을, 그리고 장례의 모든 절차에 변함없이 너그러운 정신이 깃드는 것을 확인하러 왔다. 그 너그러움은, 그들 스스로가 그 어떤 것도—정말 그 어떤 것도, 망친 농사도, 시골 노동자도, 잃어버린 일자리도, 아픈 자식들도, 썩은 감자도, 부러진 피리도, 벌레가 끓는 밀가루도, 저질 석탄도, 유식한 사회복지사도, 도둑놈 같은 보험사원도, 마늘에 찌든 외국인 노동자도, 타락한 가톨릭교도도, 인종차별주의자 개신교도도, 비겁한 유대인도, 노예를 소유한 무슬림도, 미숙한 검둥이 설교자도, 비위 약한 중국인도, 콜레라도, 수종이나 흑사병도, 하물며 이상한 여자 하나도—자신들을 신에게서 떼어놓지 못하게 하겠다고 소박하게 결의함으로써 얻게 된 것이었다.

어쨌거나 풋내기든 점잖은 사람이든 묘지—백인 장례식장이 아니라 비치넛 묘지의 유색인종 구역—에 온 사람들은 술라가 죽었기 때문에, 혹은 술라가 죽은 직후라서 더 밝은 날이 오고 있다고 느꼈다. 징조가 있었다. 강을 가로지르는 터널 공사에 흑인 노동자들을 쓸 것이라는 소문이 공식적으로 발표된 것이다. 오랫동안 기획되었다가 폐기되었다가 다시 기획된 그 사업은 1937년에 마침내 시작되었다. 흑인들이 그 일을 하게 되리라는 소문이 삼 년 동안 돌았다. 1927년에도 터널로 이어지는 리버 로드가 똑같은 희망을 부채질했으나 결국 백인 노동력만으로 지어졌고 가장 형편없는 일자리마저 두메산골 촌뜨기들과 이민자들에게만 돌아갔던 사실에도 불구하고, 기대가 높아졌다. 그러나 터널 자체는 또다른 문제였다. 기술이 필요한 작업이라면, 아니, 그건 흑인들이 맡지 못할 것이다. 그러나 어쨌든 중요한 일거리였고 정부는 흑인 노동자들에게도 채용 기회를 주는 데 찬성하는 듯했다. 흑인들이 먹고살려고 메달리언을 쓸고 다닐 필요도, 애크런과 이리 호의 제강공장으로 가려고 모두 함께 타운을 떠날 필요도 없다는 뜻이었다.

두번째 징조는 양로원 건축이 시작된 것이었다. 사실 건축이라기보다는 보수에 가까웠지만, 흑인들도 공짜로 들어갈 수 있었다. 그렇다고 했다. 어떤 이들은 에바가 흑인 여자들의 양로원으로 통했던 그 누추한 판잣집에서 밝은 새집으로 옮겨지게 된 것이야말로 신이 임하시는 신비스러운 방식을 분명히 보여주는 증거라고 했다. 술라의 목에서 신의 강력한 엄지손가락이 보였다는 것이다.

그리하여 보텀 사람들은 다가오는 10월을 희망에 부풀어 지켜보았다.

그러다가 메달리언이 은색으로 변했다. 갑작스러운 듯했지만 실은 눈은 내리지 않고 서리만 내린 지가 벌써 여러 날이었다. 그러다가 어느 늦은 오후 비가 내려서 얼어붙었다. 카펜터즈 로드 아래, 콘크리트 보도가 시작되는 곳에서, 갓 뿌려진 은빛 위에 가게 주인들과 노파들이 고대의 오닉스 같은 난로 재를 뿌리기 전에, 아이들은 서둘러 미끄럼을 타러 갔다. 아이들은 유리 속에 고요히 있는 그 모든 생명과 거대함을 잠시 끌어안으려 나무를 껴안았고, 회색 하늘에 짓눌린 낡은 금화 같은 태양을 바라보며 세상이 끝나려는 것일까 내내 궁금해했다. 잔디는 여러 날 내린 얼음으로 충격을 받아 낱낱이 서로 떨어져 있었다.

당연히 늦은 수확은 엉망이 되었고, 닭들은 추위와 분노 둘 다로 죽었다. 사과술이 얼면서 항아리가 갈라지는 바람에 남자들은 너무 일찍 사탕수수술을 먹어치워버렸다. 늘 그랬듯 언덕들이 보호해주었으므로 골짜기 쪽은 사정이 그나마 나았지만, 보텀의 흑인들은 벽이 얇은 집과 더 얇은 옷들로 고생이 이만저만이 아니었다. 얼음 같은 찬바람은 창유리와 잘 맞지 않는 문 사이로 얼마 안 되는 온기마저 다 빼앗아갔다. 여러 날 동안 사람들은 석탄통을 가지러 가거나 꼭 필요한 먹을 것을 맞바꾸러 바로 옆집에 나가는 것 외에는 사실상 바깥출입을 못하고 지냈다. 가게에도 갈 수가 없었다. 배달도 되지 않았다. 배달을 하더라도, 돈을 더 잘 내는 백인 손님들을 위해 물건들을 따로 챙겨놓았다. 여자들은 얼음 낀 가파른 길을 내려갈 수 없어서 꼭 필요한 임금을 며칠이나 받지 못했다.

온통 다 얼어붙은 탓에 작고 질긴 새고기, 두툼한 돼지고기 케이크, 볼품없는 고구마로 비참한 추수감사절을 보내야 했다. 얼음이 녹고 첫번째 바지선이 강에 둥둥 뜬 얼음조각들 사이로 몸을 떨며 모습을 드러낼 즈음에는 십오세 이하의 아이들은 너나 없이 기침병이나 성홍열을 앓고 있었고 십오세 이상은 동상, 류머티즘, 흉막염, 귓병과 기타 온갖 병을 앓고 있었다.

그러나 섀드랙이 자기 입으로 내뱉은 자기 충족적 예언, 그 고난의 시작을 알린 것은 그런 병도, 심지어 얼음도 아니었다. 사과술이 항아리를 금가게 만들기 한참 전부터, 얼음이 덮이기 시작했을 때부터 뭔가가 잘못되었다. 배반, 혼란이 일어나고 있었다. 술라가 죽고 모두 안도하기가 무섭게, 안절부절못하고 자꾸만 벌컥 짜증을 내는 습관들이 퍼졌다. 예를 들어 티폿은 주방에 들어가서 어머니에게 설탕과 버터를 바른 빵을 좀 달라고 했다. 어머니가 일어나서 찾아보니 버터는 없고 인조마가린뿐이었다. 딱딱한 인조마가린 덩어리에 사프란색 가루를 섞자니 너무 피곤해서 그냥 빵에다가 흰 덩어리를 처덕처덕 바르고 그 위에 설탕을 뿌렸다. 티폿은 맛이 다르다는 것을 알아차리고 먹지 않겠다고 했다. 아이가 자기 음식을 거부하다니 그것이야말로 어머니가 느낄 수 있는 가장 심한 모욕이었다. 어머니는 머리끝까지 화가 나서 아이를 때렸다. 술라가 아이를 계단에서 넘어뜨린 후로는 한 번도 그래본 적이 없었는데. 그녀만이 아니었다. 술라의 적의로부터 자기 자식을 지켜왔던(혹은 그 역할에 대한 술라의 경멸로부터 어머니로서의 자기 위치를 지켜왔던) 다른 어머니들도 이제는 맞붙을 상대가 없었다. 긴장감이 사라졌고, 그들이 노력해온 이유 또한 사라졌다. 술라의 조롱이 없어지자 타인에 대한 애정은 축 늘어져 황폐해졌다. 늙은 시어머니를 돌봐야 하는 책임에 불평을 쏟아내던 며느리들은 술라가 에바를 양로원에 가두자 태도가 바뀌어 불평 한마디 없이 시어머니의 타구를 씻기 시작했었는데, 이제 술라가 죽고 나자 짐이 되는 노인들에 대한 원한이 다시 쌓여갔다. 아내들은 남편들을 아껴주지 않았다. 더는 남편들의 자만심을 부추길 필요가 없어 보였다. 캐나다에서 메달리언으로 이주해 온, 기회가 있을 때마다 자신들은 노예였던 적이 없다고 밝혔던 흑인들조차, 술라로 인해 남부 태생 흑인들에게 반작용처럼 품게 되었던 동정심이 이제는 느슨해지는 것을 느꼈다. 그들은 종전대로 우월함을 주장하는 입장으로 돌아갔다.

으레 겨울이 가져오는 일상적인 천박함이, 굶주림과 성홍열이 낳은 속좁음과 합쳐졌다. 터널 공사장에서 유색인 네 명이 면접을 본 것이 확실하고 증인도 있었지만(그리고 봄에는 수를 더 늘려주겠다는 약속도 있었지만), 야위고 혹독한 그해 끄트머리를 죄고 있는 차디찬 바이스*를 깨지는 못했다.

어느 날 아침 찾아온 크리스마스는 무딘 도끼처럼 모두의 신경을 난도질했다. 너무 낡아서 깨끗이 절단하지도 못했지만 그렇다고 무시하기에는 너무 무거운 도끼였다. 아이들은 삐걱거리는 침대나 난로 곁 밀짚 요에 흐린 눈으로 누워서 기침 사이사이 박하와 오렌지를 빨았다. 그러는 동안 엄마들은 난롯불을 활활 피우지 못해 케이크가 제대로 부풀지 않는 것에 화가 나서, 꼬마기차, 북, 울음소리를 내는 아기인형과 흔들목마가 없어서 조용한 집안을 마주하느니 차라리 잠으로 하루를 보내기로 한 남자들의 웅크린 몸에 화가 나서 바닥을 쿵쿵거리며 돌아다녔다. 십대 아이들은 오후에 엘마이라 극장으로 몰래 숨어들어가 텍스 리터**의 노래를 들으며 침대 밑에서 무력하게 하품하는 아버지의 신발에 대한 기억을 지워버렸다. 그들 중 몇몇은 와인병을 가지고 와서 눈부신 리터 씨의 발치에서 술을 마시다가 소동을 피운 탓에 지배인에게 쫓겨났다. 얼음사탕과 낡은 옷이 든 크리스마스 선물 주머니를 가지고 온 백인들은 그 무뚝뚝한 입에서 예, 감사합니다 소리를 듣기가 어려웠다.

10월에도 얼음이 다 녹지 않았듯 12월에도 무기력한 분위기는 물러가지 않았다. 그 사실로 1941년의 처음 삼 일이 어떻게 그렇

---

* 공작해야 할 소재를 끼워서 고정시키는 공업용 도구.

** 컨트리음악 가수.

게 엄청난 위안을 가져다주었는지가 설명된다. 마치 계절이 저절로 기력을 다한 것 같았다. 1월 1일에는 온도가 15도까지 치솟아 밤사이 눈이 녹아 진창이 되었다. 1월 2일에는 들판에서 칙칙한 잔디밭을 볼 수 있었다. 1월 3일이 되자 해가 나왔다. 그리고 섀드랙도 희망을 품고 종을 울리고 유치한 만가를 부르며 밖으로 나왔다.

전날 밤 그는 작은 달을 보면서 시간을 보냈다. 사람들, 그의 곁에 있어주던 목소리들은 점점 그의 곁을 떠났다. 이제 나무를 스치는 바람 소리와 칠엽수 열매가 떨어지는 소리 외에는 긴 시간 동안 아무것도 들리지 않았다. 고기를 잡기가 너무 힘든 겨울에는 소상인들의 일을 거들며(모두들 그를 집에 들이기는커녕 집 근처에도 오지 못하게 했다) 술값을 계속 벌었다. 그러나 술에 취해 있는 시간은 길어졌지만 횟수는 뜸해졌다. 그게 무엇이건 그가 기억할 수 없는 것을 잊기 위해 더는 술을 마실 필요가 없어진 듯했다. 이제 그는 자기가 무언가를 잊었다는 것조차 기억해낼 수 없었다. 어쩌면 그래서 프랑스에서 보낸 그 추운 날 이후 처음으로 다른 이들의 존재를 그리워하기 시작하게 된 것인지도 몰랐다. 섀드랙은 외로움을 느낄 수 있을 만큼 호전되었다. 전에는 외로웠더라도 그는 그것을 몰랐다. 자신이 계속 내던 소음, 울부짖음, 그리고 그의 분주함이 외롭다는 사실을 깨닫지 못하도록 보호해주었기 때문이다. 이제 움직여야 한다는, 강둑에서 행복하게 낚시를 하지 않을 때의 시간을 채워야 한다는 충동이 줄어들었다. 가끔은 술에 취하지 않고도 잠이 들었다. 가끔은 온종일 강과 하늘을 보며 시간을 보내기도 했다. 그는 점차 자기 판잣집을 군대에 있을 때처럼 청결하게 유지하는 습관을 버렸다. 한번은 새 한 마리가 그의 문 안으로 날아들어왔다. 울새들의 재앙이 닥쳐왔던 그 시절에 날아온 울새들 중 한 마리였다. 새는 한 시간은 족히 출구를 찾으며 방안에 머물렀다. 새가 창문을 발견하고 날아갔을 때 섀드랙은 슬픔에 빠져 새가 돌아오기를 정말로 기다리고 또 기다렸다. 그렇게 기다리는 날들 동안 그는 잠자리를 정리하지도, 바닥을 쓸지도, 조그만 깔개의 먼지를 털지도 않았고, 달력의 지나간 날에 생선 나이프로 빗금 표시를 하는 것도 거의 잊어버렸다. 다시 집안일로 돌아갔을 때에도 늘 고수해왔던 정확성은 없었다. 집이 난장판이 되어갈수록 그는 더 외로워졌고 병장, 잡역부, 쳐들어가는 군대를 떠올리기도 점점 더 어려워졌다. 총성을 듣고 소대가 시간 맞춰 행군하게 하는 것도 점점 힘들어졌다. 이제 한때 그의 집에 방문객이 있었다는 증거 하나를 바라보며 애지중지하는 일이 더 잦아졌다. 그것은 바로 자주색과 하얀색이 섞인 어린아이의 허리띠였다. 어린 소녀가 그를 만나러 왔다가 남겨두고 간 것이었다. 섀드랙은 그 장면을 똑똑히 기억했다. 그가 안으로 들어서니 눈물로 얼룩진 얼굴이 그를 향해 돌아섰다. 상처 입고 놀란 눈이었다. 입은 질문을 던지려 벌어져 있었다. 그녀는 뭔가를 원하고 있었다—그에게서. 생선도 아니고, 일도 아니고, 그만이 줄 수 있는 무언가였다. 그녀는 눈 위에 올챙이 무늬가 있었고(그는 그것으로 그녀가 친구라는 것을 알았다—그녀는 그가 사랑하는 물고기의 표식을 가지고 있었다), 땋아내린 머리 한쪽은 풀려 있었다. 그러나 그녀의 얼굴을 보았을 때 그는 그 아래의 두개골까지 보았고, 그녀 역시 그것을 보았다고 생각하면서—그것이 거기 있다는 것을 알고 두려워하고 있었다—그녀를 위로할 무슨 말을, 그녀의 눈에서 쏟아져나오는 상처를 멈추게 할 말을 생각해내려 애썼다. 그래서 그는 "언제나"라고 말했다. 그러니까 그녀는 변화를—피부가 벗겨져나가고, 피가 뚝뚝 떨어져 흘러내리고, 그 밑의 뼈가 드러나는 변화를—두려워할 필요가 없게 될 것이다. 그는 그녀에게 영원성을 납득시키고, 안심시켜주려고 "언제나"라고 말했다.

효과가 있었다. 그 말을 하자 그녀의 얼굴이 밝아지고 상처가 사라졌던 것이다. 그녀는 그가 알려준 것을 지니고 달려갔지만 그녀의 허리띠가 풀렸고 그는 그것을 기념물로 간직해두었다. 그것은 그의 침대 곁 못에 걸려 있었는데, 오랜 세월 걸려 있던 탓에 생긴, 영원히 남을 접힌 자국 말고는 그 긴 시간 동안 낡지도, 색이 더러워지지도 않았다. 방문객, 그의 유일한 방문객의 흔적과 함께 살아가는 건 즐거운 일이었다. 얼마 후 그는 허리띠를 그 얼굴, 그가 종종 보텀에서 보곤 하는 눈 위에 올챙이 얼룩이 있는 얼굴과 연결할 수 있게 되었다. 그의 방문객, 그의 벗, 그의 손님, 그의 사회생활, 그의 여자, 그의 딸, 그의 친구—그 모두가 그의 침대 곁 못에 걸린 채 그 자리에 있었다.

이제 그는 얼음이 덮인 강 위로 높이 뜬 작은 달을 응시했다. 그의 외로움이 발목 주변 어딘가에 떨어졌다. 다른 어떤 감정이 그를 사로잡았다. 그의 눈을 어루만져 눈을 깜박이게 만드는 감정이었다. 몇 달인가 몇 주 전 그녀를 다시 보았다. 그는 호지스 씨를 위해 낙엽을 긁다가 낙엽을 쓸어 담을 2부셀짜리 바구니를 가지러 지하 창고로 갔다. 복도에서 작은 방으로 이어지는 열린 문을 지나쳤다. 그녀가 거기 테이블 위에 누워 있었다. 틀림없이 그녀였다. 똑같은 어린 소녀의 얼굴, 똑같은 눈 위의 올챙이. 그러니까 그가 틀렸다. 완전히 틀렸다. "언제나"가 전혀 아니었다. 그가 얼굴을 아는 누군가에게서 또다른 것이 사라져가고 있었다.

빗줄을 끌고 종을 울리던 그 모든 세월이 아무런 소용도 없을

지 모른다는 의심을 품게 된 것이 바로 그때부터였다. 언제까지나 강둑에 앉아 있거나 창밖으로 달이나 쳐다보는 편이 나을지도 몰랐다.

빗금으로 날짜를 표시한 달력으로 내일이 그날이라는 것을 알고 있었다. 처음으로, 그는 가고 싶지 않았다. 자주색과 흰색의 허리띠와 함께 머물고 싶었다. 가고 싶지 않았다. 가기 싫었다.

그러나 믿을 수 없을 만큼 쨍쨍하게 햇살이 내리쬐며 그날이 밝자 그는 물건들을 챙겼다. 이른 오후, 쏟아지는 햇살을 맞으며 그는 이번이 깔끔하고 유쾌하게 삶을 끝내도록 사람들을 초대하는 마지막 시간이 되리라 확신했다. 그리고 무너질 듯한 다리를 건너 보텀으로 들어갔다. 그러나 이번에는 진심이 담겨 있지 않았고, 애정도 없었다. 더는 사람들을 돕는 일에 관심이 없었기 때문이다. 밧줄을 제대로 매지도 않았다. 종은 양철 부딪치는 소리를 낼 뿐 사람들의 마음을 움직이지 못했다. 그의 방문객은 죽었고 더는 오지 않을 것이다.

여러 해가 지난 후 사람들은 맨 처음 간 사람이 누구인지를 놓고 다투곤 했다. 대부분의 사람들은 듀이들이 제일 먼저라고 했지만, 그보다 더 잘 아는 한둘은 데시와 아이비가 처음이었다는 것을 알고 있었다. 데시가 먼저 문을 열고 손으로 햇빛을 가리고 서서는 섀드랙이 길을 내려오는 모습이 보았다는 것이다. 그녀는 웃음을 터뜨렸다.

어쩌면 태양 때문이었을지도 모르고, 어쩌면 그렇게도 희망차 보이는 언덕의 녹색 얼룩 때문이었을지도 모르고, 어쩌면 온통 환한 그 햇살 속에서 섀드랙의 불길하고 음울한 종이 반짝이며 만드는 대조 때문이었을지도 모른다. 아니면 이번 한 번만큼은 짧은 한순간이나마 공포를 느끼지 않고, 햇살 속에서 두려움 없이 죽음을 보았기 때문일지도 모른다. 그녀는 웃었다.

아이비는 위층에서 그녀의 웃음소리를 듣고 그 묵직한 음악이 이웃의 가슴을 흔든 이유가 무엇인지 보려고 했다. 그러고는 아이비도 웃음을 터뜨렸다. 모두를 감염시켜 기진맥진하게 만들었던 성홍열처럼 그들의 웃음이 카펜터즈 로드에 번져나갔다. 곧 아이들이 킬킬대며 펄쩍펄쩍 뛰었고 남자들은 포치로 나와 쿡쿡 웃었다. 섀드랙이 첫번째 집에 도착했을 즈음에는 흥에 겨운 얼굴들이 줄지어 늘어서서 그를 보고 있었다.

전에 그들은 결코 웃은 적이 없었다. 항상 문을 꼭 닫고 블라인드를 내리고 길가의 아이들을 불러들였다. 이 신나는 분위기에 두렵기도 했지만 그는 습관을 고수했다. 밧줄을 꼭 잡은 채 노래를 부르고 종을 울렸다. 듀이들은 근사한 이를 드러내고 7번지에서 뛰쳐나와 어리둥절한 섀드랙 주위에서 가볍게 지그 춤을 추더니 끼어들어 그의 걸음걸이, 노래, 종 울리는 것을 마구 따라 했다. 이제는 여자들도 배를 잡고 웃었고 남자들은 무릎을 쳤다. 잭슨 부인은 얼음을 먹으며 포치를 나서서 그의 뒤를 따라 행진을 했다—진짜로 행진을 한 것이다. 그 장면이 하도 우스워서 사람들은 더 제대로 보려고 길로 몰려나왔다. 그렇게 행진이 시작되었다.

모든 이들, 데시, 타르 베이비, 팻시, 버클랜드 리드 씨, 티폿의 엄마, 밸런타인, 듀이들, 잭슨 부인, 피부미용실 주인 아이린, 리버, 헤로드 형제, 십대 무리들도 그 분위기에 동참해 웃고 춤추고 서로를 부르며 피리 부는 사나이 뒤를 따라가는 이들처럼 섀드랙 뒤에 무리를 이루었다. 맨 처음 시작한 스무 명 남짓 되던 사람들은 더 많은 집들을 지나면서 문가에 서 있거나 창밖을 내다보는 이들에게 같이하자고, 베일의 틈새를 더 벌려 불안으로부터, 품위로부터, 인력으로부터, 과거의 긴 세월 동안 그들을 단단히 묶어놓았던 어른의 고통의 무게로부터 휴식을 즐기도록 도와달라고 외쳤다. 사람들에게 밖으로 나와 햇빛 속에서 놀자고 외쳤다. 마치 햇빛이 지속되기라도 할 것처럼, 정말로 희망이 있는 것처럼. 다른 농부들을 위해 계속 콩을 따게 해주는, 떠나버리겠다고 말은 해도 결국은 그러지 못하게 만드는, 흙속에 무릎까지 파묻고 있게 하는, 다른 이들의 전쟁에 흥분하게 하는, 백인의 아이들을 세심하게 돌보게 하는, 어떤 마법 같은 '정부政府'가 그들을 이 흙바닥, 이 콩들, 이 전쟁들로부터 끌어올려 빠져나가게 해주리라는 확신을 갖게 만드는 그런 희망이.

물론 헐린 라이트 같은 몇몇 사람들은 가지 않았다. 그녀는 특유의 냉소로 코웃음을 치며 이 소동을 지켜보았다. 성령의 손길이 사람들을 춤추게 만들 수 있다는 것을 이해하고, 온 가족이 한목소리로 노래하며 밭에서 허리를 구부리고 있는 것을 이해하고, 햇빛 아래 강에서 세례를 받는 황홀함을 이해하는 다른 사람들도 이러한 기이한 무질서, 분별없는 과시를 이해하지 못했고 그래서 역시 나서기를 거부했다.

그럼에도 불구하고 태양은 길거리를 활보하고, 뛰어다니고, 행진하고, 발을 끌며 걷는 점점 더 늘어나는 인파 위로 사정없이 내리쬐었다. 보도가 시작되는 곳까지 오자 그들 중 일부는 차마 백인들이 사는 구역에 들어가지 못하고 너무 당황하여 밴시*처럼 울부짖으며 걸음을 멈추고 되돌아가기로 했다. 하지만 서넛을 제외하고 마음 약한 이들은 보다 적극적이고 될 대로 되어라 포기한 사람들을 보며 부끄러움을 느꼈고, 행렬은 울워스 상점

* 가족 중 누군가의 죽음을 구슬픈 울음을 울어 예고한다는 유령.

과 오래된 계사를 지나 중심가를 따라 춤을 추며 내려가서 오른쪽으로 돌아 뉴 리버 로드로 이동했다.

흥분과 환희에 휩싸인 사람들은 터널 공사장 입구에서 목재와 벽돌, 지보*와 햇빛을 받아 다이아몬드처럼 반짝이는 얼음 아래 철사로 엉성하게 만든 문을 보았다. 처음에 그들은 그 모습에 눈이 부셔서 갑자기 조용해졌다. 눈을 반쯤 뜬 채 1927년부터 희망을 걸었던 장소를 바라보았다. 한때 존재했던 희망은 이제 말라 죽은 고엽과도 같았다. 치료하지 못한 치아, 갚지 못한 석탄 외상값, 방치한 가슴 통증, 사지 못한 학생용 신발, 속을 대충 채운 매트리스, 망가진 변기, 기울어가는 포치, 고용주들의 알아듣기 힘든 말들과 믿기 어려울 만큼 유치한 악의. 그 모든 것들이 타오르는 햇빛을 받아 급속히 물로 변해가는 얼음 속에 있었다.

사람들은 영양처럼 그 작은 문을 뛰어넘었다. 철사로 엮은 바리케이드는 애초에 개와 토끼, 길 잃은 아이들 정도나 막으려던 것이었다. 거친 사람들, 분노한 이들, 젊은이들의 뒤를 따르며 그들은 긴 목재와 가느다란 지보를 집어들었고, 그들이 결코 가마에 구울 일이 없을 벽돌을 부수고, 그들이 섞어보기는커녕 끌도록 허락받아본 적도 없는 석회석 부대를 찢고, 철망을 찢고,

---

* 터널 등이 무너져내리지 않도록 받들어 버티는 구조물.

외바퀴 수레를 뒤집고, 널빤지를 둑 아래로 굴렸다. 그것들은 얼어붙은 강을 타고 멀리 떠내려갔다.

남녀노소 할 것 없이, 절름발이건 멀쩡하건, 그들은 할 수 있는 한 힘껏 그들이 건설하는 걸 금지당했던 터널을 죽였다.

사람들은 안으로 들어갈 생각은 없었다. 터널 입구에서 실제로 더 들어갈 뜻은 없었다. 하지만 터널을 전부 다 죽여야만 하다보니, 팔이 가는 버지니아 애송이, 목이 굵은 그리스인과 말라 죽은 나뭇잎 같은 약속을 흔들어대던 날카로운 얼굴들이 해놓은 일을 지구 표면에서 싹 쓸어버려야 하다보니 더 깊이, 더 멀리 들어갔다……

많은 사람들이 거기에서 죽었다. 이제는 따듯해진 땅이 흔들렸다. 처음에는 널빤지가 미끄러졌고, 헐거워진 바위가 터널 겉면에서 떨어지면서 보호막을 무너뜨렸다. 사람들은 자신들이 그들을 거기까지 데려온 햇빛을 빼앗긴 채 물속에 갇혔다는 것을 알게 되었다. 맨 처음 금이 가고 물이 쏟아지면서 사람들이 밖으로 나가려고 미친듯이 기어가는 바람에, 도우려던 다른 이들까지 함께 죽음으로 끌려들어갔다. 지보와 통나무에 깔린 어린 소년들은 물이 덮쳐 산소가 그들을 떠나자 질식해 죽었다. 밖에서는 다른 이들이 얼음이 갈라지고 발밑의 땅이 흔들리는 것을 공포에 질려 지켜보았다. 몸무게가 45킬로그램이 채 안 되는 잭슨 부인은 강둑에서 미끄러졌다. 평생을 그리도 좋아했던 얼음이 그녀의 입속으로 쏟아져들어왔다. 타르 베이비, 데시, 아이비, 밸런타인, 헤로드 형제, 에이잭스의 동생들 몇 명과 듀이들(추정되는 바로는 그렇다. 그들의 시체는 끝까지 발견되지 않았다) 모두 거기에서 죽었다. 버클랜드 리드 씨는 빠져나왔고, 팻시와 그녀의 두 아들도 살았고, 떨어질 정도로 가까이 가지 않았거나 겁이 나서 완공되지 않은 터널 속으로 들어가지 않았던 열다섯 내지 스무 명쯤도 화를 면했다.

그리고 그러는 동안 내내 섀드랙은 거기 서 있었다. 노래도 밧줄도 잊어버린 채 강둑 위 높이 서서 그저 종만 울리고 또 울렸다.

1965

1965년에는 사정이 훨씬 나아졌다. 적어도 그렇게 보였다. 시내에 나가면 싸구려 잡화점 계산대에서 일하는 흑인들을 볼 수 있었고, 심지어 금전등록기 열쇠를 목에 걸고 돈을 다루는 이들도 있었다. 그리고 중학교에서는 유색인이 수학을 가르쳤다. 모두들 젊은이들의 표정이 새롭다고 말했지만, 넬이 보기에는 끝내 아무도 찾아내지 못했던 듀이들이 떠오르는 표정이었다. 그녀는 어쩌면 듀이들이 떠나면서 땅에 씨를 뿌렸고, 그 씨가 자라나 목에 금전등록기 열쇠를 건 싸구려 잡화점의 이 젊은이들이 된 것일지도 모른다는 생각을 했다.

이 젊은이들은 달라도 너무 달랐다. 그녀가 기억하는 사십 년 전 젊은이들의 모습과 전혀 달랐다.

맙소사, 1921년에 얼마나 아름다운 소년들이 있었던가! 온 세상이 그들로 터져나갈 것만 같았다. 열세 살, 열네 살, 열다섯 살. 맙소사, 그들은 근사했다. L. P., 폴 프리먼과 그의 형제 제이크, 스콧 부인의 쌍둥이—그리고 에이잭스에게도 한 무리의 어린 형제들이 있었다. 그들은 다락방 창문으로 몸을 내밀고, 차 펜더 위에 올라타고, 석탄을 배달하고, 메달리언으로 이사를 왔다가 나가고, 사촌을 방문하고, 밭을 갈고, 줄을 끌어올리고, 교회 계단에 느긋하게 앉아 있고, 학교 운동장을 달렸다. 태양이 그들을 뜨겁게 달구고 달빛이 그들의 등을 타고 미끄러져내렸다. 세상에, 1921년에 세상에는 아름다운 소년들이 가득했다.

그 소년들에 비할 것은 어디에도 없었다. 이제는 모든 것이 바뀌었다. 창녀들조차 그때가 더 나았다. 뺨에 화상 흉터가 있고 천박함과 어울리는 재치를 지닌 거칠고, 뚱뚱하고, 잘 웃는 여자들. 혹은 남자 없이 여덟 아이를 거둬 먹이며 숲속의 작은 집에서 웅크리고 있는 과부들. 요즘 창녀들은 예전 여자들에 비하면 창백하고 둔했다. 옷에 미친 이 조그만 것들은 항상 부끄러워했다. 추잡하지만 수치스러워했다. 수치스러운 줄 모른다는 것이 무엇인지를 몰랐다. 그들은 저녁 식탁에서 일어나, 새끼를 낳는

암말처럼 뻔뻔하게 손님을 데리고 숲속으로 걸어들어가곤 하던 그 은빛의 과부들에 대해 알았어야 했다.

세상에, 세월이 어찌나 빠른지. 더는 타운 사람들 누가 누군지 알아보기가 힘들었다. 이제는 또다른 양로원이 생겼다. 타운이 노인들을 위한 집만 계속 짓고 있는 것 같았다. 도로를 하나 건설할 때마다 양로원을 하나씩 지었다. 사람들이 더 오래 살게 되었다고 생각할지도 모르지만 사실은 더 빨리 꺼져갈 따름이었다.

넬은 가장 최근에 생긴 이 양로원 내부는 아직 본 적이 없었지만, 5번 순방 모임에서 그녀가 그곳에 있는 할머니들 몇을 방문할 차례가 돌아왔다. 목사가 그들을 주기적으로 방문했지만 모임에서는 개인적으로 찾아가는 것도 좋다고 생각했다. 그곳에 유색인 여성은 아홉 명밖에 없었다. 다른 양로원에도 마찬가지로 아홉 명이 있었다. 그러나 백인들은 많았다. 백인들은 노인을 양로원에 치워버리는 문제로 속 끓이지 않았다. 흑인들은 노인들을 양로원에 보내기까지 시간이 많이 걸렸다. 홀로 늙어가는 사람이 있어도 다른 이들이 들러서 살펴보고 마루를 닦아주고 요리를 해주었다. 제정신을 잃고 손쓸 도리가 없게 되면 그제서야 양로원에 보냈다. 비열하게도 에바를 양로원에 넣었던 술라 같은 사람이 아니라면. 에바가 정신이 좀 나간 것은 사실이지만 가둬놓아야 할 정도는 아니었다.

넬은 에바가 무척 보고 싶었다. 넬은 일 년 정도 교회에서 열심히 활동했는데, 이제 아이들이 다 자라서 시간도 나고 마음의 여유도 좀 생겼기 때문이었다. 주드가 떠난 후로 이십오 년 동안 그녀는 비루한 삶에 자신을 못박아두었다. 얼마간 다시 결혼하려고도 해보았지만, 아이 셋 딸린 여자를 데려가려는 남자는 아무도 없었고, 그저 애인 사이로만 지낼 남자를 계속 사귈 수도 없었다. 전쟁 동안 메달리언에서 20마일쯤 떨어진 막사에 주둔했던 한 병장과 좀 오래 관계를 가졌지만, 그가 다른 데로 배치를 받은 후에는 편지 몇 통이 고작이었고 그나마도 끊겼다. 그뒤로는 호텔 바텐더가 있었다. 하지만 이제 그녀는 쉰다섯이었고 그 모든 것이 어땠는지 기억하기도 힘들었다.

주드가 떠난 후, 그녀에게 어떤 미래가 닥칠지 깨닫는 데에는 그리 오래 걸리지 않았다. 그녀는 자식들을 보았고 그들이 그녀의 전부가 되리라는 것을 가슴 깊이 알았다. 자식들만이 그녀가 사랑에 대해 알게 될 전부라는 것을. 그러나 그것은 화덕 위에 너무 오래 둔 시럽 냄비처럼, 향기와 딱딱하고 달콤한 더께만 남긴 채 긁어낼 수도 없이 졸아붙은 사랑이었다. 아이들의 입은 금세 그녀의 젖꼭지 맛을 잊어버렸다. 아이들은 이미 오래전에 그녀의 얼굴 너머, 가장 가까이에 펼쳐진 하늘을 보기 시작했던 것이다.

그러는 사이 보텀은 쇠락했다. 전쟁중에 돈을 번 사람들은 너나 할 것 없이 최대한 골짜기와 가까운 곳으로 이사했고, 백인들은 강 쪽의 땅과 강 건너 땅을 사들여 둑 위로 메달리언을 두 가닥의 실처럼 늘이고 있었다. 이제 보텀에 사는 유색인들은 그리 많지 않았다. 백인들은 텔레비전 방송국을 위해 거기 탑을 세웠고 골프장이나 뭐 그런 것이 생긴다는 소문이 돌았다. 어쨌거나 이제 언덕 위의 땅이 더 가치가 높아졌고 전쟁 직후와 1950년대에 저지대로 이사를 한 흑인들은 다시 돌아오고 싶어도 그럴 돈이 없었다. 아직도 강굽이 옆에 모여 사는 몇몇 흑인들과 카펜터즈 로드의 말짱한 집 몇 채를 제외하고는, 부유한 백인들만이 언덕에 집을 짓고 있었다. 그렇게 그들은 마음을 바꾸어, 골짜기 땅을 그대로 갖고 있는 대신 이제는 강 전망과 빙 에워싼 느릅나무들이 내다보이는 언덕 꼭대기에 집을 갖고 싶어했다. 흑인들은 겉모습은 새로워졌지만 골짜기로 가거나, 타운을 떠나거나, 관심 있는 사람이라면 누구한테건 언덕을 떠넘기고 싶어 안달이 난 것 같았다. 보텀은 진짜로 의미 있는 장소였으므로, 그건 슬픈 일이었다. 이 젊은이들은 공동체에 대해 쉬지 않고 말하면서도 언덕을 가난한 사람들, 노인들, 고집 센 사람들, 그리고 부유한 백인들의 몫으로 돌렸다. 어쩌면 보텀이 공동체였던 적은 없을지도 모르지만 그래도 하나의 장소였다. 이제는 그저 제각기 자기 텔레비전과 자기 전화를 갖고 있는 점점 더 서로를 찾는 횟수가 줄어든 따로 떨어진 집들뿐, 남은 장소는 없었다.

그녀가 타운으로 걸어갈 때면 늘 하던 생각이 바로 이런 생각이었다. 마지막 남은 진짜 행인들 중 하나인 넬이 갓길을 걸어가는 동안 차들이 그 옆을 씽씽 지나쳐 달렸다. 아이들은 그런 엄마를 놀렸지만 그녀는 여전히 가고 싶은 곳이 있으면 어디나 걸어다녔고 걷기 힘든 날씨일 때에만 차를 얻어 탔다.

이제 그녀는 타운을 곧장 통과해서 저멀리 길 끝에서 왼쪽으로 돈 다음 시골길로 이어지는, 나무가 줄지어 늘어선 길을 따라 걸어가 비치넛 공원 묘지를 지났다.

서니데일 양로원에 도착했을 때는 벌써 네시였고 날씨가 쌀쌀해지고 있었다. 그 늙은 새들과 함께 앉아 발을 쉴 수 있다면 기뻤을 것이다.

데스크의 빨간 머리 부인이 그녀에게 출입증을 주고 더 작은 문들이 이어진 복도로 통하는 열린 문을 가리켰다. 그녀가 상상한 대학교 기숙사 같은 모습이었다. 로비는 화려하고 현대식이었지만 살짝 엿본 방들은 소독한 녹색 새장 같았다. 어디에나 빛이 너무 많았다. 그늘이 좀 필요했다. 복도를 따라 세번째 문 위에 에바 피스라고 적힌 작은 이름표가 붙어 있었다. 넬은 손잡이를 돌리면서 동시에 문을 가볍게 두드린 다음 문을 열기 전에 잠시 귀를 기울였다.

처음에는 믿을 수가 없었다. 탁자 앞 검은색 플라스틱 의자에 앉은 에바는 너무나도 작아 보였다. 육중하던 몸집과 큰 키는 다 사라지고 없었다. 한때 아름다웠던 다리에는 스타킹도 신지 않았고 발에는 슬리퍼를 신고 있었다. 넬은 울고 싶었다. 에바의 탁한 우윳빛 눈이나 늘어진 입술 때문이 아니라, 오십 년이 넘도록 끈을 잘 묶은 멋진 구두에 익숙하던 당당한 발이 이제는 품위 없이 분홍색 테리 천 슬리퍼를 꿰고 있어서였다.

"안녕하세요, 피스 부인. 저는 부인을 뵈러 온 넬 그린이에요. 저 기억하시겠어요?"

에바는 다림질을 하며 계단 통로를 꿈꾸고 있었다. 다리미도 옷도 없었지만, 넬의 인사를 받으면서도 꼼꼼하게 주름을 세우거나 잔주름을 눌러 펴던 손길을 멈추지 않았다.

"안녕하시우. 앉아요."

"고맙습니다." 넬은 작은 침대 가에 앉았다. "예쁜 방이네요, 정말 예뻐요, 피스 부인."

"오늘 뭐 잘못 먹었수?"

"예?"

"촙수이* 먹었나? 잘 생각해봐요."

"아닌데요."

"아냐? 흠, 나중에 탈이 날 거야."

"하지만 촙수이는 먹은 적이 없어요."

"그런 얘기나 들으려고 여기까지 내가 먼 길을 온 줄 알우? 난 방문을 그리 자주 할 수가 없어. 노인네들을 공경할 줄 알아야지."

"하지만 피스 부인, 제가 부인을 찾아온 거예요. 여기는 부인의 방이고요." 넬은 미소를 지었다.

"이름이 뭐라고 그랬지?"

"넬 그린이에요."

"와일리 라이트의 딸이지?"

"예예. 기억하시는군요. 다행이네요, 피스 부인. 저랑 제 아버지를 기억하고 계시다니."

"그 어린애를 어떻게 죽였는지 말해봐."

"뭐라고요? 어린애라뇨?"

"물속에 던진 아이 말이야. 나한테 오렌지가 있어. 그애를 어떻게 물속에 넣었지?"

"전 강에 어린애를 던진 적이 없어요. 그건 술라였죠."

"너. 술라. 그게 무슨 차이지? 너도 거기 있었잖아. 너도 지켜

---

* 고기와 야채를 함께 볶아 밥이나 면에 곁들이는 미국식 중국 요리.

보고 있었어. 그렇지? 나, 나 같으면 절대 보고만 있지는 않았을 거야."

"헛갈리신 거예요, 피스 부인. 저는 넬이에요. 술라는 죽었어요."

"물속은 끔찍하게 추워. 불은 따듯해. 그애를 어떻게 집어넣었어?" 에바는 집게손가락에 침을 발라 다리미의 온도를 체크했다.

"그런 거짓말을 누구한테 들으셨나요? 피스 부인? 누구한테 들으셨어요? 왜 저한테 거짓을 말씀하시는 거죠?"

"나한테 오렌지가 있다니까. 난 오래된 오렌지주스는 마시지 않아. 사람들이 그 속에 뭔가 넣거든."

"왜 제가 그런 짓을 했다고 이야기를 꾸며내려 하시나요?"

에바는 다리미질을 멈추고 넬을 바라보았다. 처음으로 그녀의 눈빛이 정상으로 보였다.

"제가 죄를 지었다고 생각하세요?" 넬이 속삭였다.

에바도 속삭임으로 대답했다. "그걸 네가 알지 누가 알아?"

"누구랑 그런 말씀을 하셨는지 알아야겠어요." 넬은 억지로 심상히 말했다.

"플럼. 귀여운 플럼. 그애가 나한테 말해주지." 에바는 소녀같이 가볍게 킬킬대며 웃었다.

"저는 이제 가봐야겠어요, 피스 부인." 넬이 일어섰다.

"아직 대답을 하지 않았어."

"무슨 말씀이신지 모르겠군요."

"완전히 똑같아. 너희 둘 다. 너희 둘 사이에는 아무 차이도 없었어. 오렌지 좀 먹겠니? 춥수이보다 너한테 나을 거야. 술라? 여기 오렌지 있다."

넬은 서둘러 복도를 걸었다. 에바가 넬의 등뒤에 대고 "술라?" 하고 불렀다. 오늘 넬은 다른 여자들을 만날 수가 없었다. 그 여자가 그녀를 혼란스럽게 만들었다. 그녀는 빨간 머리 부인의 놀란 표정을 외면하며 출입증을 돌려주었다.

밖으로 나온 넬은 거세어진 바람에 외투를 단단히 여몄다. 맨 윗단추가 없어져서 목을 손으로 가렸다. 머릿속에 밝은 공간이 열리면서 기억이 그 속으로 스며들었다.

술라가 자주색과 흰색 드레스를 입고 강둑에 서서 치킨 리틀을 빙빙 돌리고 또 돌렸다. 손이 미끄러지고 그 장소 위로 잽싸게 물이 닫히기 전 들리던 그의 웃음소리. 그때 술라가 빙빙 돌리다가 어린 소년을 물위로 날리는 것을 보면서 그녀는 어떤 감정을 느꼈을까? 술라는 섀드랙의 집에서 돌아오면서 울고 또 울었다. 그러나 넬은 침착했다.

"말하지 말아야 할까?"

"그가 봤니?"

"모르겠어. 아니야."

"가자. 그애를 되살릴 수도 없잖아."

너도 지켜보고 있었다니, 늙은 에바가 무슨 뜻으로 한 말일까? 어떻게 보지 않을 수 있었겠는가? 바로 그 자리에 있었는데. 그러나 에바는 보았다고 하지 않고 지켜보았다고 했다. "나는 지켜보지 않았어. 그저 보았을 뿐이야." 그러나 어쨌든, 항상 그랬듯이 오래된 감정과 오래된 질문이 거기 있었다. 치킨의 손이 빠져나갈 때 그녀가 느꼈던 좋은 기분. 오랫동안 그것에 대해 의문을 품지 않았다. "그런 일이 일어났는데 왜 기분이 나빠지지 않았을까? 그가 떨어지는 것을 보면서 어떻게 그렇게 기분이 좋았을까?"

그 세월 내내 그녀는 술라가 어찌할 바를 몰라하고 있을 때 자신은 침착하고 차분하게 행동한 것에 대해, 공포에 질리고 수치스러워하는 술라의 눈에 동정심을 느낀 것에 대해 남몰래 자부심을 느껴왔다. 그런데 이제 와 돌이켜보니 그녀가 성숙함, 침착함, 동정심이라고 생각했던 것은 신나는 자극에 뒤따르는 평정에 불과한 것 같았다. 치킨 리틀의 몸이 일으킨 격렬한 물보라 위로 물이 조용히 닫혔듯, 만족감이 그녀의 기쁨을 씻어냈던 것이다.

그녀는 너무 빨리 걷고 있었다. 발을 어디 딛는지도 보지 않고 길가의 잡초를 마구 밟았다. 거의 뛰다시피 해서 비치넛 공원까지 왔다. 바로 그곳에 유색인종 묘지 구역이 있었다. 안으로 들어갔다. 술라는 플럼, 해나, 이제는 펄과 함께 거기 묻혀 있었다. 메달리언 흑인들은 결혼하면 성을 바꾸는 것을 늘 등한히 해온 탓에 각각의 비석 위에는 한 단어씩만 쓰여 있었다. 함께 있으니 노래처럼 읽혔다. 피스 1895~1921, 피스 1890~1923, 피스 1910~1940, 피스 1892~1959.

그들은 죽은 사람들이 아니었다. 그들은 단어들이었다. 단어조차 아니었다. 소망들, 열망들이었다.

그동안 내내 그녀는 에바에 대해 좋은 감정을 품고 있었다. 다른 누구도 할 수 없고 하지 않는 식으로 자신이 그녀의 외로움과 사랑받지 못한 처지를 공유하고 있다고 믿었다. 무엇보다도, 왜 에바가 술라의 장례식에 참석하기를 거부했는지 진정으로 이해하는 사람은 넬밖에 없었다. 다른 이들도 이유를 안다고 생각했다. 그 할머니가 자기들과 마찬가지의 이유로 참석하지 않았다고 생각했다. 즉 그토록 많은 고통을 안겨준 사람에게 경의를 표하는 것은 그들답지 않기 때문이라고 여겼다. 넬은, 그녀는 장례식에 갔지만, 에바의 거부는 자존심이나 복수심 때문이 아니라 그저 자신의 피붙이가 땅속으로 삼켜지는 것을 보고 싶지 않아서였을 뿐이라고 믿었다. 마음으로 담아둘 수 없는 것을 눈이 보게 하지 않겠다는 결심이라고.

그러나 이제 에바에게 그런 취급을 받고 비난을 당하고 보니 애초에 타운 사람들이 옳았던 것이 아닐까 하는 의구심이 들었다. 에바는 비열했다. 술라는 그런 말을 하기까지 했다. 그녀가 그렇게 말할 만한 타당한 이유는 없었다. 정신박약이거나 아니거나. 늙었거나. 어쨌거나. 에바는 자기가 무엇을 하고 있는지 알았다. 언제나 그랬다. 그녀는 술라의 장례식에 가지 않았고 넬에게 악의로 치킨 리틀을 익사하게 했다고 비난했다. 보텀 전체를 질주했던 적의와 같은 바로 그 적의였다. 그것은 모든 제스처를 모욕으로, 모든 불안정한 미소를 위협으로 바꾸었다. 그래서 술라가 죽었을 때 사실상 모든 이의 가슴에서 터졌던 안도의 거품조차 그들의 적의를 누그러뜨려 호지스 씨의 장례식장에 가게 하거나 교회에서 꽃을 보내고 노란 케이크를 굽게 만들지 않았다.

그녀는 네이선이 술라를 찾아갔던 날 침실 문을 열었다가 시신을 발견했던 일을 생각했다. 그는 술라가 눈을 뜨고 있어서가 아니라 입을 벌리고 있어서 그녀가 죽었다는 것을 바로 알았다고 말했다. 그에게는 그녀가 결코 끝나지 않을 거대한 하품을 하는 것처럼 보였다. 그는 거리를 가로질러 티폿의 엄마에게 달려갔다. 소식을 듣고 그녀는 목소리가 더 컸다는 것만 빼면 꼭 막 떠나려는 기차의 차장처럼 "호!" 하고 외치더니 살짝 춤을 추었다. 어느 여자도 퀼트 조각을 내던지고 그 집으로 달려가지 않았다. 빨래를 짜다 말고 그 집으로 달려가는 이도 없었다. 남자들도 소식을 듣고는 "흠" 하고 끝이었다. 그날이 지나도록 아무도 그 집에 가지 않았다. 밤이 지나 다음날이 되어도 시신은 그대로 에바의 침대에 누워 하품을 마치려 하며 천장을 응시하고 있었다. 술라에 대한 이런 완강함은 참으로 기이한 것이었다. 타운에서 제일 제멋대로인 창녀였던 차이나가 죽었을 때조차도(그녀의 흑인 아들과 백인 아들은 그녀가 죽어가고 있다는 말을 듣고는 이렇게 말했다. "아직 안 죽었대?"), 그때조차도 다들 하던 일을 멈추고 쓰러진 자매를 치워주러 다 함께 나타났었다.

마침내 병원에, 그다음에는 영안실에, 그리고 경찰에 연락을 한 사람은 다름 아닌 넬이었다. 그리하여 백인들이 인계받았다. 그들은 경찰차를 타고 와서 시신을 들고 계단을 내려가 네 그루의 배나무를 지나 해나 때 그랬던 것처럼 차로 들어갔다. 경찰이 질문을 했지만 아무도 정보를 주지 않았다. 죽은 여자의 이름을 알아내는 데만도 몇 시간이 걸렸다. 카펜터즈 로드 7번지의 피스 양이었다. 그래서 그들은 그것을 가지고 떠났다. 시신, 이름, 그리고 주소. 백인들은 시신을 씻기고 옷을 입히고 준비를 하여 마침내 하관까지 했다. 모든 절차는 기품 있게 잘 진행되었는데, 그녀가 상당한 사망 보험금을 가지고 있었음이 발견되었기 때문이었다. 넬은 장례식장에 갔지만 닫힌 관에 너무 충격을 받아 몇

분밖에 머물지 못했다.

다음날 넬이 장미와 도르래에 대비해 마음을 단단히 먹고 시신을 매장하는 곳까지 걸어가보니 거기 흑인이라고는 자기밖에 없었다. 그녀가 떠나려고 발걸음을 돌렸을 때에야 묘지 가에 모여 있는 흑인들이 보였다. 그들은 안으로 들어오지도 않고, 장례식에 맞는 옷차림을 하지도 않고 거기에서 기다리고 있었다. 무덤 파는 인부들과 호지스 씨 부부, 그들을 돕는 어린 아들 등 백인들이 떠나고 나서야 비로소 보텀에서 온 그 흑인들은 가슴을 가리고 더럽혀진 눈으로 〈생명수 강가에서 우리 모이세〉를 부르며 지금껏 그들이 알았던 중에서 가장 장엄한 증오로부터 그들을 끊어내준 불룩 솟은 땅으로 들어왔다. 그들의 질문*이 10월의 공기를 엉기게 했다. 생명수 강가에서 우리 모일까요? 그 아름다운, 아름다운 강가에서? 어쩌면 그때조차 술라는 그들에게 대답했을지도 모른다. 비가 내리기 시작했던 것이다. 여자들은 쫙 편 머리가 원래대로 돌아갈까 두려워 잔디밭을 팔짝팔짝 달려갔다.

넬은 서글프게, 무겁게 묘지의 유색인 구역을 떠났다. 그 길 저멀리에서 섀드랙이 그녀 옆을 지나쳐 갔다. 좀더 텁수룩해지

---

* 〈생명수 강가에서 우리 모이세〉의 영어 제목은 'Shall We Gather at the River' 이다.

고, 좀더 나이를 먹었지만 여전히 광기 넘치는 모습으로 그는 석양을 받으며 바삐 길을 가는 여자를 바라보았다.

그가 걸음을 멈추었다. 전에 어디서 저 여자를 보았더라, 기억을 더듬으면서. 기억해내려는 노력을 더 견딜 수 없게 되자 그는 계속 걸음을 옮겼다. 서니데일에서 쓰레기를 좀 치워야 했다. 집에 가기 전에 완전히 어두워질 것이다. 그가 생선을 팔지 않게 된 지 오래였다. 강이 물고기를 모두 죽였다. 더는 은회색의 섬광도, 평평하고, 넓고, 느긋한 표정도 없었다. 느려지는 아가미도 더는 없었다. 낚싯줄의 떨림도 더는 없었다.

섀드랙과 넬은 각각 과거에 대한 서로 다른 생각에 잠겨서 반대 방향으로 걸어갔다. 두 사람이 지나간 일을 떠올리는 동안 그들 사이의 거리가 멀어졌다.

갑자기 넬이 우뚝 섰다. 그녀의 눈가가 파르르 떨리더니 약간 뜨거워졌다.

"술라?" 그녀가 나무 꼭대기를 바라보며 속삭였다. "술라?"

나뭇잎이 떨렸다. 진흙이 움직였다. 지나치게 익은 초록의 것들의 냄새가 퍼졌다. 보드라운 공처럼 뭉친 털이 산들바람을 타고 민들레 씨처럼 흩어졌다.

"그동안 내내, 내내 내가 주드를 그리워하고 있는 줄 알았어." 상실감이 그녀의 가슴을 짓누르며 목구멍으로 올라왔다. "우린 소녀 적에 함께였지." 그녀는 뭔가를 설명하듯 말했다. "오 하느님, 술라." 그녀가 울부짖었다. "소녀 적에, 소녀, 소녀소녀소녀."

크고 긴, 멋진 울부짖음이었다. 그러나 거기에는 바닥도 없고 꼭대기도 없고, 그저 원을 그리며 돌고 또 도는 슬픔뿐이었다.

작가의 말

내가 학생이던 1950년대에는 정치적으로 의식 있는 작가로 불리는 것이 엄청나게 당혹스러운 일이었다. 작가들은 사회문제에 자신의 창의성을 발휘할 때 쏟아지는 평단의 조롱을 너무나도 두려워했다. 내게는 그것이 이상하게 느껴졌다. 어째서 두려워할까? 정치 세계에 대한 의식을 소설에 드러내는 데 가해지는 비난을 피하려고 작가들이 노력하는 모습을 보면서, 나는 그 두려움의 근원이 무엇인지, 그런 두려움을 누그러뜨리려면 어떻게 해야 할지에 관심을 기울이게 되었다. 사회문제에 밝고 정치적으로 의식 있는 문학을 하는 것이 뭐가 그리도 나쁘다는 것일까? 사회적 통념은 정치적인 소설은 예술이 아니라고 말한다. 정치—모든 정치—는 안건이고 그래서 정치의 존재가 미학적 창

작물을 더럽히기 때문에 그런 작품은 미학적 가치가 떨어지는 경향이 있다는 것이다.

초서나 단테, 카툴루스, 소포클레스, 셰익스피어나 디킨스에게는 해당되지 않았던 듯한 이런 통념이 우리에게는 여전히 통용되어 1969년 아프리카계 미국 작가들에게 지나친 부담을 안겨주었다. 그들이 어떤 유의 정치에든 도통 관심이 있건 말건, 정치적인 경향이 있거나 정치에 대한 의식이 있거나 정치적으로 급진적이건 아니건, 흑인 작가들의 가치는 자신들의 인종 또는 등장인물의 인종 탓에 '정치적으로만' 분석당하는 운명에 처했다. 필리스 휘틀리가 "하늘은 파랗다"고 쓰면, '흑인 노예 여성에게 파란 하늘은 무엇을 의미하는가'라는 비평적 질문이 나온다. 진 투머가 "쇠는 뜨겁다"라고 쓰면 '그가 예속상태의 사슬을 얼마나 정확하게 혹은 빈약하게 표현했는가'가 문제가 된다. 이러한 짐은 비평가뿐만 아니라 독자에게도 지워졌다. 어떤 인종이든 상관없이, 흑인 작가의 세계에 접근하기 위해 독자는 자신을 어떤 위치에 놓아야 하는가? 독자에 대해 무엇이 폭로되거나 노출되어야 할지에 대한 우려가 늘 존재하지 않을까?

1970년 『술라』를 쓰기 시작했을 때, 나는 이미 내 처녀작 『가장 푸른 눈』에 대해 흑백 양쪽의 비평가들이 쓴 글을 읽고 울적해지는 경험을 했다. 그 평가들은—두 건의 예외만을 제외하고—비평이 옹호하는 '오직 미학적인' 기준을 완전히 무시했으므로 거의 가치가 없었다. 그 소설이 좋다면 그것은 어떤 유의 정치에 충실했기 때문이었다. 나쁘다면 그에 충실하지 못했기 때문이었다. 판단은 '흑인들은 이렇다—혹은 이렇지 않다'의 여부에 달려 있었다. 이번에는 나 역시 그에 똑같이 대응하여, 그런 관점들의 천박함은 무시해버리고, 존재한다는 사실 자체로 이미 더럽혀진 풍경에 이야기의 뿌리를 내렸다. 보다 폭넓은 그 어떤 시도에도 단지 소수의 사람만이 관심을 보일 것 같았다. 첫 번째 책을 산 천오백 명이라는 적은 비율보다도 더 적은 사람들만이. 그러나 쓴다는 행위는 내게 너무나 중요했으므로, 내가 진지하게 받아들여질 전망이 희박하다는 이유만으로 포기할 수는 없었다. 읽혀야 할 작가라기보다는 풀어야 할 문제로 비치는 기분이 어떤 것인지 지금은 상상하기 어려울지도 모른다. 제임스 볼드윈, 랠프 엘리슨, 리처드 라이트, 조라 닐 허스턴—그들 모두 '흑인' 작가라는 것의 '문제'를 다룬 에세이를 써달라는 요청을 받은 적이 있다. 정치적으로 대표할 수 있는 배경을 찾는 사람들에게는 진짜 같지도 않고 무책임하기까지 한 이런 상황, 등장인물이 얼마나 '도덕적'인가로 가치를 따지는 이들에 의해 밀려난 이러한 절망적인 상황에서 나의 유일한 선택은 나 자신의 감성을 충실히 따르는 것뿐이었다. 나 자신의 관심사, 질문, 도

전 들을 더 멀리까지 탐구하는 것이었다. 그리고 나의 감성은 매우 정치적이며 동시에 열렬히 미학적이기 때문에, 그 점이 내가 쓴 작품을 서슴없이 특징지을 것이었다. 나는 그 '문제'에 대해서 예술적인 것 외에는 그 어떤 것도 설명하지 않았고 인정하는 것조차 거부했다. 다른 문제들이 더 중요했다. 남자를 사이에 끼지 않을 때, 여자들 간의 우정이란 무엇인가. 그들이 속한 사회에서 인정받지 못한 흑인 여성들에게 어떤 선택이 가능한가. 대단히 개인주의적이지만 단일 인종으로 이루어졌으며 사회적으로는 정제된 공동체에서 개인주의는 어떤 위험이 있는가.

여성의 자유는 항상, 경제적 자유의 프리즘을 통해서 볼 때조차, 아니 특히 그럴 때, 성적 자유를 뜻한다. 해나 피스의 성적 자유는 이야기로 들어가는 입구가 되어주었다. 동네 여자들이 특정한 부류의 여성을 대할 때 질투하면서도 재미있어하며 받아들이는 방식에 대한 단편적인 기억들을 모아 그 입구를 구성했다. 개인의 자유에 대한 해나의 꽤 온건한 주장과 달리, 관습적이고 무질서한 주장도 존재한다. 경제적 자유를 위한 에바의 육체적 희생, 결혼이 약속하는 보호에 대한 넬의 순응, 희생도 순응도 거부하는 술라의 저항이 바로 그것이다. 해나의 주장은 금전적인 것이 아니고 위협적이지도 않기 때문에 이웃들이 받아들일 수 있다. 그녀는 가족의 자원을 어지럽히지도 고갈시키지도 않는다. 돈과 권위 둘 다 가진 다른 여성인 에바에게 의존하고 있으므로 그녀는 경쟁력이 없다. 그러나 술라는, 에바처럼 끔찍한 짓을 하지 않았음에도, 마을 사람들의 눈에 경쟁력이 있을 뿐 아니라 게걸스러운 악으로 보인다. 가장 최소한의 요구를 하는 넬은 말없는 기준으로 보인다.

해나, 넬, 에바, 술라는 십자의 각 끝이다. 각각은 성과 인종에 포박된 인물들의 선택이다. 그 십자의 결합은 책임과 도달하기 어려운 자유, 그것을 얻을 능력이 가장 적다고 여겨지는 여자들 간의 전투가 합쳐진 형국이 될 것이다. 그 십자의 팔을 감싸는 것은 종류가 다른 전투의 선들이다. 투쟁을 강요하는 동일한 힘에 의해 한마을에 묶인 퇴역군인, 고아, 남편, 노동자 들이다. 그리고 유일하게 가능한 승리란 상상 속의 승리일 뿐.

물론 『술라』를 쓰는 작업은 그러한 인식들을, 그것을 표현할 수 있는 언어를 사용해 불러내는 것이었다. 『술라』는 나의 시도를 언어를 다루는 것으로, 신임을 잃은 어휘들을 가지고 믿을 수 있게, 어쩌면 우아하게 작업하는 것으로 확장시켰다. 흑인 언어, 구어를 이국적이지도 우스꽝스럽지도 않게, 흑인 광대 같지도 않고 지나치게 분석적이지도 않은 방식으로 사용하는 것이었다. 나는 아프리카계 미국 작가들을 위해 준비해둔 정치적, 문화적, 예술적 판단들을 다른 방향으로 돌리고, 다른 모습을 보여주고 싶었다.

『술라』를 쓸 때 나는 퀸스에 살면서 아이들을 가을과 겨울에는 도우미와 공립학교에, 여름에는 부모님에게 맡겨두고 맨해튼의 사무실로 통근했다. 하도 돈에 쪼들리다보니 진을 빼는 스트레스를 받다가 도리어 신나는 상태가 되었다. 월세 한번 내는 것이 사건이었고, 장보러 한번 가는 것은 주식主食의 충동구매에 신중함이 거두는 승리였다. 가장 좋은 소식은 내가 아는 다른 모든 편부모의 사정도 그랬다는 것이다. 우리가 맞바꾸었던 것들이라니! 시간, 음식, 돈, 옷, 웃음, 기억—그리고 용기. 특히 용기가 그렇다. 왜냐하면 1960년대 말에는 죽은 사람들, 구금된 사람들, 침묵당한 사람들이 너무 많아서 무엇도 뒤로 되돌릴 수 없었기 때문이다. 그때 거기엔 아예 '뒤'가 없었으니까. 말하자면 철저히 혼자가 되고 나서야 뭔가를 생각하고 시도하고 탐험할 수 있음을 알게 되었다. 알려지고 시도된 것은 사용하고, 그렇지 않은 것은 조사하라. 다른 누구의 기대에 부응해야 할 부담이 없는 희곡을 쓰고 극단을 만들고 옷을 디자인하고 소설을 써라. 아무도 우리를 신경쓰지 않았으므로 우리가 스스로를 신경썼다. "당신을 막을 어떤 시선도 어떤 손도 없다면 무엇을 하고 무엇을 생각할 것인가?"라는 분위기 속에서 나는 사십 년 전 우리 흑인 여성들에게 그런 자유가 허락되었다면 어땠을지 생각하기 시작했다. 우리는 스스로를 우리 자신의 구원으로, 제일 좋은 친구로 생각하도록 격려받고 있었다. 1920년대에는 의미가 없었던 그런 것이 1969년에는 어떤 의미를 가질 수 있을까? 질시를 받는 동시에 경계의 대상이 되었을 여성의 이미지가 마음속에 떠올랐다.

다른 어디선가(에세이 「말할 수 없는, 말해지지 않은 것들」) 『술라』의 구조를 전개하는 데 대한 나의 생각을 소상히 밝힌 적이 있다. "원래 『술라』는 '2차대전을 빼놓고는 아무것도 전국자살일을 방해하지 못했다'로 시작되었다. 격려를 좀 받고 나서 나는 그 문장이 잘못된 시작이라는 것을 인정했다." 여기서 잘못되었다는 말은 뜬금없다는 의미였다. 이를테면 등장인물에게 일어나고 있는 일을 소개받기 전에 독자가 자리할 수 있는 로비가 없었다. 내가 그 에세이에 이렇게 썼듯이. "흑인을 주제로 한 텍스트와 독자 사이의 문턱이 그 당시에 내가 『술라』에 필요하다고 스스로를 설득했던 안전하고 환영하는 로비여야 할 필요는 없다. 나는 로비를 아예 싹 없애버리는 편이 더 좋았다. (내 모든 책 중에서) 『술라』에만 이런 '입구'가 있다. 다른 책들은 '제시'를 거부하고, 유혹적이고 안전한 피난처, 그들과 우리 사이를 (…) 구분짓는 선을 거부한다. 사실상 독자의 줄어든 기대, 혹은 흑인을 주제로 한 텍스트 속으로 독자가 가지고 오는 감정적인 짐에 의해 고조된 불안에 양분을 공급하기를 거부하는 것이다. (…) (비록) 마침내 내가 쓴 첫 부분은 대부분 공동체에 관한 것이었지만 그 관점은 (…) 안에서부터 나온 것이 아니다. (…) 이방인의 관점에서—우연히 그곳에 들러서 모든 것이 낯설고 이국적이기까지 한 (…) '계곡 주민'의 관점에서 본 것이다. 새로 쓴 첫 문장에서 나는 원 바깥의 독자를 원 안으로 끌어들인다. 이름 없는 것을 특정한 것으로, 한 '장소'를 '이웃'으로 번역하고 이방인을 안으로 끌어들여 그의 눈을 통해 보게 한다." 이번 한 번은 '백인'의 시선을 존중함으로써 '문제'를 다룬 것이다.

만약 처음 계획한 대로 섀드랙 이야기를 하며 소설을 시작했더라면, 나는 온화한 환영을 무시하고 독자를 섀드랙의 상처받은 마음과 곧장 대면하도록 밀어넣게 되었을 것이다. 그랬더라면 가장 소모적인 자본주의자들의 이 전쟁이 흑인들에게 가져온 충격적인 이주에 좀더 주의가 쏠렸을 것이고, 그들의 필사적이고도 필사적으로 창의적인 생존 전략이 두드러져 보였을 것이다. 수정한 서두에서 나는 안정과 건강을 유지하려는 공동체의 노력뿐 아니라 차별적인 인종 억압을 표현하려 했다. 이웃들은 상업적인 이익(골프장)에 거의 완전히 휩쓸려나가다시피 했지만 공동체를 유지했던 것들(음악, 춤, 공예, 종교, 아이러니, 재치)

중 남은 것은 이방인인 '계곡 주민'이 보았거나, 볼 수 있었을 것들이다. 그것은 섀드랙의 잘 짜여진 공공연한 광기보다 더 매력적인 포옹이다. 술라가 벌인 난장판이 그것에 도전할 때까지, 그것은 이웃을 하나로 묶는 데 도움을 준다.

추방된 여성들은 매혹적이다—늘 그들의 행동 때문에 그런 것은 아니고, 역사적으로 여성은 본래 분열적으로 보이기 때문에, 그리고 남성의 지배 아래 있지 않을 때는 그들의 지위가 불법적으로 보이기 때문에 그렇다. 많은 문학작품에서 여성은 남성의 지배에서 탈출하면 완전한 재앙까지는 아니더라도 후회와 불행을 맞았다. 『술라』에서 나는 그러한 탈출이 관습적인 흑인 사회에서는 물론이고 여성들 간의 우정에서도 어떤 결과를 낳을 수 있는지 그것을 탐구해보고 싶었다. 1969년 퀸스에서는 자유를 움켜쥐는 것이 마땅한 일인 것처럼 보였다. 우리 중 일부는 잘되었고 일부는 죽었다. 우리 모두 맛을 보았다.

옮긴이의 말

『술라』는 흑인 여성 최초로 노벨문학상을 수상한 토니 모리슨의 두번째 작품이다. 초기 작품이지만 모리슨이 그후로도 줄곧 천착해온 주제인 미국 사회에서의 인종문제와 여성문제를 탁월한 솜씨로 한데 녹여내고 있다. 미국문학에서 흑인 여성 작가들은 인종적 제약과 성적 제약이라는 이중의 굴레 속에서 제대로 조명받기까지 흑인 남성 작가들에 비해 오랜 시간을 기다려야 했다. 일례로 조라 닐 허스턴은 1920~30년대 당시로서는 드물게 대학 교육을 받고 흑인민속학을 연구한 엘리트 여성이었으나, 1937년 발표한 『그들의 눈은 신을 보고 있었다』는 주목받지 못하고 묻혀버렸고 그녀는 경제적 곤궁과 고독 속에서 쓸쓸히 생을 마감했다. 조라 닐 허스턴이 작가로서 다시 주목받게 된 것은 후대의 흑인 여성 작가 앨리스 워커가 발굴해낸 덕분이다. '흑인 여성은 세상의 모든 짐을 지는 당나귀'라는 허스턴의 소설 속 표현은 단순한 문학적 수사가 아니었다.

이처럼 흑인 여성들은 인종적 타자이면서 성적 타자로서 사회적으로 가장 취약한 위치에 놓인다. 그들은 흑인으로서 한 번, 여성으로서 또 한 번 자신의 꿈을 포기하고, 진짜 자기를 숨기고 세상의 틀에 맞추도록 요구받는다. 모리슨은 1920년대부터 1960년대까지, 수많은 변화를 겪었던 미국의 격동기를 배경으로 술라와 넬, 두 흑인 여성이 자신들에게 가해지는 이중의 억압 속에서 어떻게 자기들의 삶을 살아나가는가를 그려낸다. 공간적 배경은 오하이오 주의 작은 소도시 메달리언의 산꼭대기 동네 보텀이다. 소설은 내내 이 좁은 공간을 벗어나지 않으므로 사십여 년의 기간 동안 미국을 뒤흔든 사건들은 직접적으로 묘사되지 않으나, 모리슨은 작은 마을 사람들의 일상에 대한 정밀한 묘사를 통해 평범하다 못해 비루한 그들의 삶에까지 파장을 미치는 전체 사회의 변화를 조망해낸다.

소설은 1차대전에 참전했다가 정신적 외상을 입고 돌아온 섀드랙의 이야기로 시작해 술라의 어머니 해나와 할머니 에바, 넬의 어머니에 대한 이야기로 이어진 끝에 술라와 넬의 삶을 펼쳐 놓는다. 길지 않은 소설 속에서 이러한 주변 인물들에 대한 섬

세한 묘사는 술라와 넬의 삶을 조건 짓는 역사적, 사회적 배경이 어떤 것이었는지 보여주면서 두 여성이 각자의 삶에서 다른 선택을 하게 되는 동기를 암시한다. 남자 없이, 누구에게도 기대지 않고 자유롭게 자신들의 삶을 살아온 해나와 에바는 술라에게 인습을 벗어난 삶의 가능성을 보여준다. 반면 결혼으로 안정된 사회적 지위를 얻은 것을 자랑스럽게 생각하며 그것을 얻기 위해서라면 구속과 제약까지도 기꺼이 함께 받아들이는 넬의 어머니는 자기 딸 역시 사회가 관습적으로 여성에게 기대하는 것 이외의 것을 꿈꾸지 않도록 길들인다.

넬과 술라는 이처럼 서로 다른 배경에서 자랐다. 넬은 어머니처럼 결혼해서 아이를 낳고 가정을 꾸리며 소위 '평범'하고 '정상적'인 삶을 사는 반면, 술라는 할머니를 양로원에 넣는 패륜을 저지르고 결혼도 하지 않고 아이도 낳지 않으며 관습의 바깥에서 '마녀'로 살아간다. 둘은 양 극단에 있는 듯 보이지만, 소녀 시절의 한때엔 둘도 없는 친구였다. 마을을 훌쩍 떠났던 술라가 어느 날 갑자기 다시 돌아온 후에도 그들의 우정은 계속된다. 술라가 넬의 남편 주드와 관계를 갖기 전까지는.

마을의 검은 양인 술라와는 전혀 다른 순종적이고 모범적인 여성으로 보이는 넬이 술라와 마음을 나누는 친구가 될 수 있었다는 사실은 넬의 마음속 깊은 곳에도 술라와 비슷한 욕망이 숨어 있었음을 암시한다. 그것은 어머니를 따라갔던 남부로의 여행길에서, 백인 남성의 모욕 앞에서 "발에 걷어차이고도 꼬리를 흔드는 개"처럼 비굴한 태도를 취하는 어머니의 모습을 보았을 때 그녀의 가슴속에서 치밀어오른 분노 어린 결심과 같은 것이다. "이게 나야. 난 그들의 딸이 아니야. 나는 넬이 아니야. 나는 나야. 나." 사회가 요구하는 흑인 여성의 전형으로 살지 않겠다는 결심, 그 누구도 아닌 '나'가 되겠다는 넬의 결심은 자신에게 가해지는 억압과 구속을 거부하고 진정한 자아를 고수하겠다는 강렬하고 순수한 욕망이며, 자신과는 여러 면에서 다른 술라에게서 또다른 자신을 발견하도록 이끌어주는 힘이다. 그러나 넬의 이 단호한 결심은 술라가 고향에서 사라진 후 의외일 만큼 쉽게 자취를 감춘다. 그녀는 백인 중심 사회에서 흑인 남성의 좌절을 위로하고 보상해주어야 한다는 흑인 여성으로서의 역할을 너무나도 쉽게 받아들이고 인습에 투항한다. 제대로 맞서 싸워볼 생각조차 하지 않고 결혼을 통해 기존 사회질서 속으로 편입되는 넬의 모습은 그녀가 술라와 친구였던 시절 꿈꾸었던 욕망이 지닌 문제점을 보여준다. 가장 취약한 위치의 흑인 여성이 과연 '진정한 자기 자신'이 되는 불가능에 가까운 욕망을 실현할 수 있을 것인가? '진정한 자아'라는 것이 과연 무엇을 의미할까? 모든 사회적 인습이나 관계로부터 자유로운, 그 어떤 것으로부터도 영향받지 않는 순수한 나 자신이라는 것은 어떤 것인가? 아니, 그런 것이 존재하기는 할까?

이 질문에 대한 답을 탐구하는 것은 넬이 아닌 술라의 몫이 된다. 그녀의 삶은 이 답을 찾아내기 위해 수많은 시도를 하는 '실험적인 삶'이다. 그녀는 결혼과 출산이라는 당연한 여성의 의무를 받아들이지 않으며, 심지어 넬의 남편까지 포함해 마을의 모든 남자들과 자유로이 관계를 맺는다. 그녀는 자기 삶과 존재의 근거를 외부의 관습이나 타인에게서 찾으려 하지 않고, 오로지 자신의 욕망에 따라서만 움직인다. 타인과의 관계를 소유의 개념으로 보지 않기 때문에, 넬의 남편과 잤다고 해서 그를 친구로부터 '빼앗았다'고는 전혀 생각지 않는다. 기존의 사회적 인습과 통념 속에서 움직이지 않기 때문에, 그간 그러한 것들에 따라 구축되어온 넬의 세계를 자신이 무너뜨렸다는 사실을 이해하지 못한다. 넬은 술라가 한 짓으로 인해 자기 세계가 무너지고 삶이 망가졌다고 생각해 술라를 미워하고 끝까지 용서하지 못한다. 사실 누군가가 빼앗지 않는 한 남편을 빼앗길 수는 없다. 이것은 자명한 진실이지만, 넬은 인습에 기대어 일구어온 자신의 삶의 취약함과 부질없음을 받아들일 수가 없다.

철저히 자신의 욕망에 따라 살고자 하고 그 무엇에도, 그 누구에게도 예속되지 않는 자기 자신이 되고자 하는 술라의 삶은 그 자체로 반역이고 악이다. 술라가 마을 사람들에게 '마녀'로 낙인 찍히고 친구도 돈도 없이 비참하게 숨을 거두는 것은 어쩌면 당연한 일인지 모른다. 그러나 술라는 마지막 순간까지도 당당하고, 자신이 옳았음을 의심하지 않는다. 지금은 아니더라도, 언젠가는 넬도 자신을 이해해줄지 모르며, 사람들이 자신을 사랑해줄 날이 올지도 모른다고 말한다. 술라의 자기 확신에도 불구하고 그녀의 실험적인 삶에 파괴적인 면이 있음은 부인할 수 없다. 그녀는 친구의 삶뿐 아니라 자기 자신까지도 파괴한다. 그러한 결과가 오더라도 자신의 실험은 불가피한 것이었음을 굳게 믿고 있으나, 그 실험이 성공했다고 말하기는 어렵다. 술라의 삶은 흑인 여성으로서 그야말로 불가능한 욕망을 극단까지 밀고 나갔다는 점에서, 성공 여부를 떠나 실험 자체로서만 그 의미를 인정받을 수 있을 것이다. 모리슨은 술라의 삶이 "예술 형식을 갖지 못한 모든 예술가"처럼 위험해졌다고 묘사한다. 술라의 한계는 자신의 삶을 자유롭게 살지만 그 자유를 가지고 무엇을 해야 할지 모른다는 것이다. 이는 흑인 여성에게 사회가 제공하는 것 말고는 거의 선택할 수 있는 것이 없었던 당시의 상황을 반영한다. 술라는 자신의 자유와 힘을 집중할 수 있는 대상을 찾을 수 없었기 때문에 그녀의 욕망이 때로는 통제할 수 없는 광포함을 띠고 파괴적인 결과를 낳기도 했던 것이다.

술라의 실험적인 삶이 남긴 가시적인 성과는 없다. 그녀의 삶이 남긴 흔적은 그녀의 또다른 자아이기도 한 넬을 통해, 그리고 보텀에 일어난 이후의 변화들을 통해 간접적으로만 드러날 뿐이다. 넬은 술라가 죽기 전 마지막으로 술라를 찾아가지만 여전히 그녀를 용서하지 못한 채 회색빛으로 나이를 먹고 시들어간다. 술라가 자신이 억누르고 잊어버린 욕망을 실행한 또다른 자신이었으며, 자신을 정말로 있는 그대로 이해해줄 수 있었던 사람은 주드가 아니라 바로 술라였다는 깨달음은 술라가 죽고 이십여 년이 지난 후에야, 에바와의 만남에서 벼락같이 찾아온다. 그제서야 넬은 아주 오랜 세월 잊고 있었던 소녀 시절의 자신을 다시 떠올리며, 그동안 자신이 그리워해온 사람은 주드가 아니라 술라였다는 사실에 억눌러온 울음을 터뜨린다.

술라의 삶은 아무것도 남기지 못한 채 잊혔고, 넬의 망가진 삶은 회복되지 않았으며, 깨달음은 너무 늦게 찾아왔다고 말해야 할지도 모른다. 흑인들은 조금은 나아진 듯해도 여전히 차별과 멸시와 천대 속에서 살아가고, 넬이 술라를 불러본들 그녀와 함께했던 빛나던 소녀 시절로 되돌아갈 수는 없다. 그럼에도, 넬의 길고 처절한 울음은 그녀가 마지막까지 눈감은 채 한때 자신이 기댔던 인습 속으로 도피하지는 않았음을 의미한다. 길고도 지난한, 바친 것에 비해 어쩌면 허망하도록 성과 없는 실험이었을

지 모르는 술라의 짧았던 삶은, 넬의 그 울음과 절규 속에서 희미하게나마 다시 그 자취를 드러낸다.

송은주

지은이 **토니 모리슨**
1970년 첫 작품인 『가장 푸른 눈』을 발표했다. 이어 『술라』 『솔로몬의 노래』 등을 발표하며 대중과 평단을 모두 사로잡았다. 1987년 출간한 대표작 『빌러비드』로 퓰리처상, 미국도서상 등을 수상했고, 1993년 흑인 여성 작가 최초로 노벨문학상을 수상했다. 2019년 8월, 88세를 일기로 세상을 떠났다.

옮긴이 **송은주**
이화여대 영문학과를 졸업하고 동대학원에서 박사학위를 받았다. 이화여대 인문과학원 HK연구교수를 거쳐 현재 건국대학교 글로컬문화전략연구소 연구원으로 재직중이다. 옮긴 책으로 『야코프의 천 번의 가을』 『클라우드 아틀라스』 『블랙스완그린』 『광대 샬리마르』 『공포의 헬멧』 『자비』 『겨울 일기』 『시대의 소음』 『엄청나게 시끄럽고 믿을 수 없게 가까운』 『모든 것이 밝혀졌다』 등이 있다. 『선셋 파크』로 제8회 유영번역상을 수상했다.

문학동네 세계문학
술라

1판 1쇄 2015년 9월 25일 | 1판 5쇄 2024년 2월 20일

지은이 토니 모리슨 | 옮긴이 송은주
책임편집 홍유진 | 편집 이현자 윤정민 | 독자모니터 유부만두
디자인 김현우 이원경 | 저작권 박지영 형소진 최은진 서연주 오서영
마케팅 정민호 서지화 한민아 이민경 안남영 왕지경 황승현 김혜원 김하연 김예진
브랜딩 함유지 함근아 고보미 박민재 김희숙 박다솔 조다현 정승민 배진성
제작 강신은 김동욱 이순호 | 제작처 한영문화사(인쇄) 신안문화사(제본)

펴낸곳 (주)문학동네 | 펴낸이 김소영
출판등록 1993년 10월 22일 제2003-000045호
주소 10881 경기도 파주시 회동길 210
전자우편 editor@munhak.com | 대표전화 031)955-8888 | 팩스 031)955-8855
문의전화 031)955-1927(마케팅) 031)955-2646(편집)
문학동네카페 http://cafe.naver.com/mhdn
인스타그램 @munhakdongne | 트위터 @munhakdongne
북클럽문학동네 http://bookclubmunhak.com

ISBN 978-89-546-3762-6 03840

www.munhak.com